那腔　那调　那味儿……

鲁声玉振

陈谨之　著

山东文艺出版社

图书在版编目（CIP）数据

鲁声玉振 / 陈谨之著. —济南： 山东文艺出版社，
2022.8
ISBN 978-7-5329-6633-2

Ⅰ．①鲁… Ⅱ．①陈… Ⅲ．①纪实文学－中国－当代
Ⅳ．①I25

中国版本图书馆CIP数据核字(2022)第097140号

鲁声玉振

陈谨之　著

主管单位　山东出版传媒股份有限公司
出版发行　山东文艺出版社
社　　址　山东省济南市英雄山路189号
邮　　编　250002
网　　址　www.sdwypress.com

读者服务　0531-82098776（总编室）
　　　　　　　0531-82098775（市场营销部）
电子邮箱　sdwy@sd.press.com.cn

印　　刷　山东省东营市新华印刷厂
开　　本　710毫米×1000毫米　1/16
印　　张　16.25　插页/6
字　　数　216千
版　　次　2022年8月第1版
印　　次　2022年8月第1次印刷
书　　号　ISBN 978-7-5329-6633-2
定　　价　42.00元

济南义和班艺人于廷臣（左一）和李同庆（左二）在大观园小剧场演出（济南市吕剧团供图）

济南义和班艺人演出（济南市吕剧团供图）

1949 年 5 月 1 日，义和班合影（济南市吕剧团供图）

济南鲁声吕剧团招收的第一批女学员（济南市吕剧团供图）

1955 年 12 月，省吕剧团在朝鲜慰问演出（山东省吕剧团供图）

《李二嫂改嫁》剧照（山东省吕剧团供图）

1985 年 10 月，郎咸芬和李岱江在云南慰问边防战士（山东省吕剧团供图）

省吕剧团丁博民（左一）、张斌（左二）、李渔（左三）等在一起（山东省吕剧团供图）

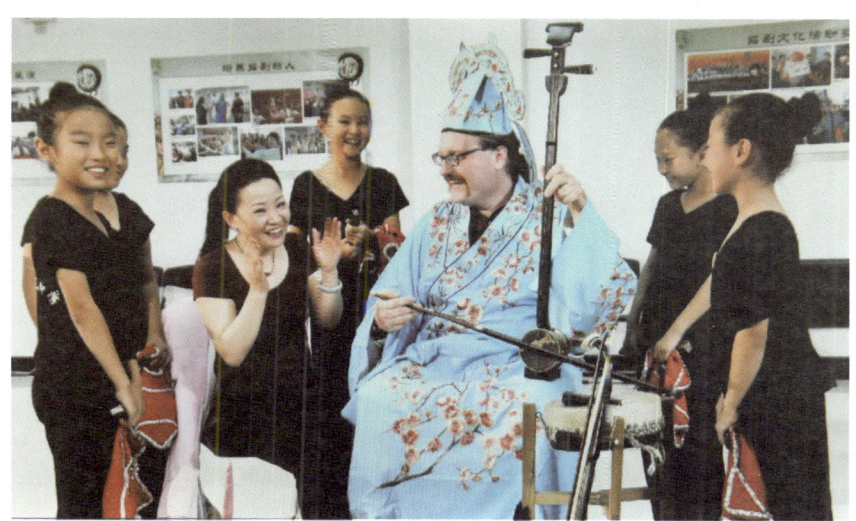

东营市吕剧非遗传承人王玲玲在给外国友人说戏（刘智峰摄影）

1962 年初，济南市吕剧团张艳芳、董砚萍进京演出《姊妹易嫁》（济南市吕剧团供图）

《红云岗》剧照（济南市吕剧团供图）

《革命自有后来人》剧照（济南市吕剧团供图）

《墙头记》剧照（山东省吕剧团供图）

《两垄地》剧照（山东省吕剧团供图）

目录

1

引子　鹊起京华

枯木逢春，我逢你。

　　　　　　——题记

　　那次演出，是吕剧从草根逆袭的"福点"。

　　1955年9月26日，金色的北京张灯结彩、繁花似锦，到处洋溢着喜庆的节日气氛。

　　下午4时，一辆大客车悄然拐进了寂静的文津街，稳稳地停在了13号院的大门口。

　　这是一幢苏式风格的三层小楼，古树环绕，庄严幽静。

　　站在楼顶，中南海的红墙，北海里的白塔，还有团城上的白皮松，尽收眼底。

　　地理位置特殊，大门口还有荷枪实弹的哨兵，让人感觉到这座红色小楼不同寻常。

　　这座神秘的红色小楼，就是声名显赫的中央直属机关俱乐部。

　　它与中南海只有一步之遥，穿过中南海西北面的福华门，走几分钟就到怀仁堂。也正因为如此，这里一度成为毛泽东、周恩来接待赫鲁晓夫、金日成、胡志明等外国政要的重要场所。

　　一路上，第一次到北京的山东省吕剧团的青年演员们东瞅瞅西看看，显得特别兴奋。

　　上车前，中华人民共和国文化部艺术事业管理局的冯彦祥副局长再三嘱咐："这不是一般的演出，这是为中央领导和首都戏剧界汇报演出，请山东老乡拿出看家本领，把戏演好。"

说来也巧，20世纪30年代中期，马彦祥副局长曾在山东省立剧院教"戏剧概论"，山东省吕剧团刘梅村团长就是他的学生。

所以，冯彦祥副局长对山东省吕剧团的进京会演格外关心。

毛主席会来吗？周总理会来吗？演员们兴奋地期待着晚上的演出。

这个时候，带队的山东省吕剧团副团长兼导演尚之四双眼微闭，心潮起伏，浮想联翩。

是啊！谁也没想到，才不过一年多的时间，这来自鲁北乡野的地方小戏像一阵突如其来的超级旋风，撼动济南府，惊艳上海滩。

临来北京前，山东省委第一书记舒同在省政府交际处接见了山东省吕剧团进京演出的全体演职员。

舒同书记说："吕剧是山东的地方小戏，刚刚脱颖而出，能不能唱响，唱出名堂，就靠大家了。希望你们到了北京之后，珍惜机会，拜师求教，多向京剧和其他优秀剧种学习，取长补短，把吕剧在北京唱红唱响。"

说起吕剧，在以前，它连个统一的名字都没有。

1953年秋天，文化部党组书记、副部长，中国文联党组书记、副主席周扬，来山东调研文艺发展情况。

山东省文联副主席陶钝和山东省文化局艺术处赵剑秋处长在接待周扬的时候，向周扬汇报了这个情况，希望得到文化部领导的支持。当时陶钝想把"吕戏"改叫"鲁剧"。但是，当时的山东省文化局局长王统照没有同意，认为"吕戏"受众太少，不足以成为代表山东的剧种。

周扬在观看了《小姑贤》《王定保借当》后，非常兴奋，意犹未尽："既然你们演的是'吕戏'，就叫吕剧吧！也别叫歌剧团了，直接叫吕剧团！"

周扬还带人去大观园"微服私访"，看了老艺人演的《老少换妻》，评价很高："可以参加华东戏曲会演，条件成熟了，也可以到北京演出。"

这是"吕戏"第一次得到中央部委领导，也是戏曲大家的肯定。

1953年11月22日，山东省歌剧团撤销，山东省吕剧团正式成立。

由义和班老艺人组建的济南市鲁声琴剧团，也随即改名为济南市鲁声吕剧团。

1956年10月，济南市鲁声吕剧团公私合营，正式改编为济南市吕剧团。

就这样，山东省有了两个吕剧专业团体，一是由新文艺工作者组成的山东省吕剧团，另一个是由济南老艺人组成的济南市吕剧团。

在以后的岁月里，山东吕剧在山东省吕剧团和济南市吕剧团的努力下脱颖而出，明耀华夏。

山东省吕剧团进京会演前，由于刘梅村团长在中央戏剧学院的导演干部训练班学习，省文化局决定，此次进京会演由副团长、导演尚之四带队。

能给中央领导、首都文艺界及群众汇报演出，这对任何一个文艺工作者来说都是莫大的荣耀。但北京是京剧的天下，名家荟萃，大腕云集，名不见经传的地方小戏能引起关注吗？

这直接关系到山东吕剧的未来和走向。

来到北京之后，第一次来北京的尚之四丝毫不敢懈怠，带着演员们四处拜师，观摩求教。许多演员得到了大师指点，茅塞顿开。

当时，山东省吕剧团住在西单大街报子胡同的一个四合院里，没有演出任务时就去中央歌剧院练功。

中央歌剧院是隶属于文化部的国家歌剧院，成立于1952年。在革命圣地延安组建的中央管弦乐团和鲁艺文工团，是其前身。中央歌剧院见证了历史的变迁。时至今日，中央歌剧院在亚太地区是最具规模实力、人才优势和影响力的国家艺术院团，代表国家的歌剧艺术水准，是我国表演艺术的最高殿堂。

中央歌剧院的专家、老师们非常热情，不厌其烦地纠正吕剧演员们的发声和舞台动作。

青年演员李岱江在练功时，遇到了昆曲大师侯永奎老先生。

侯永奎出身于"昆弋"世家，其父侯益才为高腔名旦，叔叔侯益泰是昆腔小生。侯永奎14岁登台，师承王益友、郝振基、陶显庭，学习短打及长靠武生、红净、武花脸和文武老生戏。

新中国成立后，侯永奎先生先后在华北人民文工团、北京人民艺术剧院、首都实验京剧团、中央歌剧舞剧院、中央戏剧学院任教员和编导。

1956年，他在上海主演《夜奔》《对刀步战》《夜巡》《单刀会》《武松打虎》《闹昆阳》等剧目，惊艳梨园。

侯永奎老先生看李岱江走完台步，跑完圆场，说："小伙子，圆场跑得不错，今后要好好练功。"

这句话，半个多世纪过去了，已经是吕剧"三杰"之一的李岱江依然记忆犹新。

在中国评剧院，山东省吕剧团的演员们见到了名冠京华的小白玉霜、喜彩莲、新凤霞等知名艺术家。这些戏剧大师非常平易近人，见到了来自山东的吕剧演员，就像见到了自己的孩子，嘘寒问暖，谆谆指导，亲热得不行。

在京期间，山东省吕剧团还与中央广播说唱团举行了联欢会。山东省吕剧团演出了《借年》和《庵堂认母》，主要演员是林建华和李岱江。这两出戏都是唱功戏，一个是轻喜剧，一个是正剧，目的是让北京的老师们感受一下吕剧的韵味。散发着乡土味道的唱词和曲调，给中央广播说唱团的老师们带来了不一样的惊喜。

中央广播说唱团是1953年4月成立的，初名中央人民广播电台说唱音乐团，不久，改称中央人民广播电台说唱团，简称中央广播说唱团。

中央广播说唱团拥有北方主要曲种的著名演员、伴奏员，如单弦著名演员荣剑尘，相声演员侯宝林、刘宝瑞、郭启儒、郭全宝，京韵大鼓演员孙书筠，西河大鼓演员马增芬，二人转演员蔡兴林，还有白凤岩、马连登、钟德海、胡宝钧、陈少武等大名鼎鼎的弦师。

就是在这里，山东省吕剧团的演员们遇到了东路山东琴书表演艺术家李金山、高金凤夫妻俩，他们是中央广播说唱团的演员。

1906年，李金山出生于山东益都南城的一个曲艺艺人家庭，其父李成瑶、姐姐李金玉都是唱山东梨花大鼓的艺人。

1949年青岛解放后，李金山、高金凤在青岛电台演播琴书，颇受欢迎。

1953年，由青岛电台介绍，两人来到北京中央广播事业局设立的中央广播说唱团工作。

山东琴书是吕剧的母体，而东路山东琴书对吕剧的形成和发展影响更大。

李金山的师父就是著名的琴书大师商秀岭。

商秀岭和他的两个侄子商业兴、商振清是东路山东琴书的创始人，商振清是李金山的姐夫。

商家和李家联姻，对山东琴书在胶东、东北地区的传播起到了非常重要的作用。

联欢会上，李金山、高金凤演出的山东琴书段子是《小姑贤》。李先生不愧是琴书大师，琴声优美，吐字清晰，行腔婉转，变化无穷！两位琴书大师对山东吕剧团演出的《借年》给予了高度评价。能在北京听到了家乡的吕剧，他们感慨万千："这要不是遇到新社会，哪里还会有吕剧啊！"

在京期间，山东省吕剧团还专程到中国人民解放军总后勤部大礼堂，为四总部官兵表演了《李二嫂改嫁》，受到热烈欢迎。

中国人民解放军总政治部文化部部长陈沂看了吕剧后，非常兴奋，以个人名义在北京"全聚德"烤鸭店宴请了山东吕剧团的全体成员，勉励大家把吕剧唱好演好，让全国人民都能听到这亲切的乡音。

陈沂部长曾于1942年到1946年担任中共中央山东分局宣传部部长及大众日报社社长，转战在沂蒙的崇山峻岭，对山东人民的感情十分深厚。

陈沂部长还给山东省吕剧团的每位同志赠送了一个精美的笔记本和

一支金星钢笔，鼓励大家好好学习，提高自身的文化素养。

中国戏剧家协会主席田汉和夫人安娥专门到报子胡同看望大家。田汉夸奖说："吕剧音乐很好听，很淳朴，很流畅。"

山东老乡、中国京剧院副院长马少波看了《李二嫂改嫁》后，兴奋地说，吕剧是名副其实的山东乡音，是山东的"黄钟大吕"。

一时间，"吕剧"成了首都文艺界的"热词"。

许多戏曲专家纷纷在报纸上发表观戏感受，高度赞扬山东省吕剧团的卓越演出。无论是表现现代人民生活的《李二嫂改嫁》，还是表现古代生活的《王定保借当》《喝面叶》《庵堂认母》，人物性格鲜明，表演细腻动人，成功运用了戏曲艺术的传统表现手法，塑造了活生生的人物，刻画了劳动人民的形象，散发着浓郁的生活气息。

铺天盖地的赞誉之声，并没有让尚之四飘飘然起来。他知道，这一切只能算是彩排，重头戏在中央直属机关俱乐部，这次汇报演出是重中之重。

东拐西拐，终于到了中南海西侧的俱乐部。下车时，尚之四发现自己手心里全是汗。

晚上给中央首长演出的剧目是《李二嫂改嫁》，这是根据王安友同名小说改编的现代吕剧，也是山东吕剧团惊艳上海滩的"秘密武器"。

故事发生在1947年鲁中南解放区的农村。

由于家庭贫困，李二嫂17岁就许配李家做媳妇。没想到，第二年丈夫就病亡了，剩下她和外号叫"天不怕"的婆婆一起过日子。"天不怕"整天对李二嫂指鸡骂狗，百般刁难。

共产党来了，李二嫂加入了妇救会、识字班，思想觉悟发生了很大变化。她不想这么窝窝囊囊地活一辈子，要有自己的生活。在劳动中，她看上了本村青年张小六，渴望能与张小六一起生活。

张小六是个翻身农民，从小受苦，是民兵中的积极分子，种地也是村里数一数二的好手。他和李二嫂在同一个互助组里，经常帮助李二嫂下坡种地，李二嫂也常帮他家缝缝补补。一来二往，两人在劳动中建立了深厚的感情。

为了支援前线，张小六第一个报名参加了担架队。在临走的晚上，两人经过激烈的思想斗争，刚要相互表达感情，就被盯梢的"天不怕"给搅黄了。二人还没敞开心扉，就匆匆分别了。

为了阻止李二嫂改嫁，"天不怕"唆使二流子李七造谣生事，说李二嫂的坏话，还让人到张小六家说媒。

经过这场风波，李二嫂愈加坚定了改嫁的决心，有村干部和群众的支持，李二嫂与"天不怕"斗争的勇气更足了。

秋天到了，张小六胜利归来，李二嫂和张小六终成眷属。

《李二嫂改嫁》是山东省地方戏曲研究室成立后，打造的第一部反映现实生活的吕剧作品。

第一次演出是在1951年4月下旬山东省第一次文代会期间，虽然唱词、音乐略显粗糙，但演出效果不错，好评如潮，给山东省第一次文代会献了一份厚礼。

山东省吕剧团成立后，为了参加华东六省一市戏曲观摩会演，重新对剧本、唱腔、音乐进行了锤炼、修改，演员们也被集中下派到博兴县闫坊乡刘官庄进行了三个多月的体验生活。

刚从潍坊调到省吕剧团的郎咸芬，是李二嫂的扮演者，她被安排在一位寡妇大嫂家，零距离地观察、体验农村寡妇大嫂的心理变化和日常生活，为扮演李二嫂积累了丰富的原生态生活经验。

卸车、装台、布景，一切按照正常的秩序进行。

那个时候，山东省吕剧团分工并不细致，需要你做啥就做啥，没人有怨言。

张斌是音乐的主创人员，也是乐队的伴奏，还是演员，张小六的第一任扮演者就是他。张大娘的扮演者王俊英负责化妆，青年演员李岱江负责道具。

乐队成员有刘云汉、张斌、李渔、韩英民、丁博民、高鉴、王云峰、朱继祖、李昇、齐壮权等。

乐队只要有张斌和李渔在，就不会出现意外，这一点尚之四很清楚。这两位都是音乐天才，无师自通的主儿。

王俊英、武韬、钱玉玲也算是老演员了，演出经验比较丰富。

尚之四唯一担心的是李二嫂扮演者郎咸芬。虽说她在上海演得很棒，是华东会演一等奖获得者，但是今天晚上面对的观众太特殊了，是中央首长，一旦慌了神，发挥失常，就不好交代了。

扮装后，尚之四又嘱咐了郎咸芬一遍："不要慌，不要看台下坐着谁，唱你自己的就好。"

晚上7点整，猩红色的大幕徐徐拉开，山东省吕剧团汇报演出正式开始。

由坠琴和鼓乐形成的"尖板"如泣如诉，增强了李二嫂悲中带愤的唱腔。

李二嫂在幕后唱道：

> 一把眼泪一把汗，
> 碾回细米黄丹丹。
> 五月里天气虽然热，
> 哪知我心里如冰寒。

李二嫂悲戚的声音从后台传来，一下子把观众的心揪住。

> 李二嫂眼含泪关上房门，
> 穿破衣吃剩饭谁拿我当人。

李二嫂手端簸箕走向舞台，小心翼翼、惊恐不已的样子一下子把观众带到了剧情之中。

随着剧情的不断深入，高潮迭起，掌声不断。

尚之四悬着的心慢慢放了下来。

这时他才回过头，看了看观众席。

突然，一个熟悉的面孔跳入眼帘。是总理！是周总理！尚之四的心激动地狂跳，眼泪一下就涌了出来。

国庆节马上到了，总理工作千头万绪，还抽出时间来看一个毫无名气的地方小戏，这是多么大的鼓励和鞭策啊！

已经是两次谢幕了，可台下的观众还是不愿意散去，掌声一直没有停息。

这时，中华人民共和国文化部副部长刘芝明，中国戏剧家协会主席田汉，中国青年艺术剧院总导演孙维世，和苏联戏剧表演专家、中央戏剧学院表演干部训练班导师鲍·格·库里涅夫，走上舞台和山东吕剧团的演员们一一握手，祝贺演出成功。

刘芝明副部长还专门给大家转达了周恩来总理的问候与高度评价——周总理因为有重要的外事活动，中途退场。

大家一听，心潮澎湃，泪眼婆娑，使劲鼓起掌来。

散场后，尚之四十分拘谨地跟在刘芝明副部长和库里涅夫的后面，来到了俱乐部的大门口。

这时，刘芝明副部长问库里涅夫："他们这个戏，符合不符合斯坦尼斯拉夫斯基体系？"

库里涅夫竖起大拇指："符合，符合！"

刘芝明副部长笑着说："那让他们去听听你的课吧？"库里涅夫连忙说："好！好！"

这下，尚之四高兴坏了。

中央戏剧学院的两个训练班影响太大了。

一个是1954年春天开设的导演干部训练班，聘请了苏联戏剧专家普·乌·列斯里系统讲授斯坦尼斯拉夫斯基体系，面向全国招生，学制两年。

导演干部训练班正式生23人、试读生2人，其中有北京人民艺术剧院副院长欧阳山尊、中国戏曲研究院研究室主任阿甲等。另外，还有从全国各地艺术团体保送的15名戏剧工作者参加旁听。

山东吕剧团的刘梅村团长就光荣地成为一名旁听生。

第二个班是1955年1月开设的表演干部训练班，聘请了苏联戏剧表演专家鲍·格·库里涅夫授课，学制一年半。

来这个班学习的都是全国各地从事话剧和电影工作的优秀演员，其中有于蓝、王一之、田华、刘燕瑾、朱子铮、岳慎、朱启穗、赵凡、蓝天野等。

第二天，尚之四就带领山东吕剧团的演员们，奔往香饵胡同表演干部训练班所在地。

班长于蓝非常高兴地接待了山东省吕剧团的同志们，她说："库里涅夫教授看了《李二嫂改嫁》，也看了你们的传统戏《借年》，很喜欢你们这些年轻的演员同志，今天要专门给你们上一堂表演基础课。"

大伙一听，十分高兴。

接着，于蓝说："这堂课的内容是'找针'。听说你们来，苏联专家早晨就在地毯上撒了一些针，看看谁找得多。"

于蓝话音未落，山东吕剧团的演员们就开始找针，有的趴在地毯上找，有的掀起地毯的边来找……可是找了半天，没有一个人找到一根针。

但是，演员们活灵活现的表演，却得到了库里涅夫的高度认可。

他对尚之四说："我没有在地毯上撒一根针，就是想看看你们的演员认不认真，能不能迅速进入角色。现在看，演员同志们的表现都很好。"

紧接着，库里涅夫挑选了郭丽华、郎咸芬表演小品。

库里涅夫递给郭丽华一个茶杯，郭丽华看了又看，泪流满面。

库里涅夫问："你怎么哭了？"郭丽华说："这是我父亲留下的茶杯，一看到这个茶杯，我就想起了死去的父亲，所以就禁不住悲伤起来。"库里涅夫满意地点点头。

郎咸芬手里拿着一张写满字的信纸，她看着看着，脸上出现了少女羞涩的红晕。

郎咸芬告诉库里涅夫，这是她第一次收到情书。

库里涅夫大吃一惊，问尚之四是怎么按照斯坦尼斯拉夫斯基体系训练演员的？

尚之四一头雾水，说："我没有训练啊。"

苏联老红军出身的表演艺术家库里涅夫狠狠地瞪了尚之四一眼："你撒谎！"

尚之四没有撒谎。他根本不知道什么是"斯坦尼体系"。

山东省吕剧团的演员大都是来自渤海、胶东军区的文工团团员，对歌剧、话剧还熟悉点，很少接触到其他戏剧。尚之四对演员的训练是摸着石头过河。

由于吕剧的历史短，还没有形成完整的艺术程式，尚之四的眼里不存在"框框"，可以放手吸取其他戏剧的营养。这样的兼收并蓄，无疑加速了吕剧的完善进程。

山东省吕剧团旅京期间，吕剧"爆红"京城，成了近百支进京会演队伍中的"宠儿"。

这株来自齐鲁穷乡僻壤的小野花，经过新社会艺术的熏陶，终于在首都舞台大放异彩。

国庆节大游行，山东省吕剧团幸运入列，成为进京文艺会演队伍的代表，那是多么令人骄傲和幸福的事啊。

上午9时，天空的轻云薄雾完全散去，秋日的暖阳普照大地。

披着节日盛装的天安门城楼闪烁着金色的光芒，庄严而雄伟。

伟大领袖毛主席站在城楼上，检阅中国人民解放军阅兵式和群众游行队伍。"毛主席万岁！""中国共产党万岁！"人民群众激动的声音响彻云霄。

正午时分，热情欢乐的乐声从广场东面传来，回荡在天安门广场的上空，人们都急切地注视着一个方向。

广场上走过来一队色彩缤纷、光耀夺目的方阵——这是由七千名文学、戏剧、音乐、美术、舞蹈、曲艺和杂技工作者组成的首都文艺大军。

这时，中央人民广播电台的主持人夏青以特有的磁性声音介绍："现在通过天安门城楼的优秀队伍中，有刚刚从苏联、民主德国、印度访问归来的京剧、越剧工作者，有首次来京演出的山东省吕剧团的同志们……"

山东省吕剧团是唯一被播音员介绍的外地文艺团体。

这份殊荣，让尚之四、郎咸芬、林建华、李岱江、张斌等来自山东的新文艺工作者激动万分，热泪盈眶。

山东省吕剧团在北京的成功演出，引起了文化部和戏剧界的高度重视。

1955年10月22日，中华人民共和国文化部艺术事业管理局和中国戏剧家协会联合邀请首都戏剧界人士，召开了"山东省吕剧团旅京演出座谈会"。

出席这次座谈会的领导和同志，有文化部副部长刘芝明，文化部艺术局副局长马彦祥，戏剧家协会副秘书长李超、伊兵，中国戏曲研究院副院长罗合如，中国青年艺术剧院院长吴雪，中央实验歌剧院副院长吕鹏，中央戏剧学院导演系副主任严正，李之华、赵寻、张定和、凤子和田汉夫人安娥等首都戏剧界人士，以及刚刚从国外归来的上海越剧院、京剧院的演员和导演，山东省吕剧团全体同志等共一百多人。

座谈会由马彦祥和李超主持。

马彦祥代表大家对首次来北京演出的山东省吕剧团表示诚挚欢迎。他说，由青年文艺工作者组成的山东省吕剧团，几年来在继承和发展民族戏曲艺术上取得了显著的成绩，他们演出的吕剧传统剧目和现代剧目都很富有创造性，因此，这次在北京受到了观众和文艺界的欢迎。希望首都戏剧界的同志和吕剧团的同志多多交换意见，互相学习，交流艺术经验。

山东省吕剧团副团长尚之四向与会领导和专家介绍了吕剧团的简史。尚之四说，吕剧是从说唱形式的"坐腔扬琴"发展成戏剧的，只有十几年的历史。

吕剧有着生动、活泼、朴实和贴近劳动人民生活的艺术风格，剧本大多是表现农民生活的，语言很丰富，很通俗，音乐健康、优美而且简单易学，为群众特别是农民所喜闻乐见。

从省吕剧团成立到现在，大家经历了一段十分复杂的心路历程。这些青年吕剧演员热爱文艺工作，喜欢话剧、歌剧，但是有不少同志不喜欢当戏曲演员，当"戏子"。这种轻视民族艺术的思想，曾经在剧团造成了很大的思想混乱，有些同志甚至想尽办法脱离这个岗位。是党的教育和组织的帮助，让同志们逐渐端正了工作态度。

山东省吕剧团1954年先后参加了山东省文艺会演和华东区戏曲会演，演出获得巨大成功，演员、舞美、导演、音乐都获得了大奖，受到各级领导的肯定和表扬，大家的信心更足了。

尚之四说，为了贯彻好中央的戏改精神，大家虚心向"吕戏"的老艺人学习，从记录剧本、曲调，到学习表演、唱腔等，先全盘吸收，然后再根据需要进行改造、升华，提高艺术质量，《借年》《小姑贤》《井台会》《王定保借当》等传统剧目都是如此。现代戏《李二嫂改嫁》，是在经过了一段时间的戏剧艺术学习，打下了一定的基础后创作出来的。剧本改编出来后，曾经过很多次大的修改。

音乐方面，吕剧仅有的"四平""二板"两个基本调，很难表现这个戏的主题和人物，所以进行了新的创造，在原有的基础上创作了"反四平""散板""二六板"等曲调，丰富了吕剧的音乐。

在这个戏里，传统的表演技巧有着创造性的运用，演员们的许多动作都是舞蹈，减少了话剧加唱的毛病。

《李二嫂改嫁》排演不久，就组织演员同志们下乡体验生活和演出。村里的乡亲们看了戏之后，指出了不少缺点，提了不少好建议。演员们在农村和乡亲们同吃同住同劳动，提高了对现实生活的认识，在塑造角色上受到了启发，这才有了今天的成功。

尚之四还向与会同志分享了两点体会：一是新文艺工作者从事民族戏曲艺术工作，学习和掌握这种艺术形式的过程，就是思想改造的过程，思想立场坚定了，就一定能学得好，取得好成绩。二是努力执行中央的政策，贯彻戏改方针，新文艺工作者不但可以继承民族戏曲遗产，还可以进行新的创作。

罗合如、严正、吴雪、吕朋等同志在座谈会上先后发言，大家一致认为，几年来，山东省吕剧团的同志们进行了艰苦的思想锻炼，致力于继承和发展民族戏曲艺术的工作。现在，他们已经由民族艺术的轻视者变成热爱者，由戏曲的门外汉变成了内行，取得了很好的成绩。他们在实际学习和工作中，认真地执行了中央的戏改政策，尊重老艺人的创造，虚心和诚恳地向老艺人学习，又进行研究整理，使之有所提高。还在学习传统的基础上，演出了表现现代人民生活的好戏，做到了"推陈出新"。

大家认为，他们的工作经验值得重视和学习。山东省吕剧团是祖国戏曲事业的新生力量，是挖掘和发扬民间戏曲艺术的先进队伍。

在谈到《李二嫂改嫁》的艺术特点时，首都的专家学者给予了高度评价。

在专家的眼里，山东省吕剧团这次在北京演出的最大特点，就是成功地运用了戏曲艺术的传统表现方法，塑造了活生生的人物，刻画了劳动人民的真实形象，舞台上洋溢着浓厚的生活气息，使人感到亲切。

《李二嫂改嫁》是近几年来演出的现代戏曲中的佼佼者。演员郎咸芬同志成功地塑造了新中国成立后的农村劳动妇女李二嫂的舞台形象，她的表演有着很强的感染力。王俊英同志扮演的张大娘、靳惠新同志扮演的"天不怕"、武韬同志扮演的李七，都是性格鲜明、情感饱满的人物。在这个戏里，导演尚之四同志表现出了突出的才能，圆满地完成了全剧的舞台创造，并且深挖人物内心，弥补了剧本的很多不足之处。

专家们还对传统剧目《王保定借当》中扮演秋兰的常兰、扮演春兰的钱玉玲两位同志的表演给予很高的评价。

大家对《李二嫂改嫁》的剧本也提了很好的意见，认为剧本的几个主要人物都是性格化的，语言朴实、生动，剧作者还成功地学习运用了戏曲传统的表现形式，而又不囿于它陈旧的"套子"。

剧本的主要缺点是没有通过李二嫂改嫁这一事件，深刻地反映刚解放的农村新旧思想的尖锐斗争，描写新的思想如何在新的人物身上生长。

刘芝明同志最后发言。

他说，山东省吕剧团给北京带来了土生土长、有生活内容而又得到提高的民族戏曲，这是很可贵的礼物。吕剧团的同志们是一些文工团出身的新文艺工作者，他们原来不懂戏曲，但是经过学习，学会了吕剧，并使吕剧有所提高，这是有示范意义的。现在仍有许多新文艺工作者不愿意搞戏曲，他们应该向吕剧团的同志们学习。

他说，山东省吕剧团以民间戏曲的形式演出了表现现代人民生活的《李二嫂改嫁》，这个戏可以说是在民族戏曲的基础上创作出来的新歌剧。他认为，《白毛女》《刘胡兰》《草原之歌》是新歌剧，像《李二嫂改嫁》这样的戏曲也是新歌剧，两种可以并存。《李二嫂改嫁》的演出，驳斥了那些认为戏曲不能发展为新歌剧的错误理论。例如，李二嫂的内心生活很丰富复杂，这就说明戏曲能够表现现代人的精神生活。剧中的人物一个人一个样，三个老太太都各不相同，李二嫂的形象更是鲜明，这说明了戏曲形式没有以所谓人物的"类型化"束缚人物性格的表现。这个戏的音乐也不使人感到陈旧，而是感到舒服动听，这说明戏曲音乐也可以表现现代生活。

总之，《李二嫂改嫁》中的许多表演技巧都是经过改造了的传统的东西，它表现了现代的人民生活。郎咸芬同志在舞台上的表演，吸收了传统的表演方法，却恰当地表现了现代妇女的姿态。

这个戏，比过去许多表现现代生活的戏曲前进了一大步。当然，它不是没有缺点，但它是可以改进的。

刘芝明副部长说，山东省吕剧团在继承和发扬民族戏曲艺术的工作中，执行了中央的戏改政策，做出了成绩，他们的道路是正确的，应该继续前进!

座谈会进行了七个小时,发言者踊跃热情,因时间关系没有来得及发言的,会后继续跟山东省吕剧团的同志们进行了亲密的交谈。

中国青年艺术剧院吴雪院长根据自己的发言,整理了《评吕剧〈李二嫂改嫁〉的演出》一文,发表在1955年第11期的《戏剧报》上。

现在看来,吕剧的横空出世绝对不是偶然的!

阳光、土壤、水分,缺一不可!

第一章　乡韵大吕

光绪二十六年，也就是公元1900年，新世纪的阳光并没有温暖大清的万里江山。

接踵而至的"厄运"，让风雨飘摇的大清王朝愈加摇摇欲坠。但这，丝毫不影响老百姓对歌舞戏曲的向往。

相反，老百姓对艺术的向往推动了中国地方戏曲的迅猛发展，尤其是方言俚曲、小戏俗调，遍地开花，处处生香。

柳子戏、柳琴戏、五音戏、冒腔、批腔、渔鼓戏……在山东各地"占山为王"、各领风骚。

"南昆、北弋、东柳、西梆"，这是清初称霸京华戏曲舞台的"四大天王"。其中，"东柳"指的就是山东的"柳子戏"。

这足以证明，山东戏曲在清初就有了很高的知名度。

这足以见证，济南"曲山艺海"的桂冠绝非浪得虚名。

由说唱艺术到戏剧表演，这是中国戏曲发展的必然历程。

一大批说唱艺人顺应时代要求，改良旧曲老调，催生了一个又一个崭新的剧种。

1935年，山东博山"鲜樱桃"邓洪山开创"五音戏"之先河，成为一代戏曲大师。

无独有偶，青州府广饶县时家村（今属东营区牛庄镇），一位叫时殿元的琴书艺人旧瓶装新酒，让《王小赶脚》和"孙斗跑驴"浪漫邂逅，碰出了时代的火花。

吕剧，这个崭新的剧种，呼之欲出！

自此，一代又一代的黄河口乡野艺人，为了吕剧之梦，背井离乡，看斜阳，走四方……

1 时殿元的琴书改革

一进腊月，时家村渐渐有了年味。

明洪武二年，时国宏、时国俊兄弟二人由山西省洪洞县迁此立村，故名时家村。

天寒地冻，滴水成冰。

已经十多天没有练功了，时殿元遥看萧条的荒原，心急如焚。

时殿元突然发现，院子里地窖里的温度还可以，起码能伸出手。他喜出望外，赶忙招呼戏班子里的演员，轮流进入地窖排练。

这一年，时殿元40岁，走过南，闯过北，在青州府和莱州府一带是有名的"角儿"。

时殿元8岁丧父，与寡母相依为命。

时家村是个"戏窝子"，特殊的历史环境造就了特殊的人。丧父后，时殿元跟随乞讨艺人学唱小曲儿。上天给了他一个悲惨的童年，又送给他一副好嗓子，人送外号"时鸭兰儿"。

"鸭兰儿"是当地一种很像麻雀的小鸟，在田间做巢，喜欢鸣叫。

天刚麻麻亮，"鸭兰儿"就发出高亢悦耳的叫声，老百姓就该起床了。

时殿元是标准的草根派，只会些小曲小调。后来，他喜欢上了"打扬琴"。来自中东地区的扬琴，让说唱艺人眼前一亮。

扬琴音色清脆，音域宽广，而且转调方便，就连康熙帝也甚是喜欢。

几百年以来，扬琴已成为中国民间说唱音乐、戏曲音乐的重要伴奏乐器。

现在看来，作为说唱艺术的琴书是中国戏曲发展的重要一环。

1933年才被命名的山东琴书，据说最早产生于鲁西南一带，已有两百余年的历史。但现在看来，此种说法还有待商榷。

山东琴书用山东方言演唱，唱腔曲调十分丰富，约有曲牌二百多个。后来，使用的曲调逐渐集中，以"老六门主曲"即"上合调""凤阳歌""叠断桥""汉口垛""垛子板""梅花落"最为常用。

清末民初，山东琴书以"凤阳歌"和"垛子板"为主要曲调，穿插少量小曲，兼唱小段儿。

演唱形式上，自我娱乐式的"庄稼耍"逐渐被对口搭档所代替，以唱和说为主，以表演为辅，人物形象逼真生动。

1893年，时殿元和崔心悦、崔心庆、谭明伦、武春田五人组成同乐班，以唱扬琴为生，广饶及博兴、滨县、利津、沾化、周村、博山、淄川、张店、益都、寿光、潍县都留下了他们奔波的足迹。

打了几年扬琴，时殿元渐渐发现了琴书的弊端。琴书演唱讲究稳重大方，演唱者需要正襟危坐，仪态端庄，目不斜视，靠唱腔变化和坠琴、扬琴的伴奏讲述故事。而清乾隆五十五年（1790），四大"徽班"进京，继而与"汉调"合流，"皮黄"戏，也就是今天的京剧，席卷大江南北。

时殿元感到了莫大的压力。

腊月二十三，小年。

天空飘洒着晶莹的雪花，不时有小孩子在街头放起爆仗，让人们闻到了年味。

时殿元忐忑不安，他不知道他的戏曲革新能不能得到乡亲们的认可。

时殿元和表弟谭明伦又一次试了试他们的新式道具——他们用竹

片、纸、布，扎成一头"毛驴"，可以用于表演。这是他们的秘密武器。

时殿元在鼻眼之间抹上块白灰，化妆成"小三脸"模样，头戴一顶毡帽，腰里系白围裙，手执马鞭，扮作赶脚的王小；崔心悦身穿花衣，右手挽"驴"，左手一个红包袱，扮作骑驴的二姑娘。

这是时殿元戏班子第一次"上妆"，也是"坐腔扬琴"改革的重点。

上妆，就是化妆的意思。作者在小时候，经常泡在老家的戏台子后面。不看不知道，原来演员上妆，尤其是古装戏上妆，是一件很烦琐和辛苦的事情。整个过程要按下面顺序进行：脸部化妆——抹彩和勾脸，梳大头，贴片子，戴泡子，勒头，吊眉，扎靠，戴盔……

戏剧化妆，传说是从唐朝开始的。

北齐兰陵王高长恭勇武过人，眉清目秀，是当时的绝世美男，用现在的话说，有点"娘炮"之嫌。兰陵王担心自己不能以威慑敌，遂戴木雕面具出战，面具被涂成红色，更显狰狞，他屡战屡胜。后来有人便模仿他的动作，编成舞蹈，配以歌曲，称《兰陵王入阵曲》。

这是唐代最早的歌舞戏，又叫"大面"，也有叫"代面"的。

现在，"大面"一词是京剧和某些地方戏中"净"的别称，俗称"大花脸"，多扮演净行中的正面人物。大面的脸谱有红、黑、紫、蓝、粉等。

脸谱化，是中国戏曲走向成熟的重要标志。

二人边跑边唱，边唱边舞，幽默风趣，赏心悦目，令观众喝彩不绝。

曲牌唱腔，采用的是琴书的"娃娃""四平""二板"，音乐明亮悦耳，震撼心灵。

时殿元的琴书改革惊艳四邻，轰动乡里。

"驴戏"由此诞生。

2 《王小赶脚》与"孙斗跑驴"的浪漫邂逅

时殿元有一双慧眼。

他把民间小戏《王小赶脚》与东路琴书的唱腔高度融合，打造出一个崭新的剧种——"驴戏"，也就是吕剧雏形。

赶脚，旧时中国民间职业风俗。

据《旧都三百六十行·搬运行业》释义："在各城门脸，驴市口和赶驴市，均有不少迁脚的，拉着小毛驴，供人们骑用。这种赶小毛驴的，北京人都称之为'赶脚的'。"

明末清初，在花鼓、鼓词、琴书、十不闲等说唱艺术大行其道的同时，广大乡村涌现出了许多接地气的民间小戏。主要有花灯戏系统、秧歌戏系统、道情戏系统、采茶戏系统、花鼓戏系统和道具戏系统，每个系统下都有许多代表曲目，广为流传。

其中，由小旦、小丑或小旦、小生一对角色演唱的小戏，叫"二小戏"；由小旦、小丑、小生三个角色演唱的小戏，叫"三小戏"。

这些小戏故事简单，角色不多，适合在乡村演出，极具生活气息。

王小赶脚的故事应该发生在山东、山西、陕西、内蒙古、河北一带，这些地方，都有《王小赶脚》不同艺术形式的出现。

从目前掌握的资料看，《王小赶脚》最早出现在《什不闲全词》之中，具体出版时间不得而知。

根据十不闲流行的年代推断，《什不闲全词》应该在乾隆之后出版。

现存于日本早稻田大学图书馆的《什不闲全词》，应该是最早的版本。

1925年，梅兰芳、余叔岩、邓洪山三位戏剧大师会师济南，为张宗昌母亲祝寿。

当梅兰芳看过"鲜樱桃"邓洪山唱的周姑子戏《王小赶脚》,大为赞赏,从此结为好友,经常往来,这些在《梅兰芳舞台艺术》一书中都有记述。

1935年秋,经马彦祥(原齐鲁大学教授)介绍,邓洪山来到上海,在英国人开办的百代唱片公司灌制了唱片,其中就有《王小赶脚》。

邓洪山的小戏班子一共五个人,百代公司就把他们的小戏称为"五音戏"。

《王小赶脚》也就成了五音戏的开山剧目。

当然,这要比"驴戏"晚了二十多年。

民国初年,河南朱仙镇有了《王小赶脚》年画,年画朴素喜庆,十分抢手。年画由朱仙镇天义画店印制,这足以说明《王小赶脚》艺术形式的多样。

所以说,把《王小赶脚》说成琴书段子,并不准确。东路琴书传承人朱丽华说,师父商业兴和师娘关云霞从来没有教她唱过《王小赶脚》。

《王小赶脚》从十不闲开始,戏曲色彩就非常浓厚,与常见的传统琴书段子有很大差别。

十不闲是一种民间艺术,是民间花会的演出形式之一。主要道具是一个架子,上面拴着锣、鼓、钹等打击乐器。表演时,一人操作,手打脚踩,可谓手脚不闲(一齐忙),故称十不闲,又称什不闲。

《中国戏曲曲艺词典》对"十不闲"的解释是,清代曲艺种,原为凤阳花鼓。清人李声振《百戏竹枝词》称:"十不闲,凤阳妇人歌也。"后渐与莲花落融合,人称"彩扮莲花落",初步具备了戏曲艺术元素。

《王小赶脚》中,一丑一旦两个角色,有说有唱,亦歌亦舞,有进有出,体现了中国说唱艺术向戏曲形式的转变。

十不闲与琴书也有相同之处,在音乐上师出同门,那就是凤阳歌。后来,十不闲往东北行走,就成了东北二人转。

《王小赶脚》这出小戏,说的是新媳妇二姑娘回娘家,一路上与脚夫王小之间发生的故事。通过雇驴、讲价、骑驴、追驴、上山、过河、观景、数钱等情节，表现了剧中人的内心世界和喜悦心情，也展现了鲁中地区的风土人情，袁演逼真，乡土气息浓郁，唱腔酸中带甜，令人陶醉。

时殿元的聪明之处，就是抓住了《王小赶脚》的戏剧性，把琴书的主题音乐曲牌移植过来，形成了崭新的艺术形式。

因此，中国戏剧界说《王小赶脚》是吕剧的开山之戏，是非常有道理的。1955年出版的《山东地方戏传统剧目汇编》就把《王小赶脚》列入其中。

时殿元戏剧改革成功的最大亮点，则是他把"毛驴"搬上了舞台，这在当时的戏剧中具有独创性。

时殿元的"毛驴"来自何方？

也就是说，时殿元为什么糊的是驴，而不是马、骡、牛？

翻阅广饶历史，答案似乎有些明了。

这纸糊的毛驴，绝非时殿元凭空想象出来的，而是借鉴了广北地区的一种乡间舞蹈——"孙斗跑驴"。

孙斗村，位于广饶县北部，与时家、谭家、大杜村是邻村。

广饶北部曾是鲁北地区有名的毛驴之乡。

这里地广人稀，天苍苍，野茫茫，风吹草低见"毛驴"。

由于驴的饲养数量多，明末清初，广饶县有精明的商人盘灶开火，专门做"肴驴肉"生意。

俗话说，"天上的鹅肉，地上的驴肉"。

广饶肴驴肉，始创于清同治十二年，曾由当地武举崔万庆推荐到北京兵部，专供武士享用，逐渐成为地方名吃。

广饶县孙斗村的孙奎山，是"孙斗跑驴"的第四代传人。

据《孙氏家谱》记载：明洪武二年（1369），孙氏由山西省洪洞县迁山东省青州府广饶县城北四十五华里处，于陡河北岸立村，取名孙家陡河，后讹为孙家斗柯，1958年始称孙斗村，村民198户795人，皆姓孙。

"驴"在山西是非常著名的，因为早年间，驴是山西非常重要的交通工具。

尤其在山区，山路不好走，那个时候又没有车，驴是性价比最高的交通工具了，妇女儿童出门就靠它。

在一些地区，办喜事都是要用驴或者马来迎亲的，俗称"驴马迎亲"。驴，不仅是山西人生活的好帮手，也成了山西艺术的灵感源泉。

"汾孝秧歌"中，就有《小媳妇骑驴回娘家》的段子，与《王小赶脚》的故事情节十分相似；右玉县也有民间舞蹈"跑驴"；大同市有社火"跑驴"；灵丘有"骑马压干驴"的民间游戏；娄烦也有"骑毛驴"的游戏。

随着孙斗村先祖的东迁，山西的"跑驴"就跑到了广饶北部。

倘若广北地区没有养驴的习惯，"孙斗跑驴"也就不可能诞生了。

"孙斗跑驴"表演风格热闹、幽默、滑稽。"跑驴"中的"毛驴"，黑白两色，用竹、纸、布扎成前后两截。

"跑驴"大多为双人表演，一人扮骑驴妇女，把"驴形"道具系在腰间，上身做骑驴状，以腰为中心，左右小晃身，下身用颤抖的小步蹭动，模拟驴的跑、颠、跳、踢、惊、犟的神态。另一人扮演赶驴人，有赶、拉、牵、撵等动作，主要表现一种憨厚、质朴的形象，表演夸张、活泼、风趣、诙谐。

"跑驴"主要伴奏乐器有唢呐、小鼓、大钹和小钹等，烘托表演的气氛和节奏。

近年来，孙斗村的"跑驴"队员们一有空就凑到一起，研究"跑驴"表演的一招一式。他们在原有表现形式的基础上进行了创新，由原来的一骑一赶的"单驴"，发展到现在的"对驴"和"驴队"。

"对驴"是由两个骑驴者轮番上场表演，二人衣着一红一绿。女演员驾"驴"云步上场，勒"驴"嚼口亮相，一勒一抖，犹如真驴登场。赶驴者挥鞭赶"驴"，"驴"挨鞭，抖肩膀尥蹶子，场面十分有趣。

而"驴队"表演则是由多对"驴"组成，统一做勒嚼、挥鞭、踢腿等动作。"驴群"与赶驴者组成了一个壮观的舞蹈群体，气势宏大。

今天，"孙斗跑驴"已经是山东省非物质文化遗产。它所蕴含的文化空间、历史遗存和民俗文化，对黄河流域和鲁北文化的产生、发展以及研究，无疑是难得的宝贵财富。

当年，时殿元曾带领戏班子，到孙斗村演出过。

据村里的老人讲，时殿元在村里唱戏之前，"孙斗跑驴"的第二代传人孙经章、孙经林兄弟二人先进行了"跑驴"表演。诙谐幽默的舞蹈，让时殿元大开眼界。

《王小赶脚》和"孙斗跑驴"、琴书"四平调"，三者的历史性相遇，开启了吕剧的百年传奇。

这是中国戏曲史上的辉煌一笔。

3 孙中新与刘官庄的戏迷

吕剧的百年历史，有一个人无法绕开。

这个人就是博兴纯化的孙中新，"驴戏"的创始人之一。要论年龄，孙中新还大时殿元几岁呢。

八十年前，博兴纯化、闫坊一带，以艺谋生的人很多，是远近闻名的"戏窝子"。

乾隆末年，当地艺人杜兰喜仿照"扽轱辘"的韵律，又结合小曲的唱腔，形成了新的地方小戏——扽腔，深得当地民众喜爱。他尤其擅演《站花墙》《南京店》等剧目，以他为核心的杜家班闻名远乡近里。

1882年生人的孙中新，家境一般，命运坎坷。因其母粗通明清传奇和小曲，孙中新受母亲影响，十五六岁就学会了打花鼓、唱莲花落。他多才多艺，不仅嗓子好，还会司鼓操琴，是博兴的文艺通才。

扬琴在博兴兴起之后，孙中新学会了打扬琴，成为博兴当地琴书的核心人物。

1914年，孙中新、张连信收了刘官庄的徐振同、张丙智、张士祥为徒弟。

1930年，88岁的孙中新手握坠琴，离开了人世。

但是，孙中新对吕剧的初期发展，做出了巨大贡献，功不可没。吕剧的发展史上会永远镌刻着他的名字。由他点燃的博兴吕剧之火，逐渐燃烧起来。

至此，"驴戏"已发展成剧目繁多、内容丰富、深受老百姓喜爱的鲁北小戏。

博兴县闫坊刘官庄是远近闻名的"戏窝子"，人人爱听戏，家家会唱戏。五六岁的娃娃动不动就用秫秸秆搭个"戏台"，将大门上的对联撕下来，用舌头舔湿，往自己的脸蛋上一阵乱抹，扮演"大花脸"。

当时在济南闯荡的父子班，就是由刘官庄艺人组成的，由于大家都姓张，又叫张家班。主要艺人有班主张玉生（又称张大牙）、张传河、张文忠、张翠霞、张翠云、张传东、张传海、张财源、张明然等，有几十个人。曾在济南新市场北的民乐茶园、来新市场组班演出。

七七事变以后，父子班解散，艺人多数回到博兴刘官庄老家。张翠霞、张翠云、张传河、张文中等先后加入了义和班。

张翠霞后来与义和班于廷臣结为伉俪，新中国成立后成为济南市吕剧团的专业演员。

张传海10岁学艺，17岁登台，始唱花旦，后改唱老生。他表演朴实真切，嗓音宽亮，唱腔婉转别致，并能根据不同人物形象创造不同的唱腔。他在济南义和班时创造的正弦反唱吕剧"四平腔"，为后来的吕剧"反四平"奠定了基础。

1951年，张传海与张玉升、张明然在刘官庄成立了鲁兴剧团，后为博兴县吕剧团、惠民地区吕剧团。

这个最初的庄户剧团，在惠民地区影响巨大，可以说家喻户晓。尤其是张传海等台柱子，更是"大喇叭挂在窗户外——名声在外"。

1952年11月9日，刚刚成立不久的山东省歌剧院派出刘梅村、尚之四、张斌、郎咸芬、沈涛、李公绰、韩彬、武韬、林建华、钱玉玲、王俊英、郭丽华、吴铭、齐士权、张真十五位同志，风尘仆仆来到博兴县刘官庄体验生活。

据老人们回忆，演员们是坐马车来的。

刘官庄的乡亲们对省城来的演员们非常热情。

张可观家的南屋成了伙房，男演员们都集中在张彩富家中住宿，女演员则住进了张聚同的西北屋，还有一部分被安排在东庄子张新春的家里。

省歌剧院的演员们分成几个小组，有人在阎坊村，有人到了贺家村，齐士权与张真在大胡村。大部分演员在刘官庄。

他们入户走访座谈，亲身体验农村生活。

作曲家张斌在刘官庄记下了吕剧艺人张传海、张明然、张玉升、张墨林、张彩元、张彩富、张俊成、张守道等人的各种唱腔和时兴的民间曲调（见山东人民出版社1962年版《吕剧音乐研究》）。这些剧目一经传唱，久演不衰，刘官庄吕剧老艺人功不可没。

1953年春节来临之际，刘官庄吕剧老艺人们把豆腐、白菜、炸鱼、炸鸡、馒头、豆包、年糕等年货，送到了演员们的住处。

那年，郎咸芬刚从潍坊词到省歌剧院。

一个17岁的城市姑娘，演一个21岁的农村寡妇，其难度可想而知。

当时，一听说让她演李二嫂，郎咸芬十分紧张，一点生活经验都没有，怎么演？

陶钝、赵剑秋看了郎咸芬的排练之后说："这个不行，不像农村妇女，更不像寡妇。"

这也是这次省歌剧院演员下乡体验生活的缘由。

就这样，这群年轻的新文艺工作者，来到博兴刘官庄体验生活。

郎咸芬回忆说："当时，博兴农村十分落后。村里的刘大嫂是被卖到这里的，后来，丈夫死了，一直守寡。在那个年代，寡妇走路，都贴着墙根，不敢抬头看人。"

刘大嫂十分自卑，认为自己很脏，不敢与郎咸芬说话。经过村干部做工作，郎咸芬来到了她的家里。郎咸芬放下架子，帮着刘大嫂挑水、喂鸡、扫院子、搓棒子，不怕脏，不怕累。

精诚所至，金石为开。

刘大嫂和郎咸芬越来越亲，心里的话也敢对郎咸芬说了。郎咸芬也找到感觉了，剧中李二嫂绱鞋和拉碌碡两个关键动作，就是跟刘大嫂学的。

三个多月的学习就要结束了，省歌剧院在阎坊区驻地，进行了汇报演出。

演出结束后，演员们继续找刘官庄艺人进行座谈，就每场戏、每个剧情、每个动作，一一进行请教。

在"麦场上拉完碌碡，忙把场翻"一场中，郎咸芬有的动作做得不是很到位。为了找到真实的感觉，乡亲们主动把场院里的麦穰垛扒开，借来碌碡，拴上绳子，让郎咸芬体验拉碌碡的感觉。

当时，天寒地冻，北风刺骨，郎咸芬竟累得大汗淋漓。

为了追求表演的真实性，她咬紧牙关，换了左肩换右肩。在翻场和扫场时，刘官庄的艺人们亲自示范，在一旁观看的群众也手把手地教。

她先后学会了用草苫子盖麦垛、推碾、推磨、拿簸箕等动作。

歌剧团临走这天，刘官庄沸腾了，比过年还热闹。

刘官庄的张龙美、张聚英、张春荣、张桂荣、张英莲等"戏迷"，被省歌剧院破格招为专业演员，一起回济南。

1958年7月，博兴县为纪念这个重大的吕剧事件，在刘官庄、马家村、夹河村一带成立了"吕艺乡"。2004年6月，改为吕艺镇。

在博兴人的心里，刘官庄就是吕剧发展的源头。

这也是吕剧在滨州经久不衰的精神源泉。

4 "驴戏"班子进济南

济南，济水之南。

济南之名，在两千多年前的汉代就有了。

从北宋开始，济南的"文艺范"就十分抢眼，不仅有李清照、辛弃疾等宋词大家，还有武汉臣、岳伯川、杜仁杰、刘敏中、张养浩等一大批"大腕"活跃在泉城文坛。

那会儿，济南已是瓦舍勾栏林立，诸般技艺杂陈。

1376年，明太祖朱元璋把山东省会从青州迁到了济南。很快，济南就成了北方的大都市。

从那时起，济南就成了一座"有戏"的城市。明清风云变幻，快书、琴书、大鼓书以及柳子、梆子、五音戏等曲艺，你方唱罢我登场，演绎着齐鲁大地的人生百态。

济南艺术创作研究院副研究员、副院长赵雪梅说，从清初起，济南就成了外来戏曲的沃土，清代戏曲的繁盛超过了元明两代，达到了巅峰状态。

那个时候，京戏在济南被尊为"大戏"。有童谣唱道："拉大锯，扯大锯，姥娘门口唱大戏。接闺女，请女婿，亲家婆你也去。"

民国初期，济南的曲艺更加兴盛，演出场所成百上千，主要有大观园书场、南岗子书场、明湖居、进德会、北洋大戏院等。

济南开埠前，南岗子、北岗子一带都是坟地，还有一部分安徽义地，济南人管这里叫"乱葬岗子"。

开埠后，老百姓还没闹明白"商埠"是怎么回事，南岗子就被当时的省长张怀芝看中了。

1905年，张怀芝的新市场在南岗子一带开张了。

开业之初的新市场，跟老式的庙会没有多大区别，都是地摊。后来，才慢慢从地摊、席棚发展到砖瓦房、电影院。

新市场的东面，有一家金声茶园，有王云卿、王云宝姐妹的京韵大鼓；隔不远，是光裕茶园，有石振邦的木板大鼓和刘泰清的西河大鼓。

锣鼓咚锵，琴声悠扬，名角大腕，粉墨登场，拿手好戏，各显神通。

此吆彼喝，人声鼎沸，摊位紧挨，席棚密排，买卖空前，交易红火。

新市场的演艺园子对吕剧的形成发展，起了非常重要的作用。

1917年春节前，天寒地冻，滴水成冰。

刚从胶东回到东营车里村老家的张凤池觉得无聊，便只身一人去了济南。他万万没有想到，他的这次济南之行，为吕剧的发展开辟出一条希望之路。

这是张凤池第一次来济南，一到南岗子，就像刘姥姥进了大观园，眼睛都不够使的。说书的，唱戏的，都是角儿，不服不行。一连几天，张凤池"泡"在南岗子不挪步。到了饭点，一摸兜，空了。

老话说得好，天无绝人之路。就在张凤池身无分文的时候，顺风茶园贴出了告示。

原来，顺风茶园实际上是个戏园子。

对戏园子，不同的朝代有不同的叫法。

西汉那会儿，叫"看棚"。张衡在《两京赋》中，就有观看百戏而设有看棚的描绘。到了宋朝、元朝戏曲成熟的时候，演出场所叫"勾栏"，到了明代开始叫"茶园"。那个年代，在大戏园子里喝茶听戏，还真是个乐子。

可眼下，所谓的顺风茶园不过是苇席一围，里面有几条破凳子而已。前些日子，观众打架，出了人命。园主胆小怕事，愿以茶园为代价，寻找顶官司的人。

走投无路的张凤池一咬牙，一跺脚，就揭了"榜"。

可是，谁也没有想到，张凤池却因此交了"狗屎运"。官府因凶手在逃，判园主无罪。还没把牢床坐热，张凤池就被放出来了。这下可好，根据协议，张凤池摇身一变，成了顺风茶园的新掌柜。

凭借多年的演出经验，张凤池经营戏园子还是比较顺手的。他修缮围墙，清扫垃圾，又把戏台子重新整修了一番，把个顺风茶园打理得井井有条。

来此演戏的戏班子一个接着一个，顺风茶园火了起来。

不仅如此，张凤池还交了"桃花运"。隔壁裕生茶园的女掌柜丈夫去世多年，一直单身，看张凤池眉清目秀，人又讲义气，颇为中意。一来二去，日久生情，两人结为伉俪，两个园子合二为一，取名风顺茶园。

这运气来了，挡都挡不住。一夜之间，张凤池在济南成了大老板，还娶了新媳妇。这天上掉下来的"大馅饼"，把车里老家的人砸晕了。

张凤辉、张凤阁、刘立贤听说后，做出了一个重大决定：车里班闯济南！这一决定，对吕剧的发展意义非凡。

1917年的中秋节，张凤辉、张凤阁弟兄俩带着刘立贤、张明德等人，开始了去济南的长途跋涉。

一架吱嘎作响的地排车，拉着车里班的全部家当，张凤辉驾辕，张凤阁拉边套，刘立贤等人跟在车后面，朝着西南方向，一步一步地往前走。

他们并不知道，这一走，走出了"驴戏"的新天地。

1915年，同乐班的琴师武春田被车里村聘为老师，主要培养本村学员。学艺出徒后，学员张凤辉、张凤阁、刘饮武、刘立贤等人组建了车里班。

这一时期，戏曲班社如雨后春笋，较为著名的班社有：

同乐班（1893—1906），主要组成人员有时殿元、崔心庆、崔心悦、谭明伦、武春田等。

共和班（1906—1915），以原同乐班为基础组建的班社。其组成人员有时殿元（领班）、崔心悦、崔心庆、谭明伦、武春田、宋立修、李老四、崔宝善、马洪喜等。1915年初，时殿元的侄子时克远又加入该戏班。

黄家班（1921—1942），以东营史口镇魏家村艺人黄维范、黄维祯、黄维信三兄弟为主，谭明伦是黄家班的老师。成员除黄氏兄弟外，还有黄存修、陈相鉴、马红喜、李同山、隋日光等。1924年，郭福山、田寿山由高家班进黄家班搭班演出，与李同山被誉为"驴戏"中的"三座山"。

高家班（1923—1937），由东营油郭乡北高村艺人高安礼为首组建。高安礼最初是唱扬琴的，后拜谭明伦为师，学唱"驴戏"。1923年组成高家班。主要成员有田寿山、郭福山、郭瑞芝、郭道祥、郭建让、邓来增、吴秀荣、蒋立堂、刘洪喜等。

有了张凤池的照应，车里班在济南顺风顺水，第三天就在风顺茶园登台亮相。

车里班演出数天，观众争相观看，"驴戏"初进济南就受到当地群众的欢迎。

最初的时候，戏园子门口贴的海报是"驴戏"，看戏的弄不懂。后来，写海报时嫌"驴"笔画太多，就写成"吕戏"，解释也简单了，两口子嘴对嘴的戏。

这是吕剧的第二阶段：吕戏。

如果没有张凤池的风顺茶园，"驴戏"班子在济南是很难立足的。乡村艺人初来乍到，一般先在街头巷尾"打地摊""撂场子"。没有担保人，很难进戏园子演出。

从这一点可以看出，"驴戏"的脱胎换骨，张凤池立了大功，是吕剧发展的重要功臣。

车里班演出的主要剧目有《王小赶脚》《秦雪梅观画》和《双换亲》。婉转悦耳的乡音小调，略带悲切的"四平腔"，一下子揪住了观众的心。

谁也没有想到，"吕戏"初试啼声，就迎来了个"开门红"。

这是"驴戏"的一次革命，由乡村向城市转移，这是任何一个新剧种都必须经历的考验。

无独有偶。1917年5月，浙江嵊州"男班"进入上海，在十六铺"新花园"演出，这是越剧前身进入上海的第一次演出。但"小歌班"在上海的发展并不顺利。

一年之后，"小歌班"无法养活自己，不得不回到浙江。接下来几进几出上海，直至20世纪20年代，才站稳了脚跟。1925年，《申报》首次出现"越剧"名称，正式定了名。

车里班在济南的成功，给老家的戏班子带来了强大的冲击波。

1921年春，东营史口镇魏家村的黄家班第二个来到风顺茶园演出。

1918年至1936年，济南成了"吕戏"最火的演出目的地，名角荟萃，流派纷呈。

吕剧的"福地"——风顺茶园，直到1956年才退出了历史舞台。

5 东路琴书——吕剧的生身之母

剪不断，理还乱。用这句话来形容琴书与吕剧的关系，比较准确。

东营牛庄镇关于琴书的传说中，有四个重要人物：东寨村的张兰田、张志田，西商村的商秀岭，和时家村的时殿元。

张兰田、张志田兄弟俩是东营地区最早唱琴书的艺人。据说，二人曾去安徽凤阳拜师学艺，但元据可考。

商秀岭是东路琴书的"鼻祖"，侄子商业兴、商振清是他的弟子，后来，商业兴成了东路琴书约创始人。

商业兴是1896年春天出生的，正赶上山东大旱。

那年，山东共有52个州县14681个村庄受灾，寿光、广饶最为严重。

幸亏商业兴有个唱琴书的叔叔——商秀岭。商秀岭是当地有名的琴书艺人，在胶东有很大的影响力。

随着扬琴的加入，"唱扬琴"或是"打扬琴"，就成了当时时髦的叫法。

关于扬琴，一直有多种说法。

据《中国古代音乐简史》说，琴书是因伴奏乐器扬琴而得名的，是以扬琴为主要伴奏乐器演唱故事的说唱艺术。还有学者认为，扬琴随着扬州清曲的传播，促成了各地琴书的发展。

各地的琴书基本同源，曲牌也较为接近，如大多都有"扬调""凤阳歌""四平调""梳妆台"等，后期又共同向板腔体发展。

溯本求源，琴书与昆曲有着深厚的血缘关系。

清代以来流行于江苏、浙江一带的代言体坐唱曲艺，民国初年经过化装演出，逐渐发展为当地的戏曲声腔。

滩簧兴起于清乾隆年间。乾隆六十年（1795）成书的《霓裳续谱》中已有"南词弹黄调""滩黄调"之称。

道光以后，昆曲走下神坛，滩簧继起，以坐唱形式移植演唱《缀白裘》（新集）中收录的昆曲折子戏。

滩簧沿用昆曲声腔，如"点绛唇""醉花阴""满江红""风入松""山坡羊"等，或取上半，或抽中段，或截下部，唱腔有繁有简，有时按不同角色变化曲调唱腔。这一类移植昆曲的曲目，称为前滩。另有以民歌小调演唱、取材于民间花鼓小戏、以滑稽风趣见长的曲目，称为后滩。

江南各地的滩簧，由于多用当地方言演唱，词句、曲调各自有所变化，特别是后滩的曲调多吸收当地小曲，民间音乐色彩更浓。所以在总的形式及风格方面虽相类似，而具体曲调、伴奏、过门、唱法等都各有不同。

至清末民初，滩簧调沿着大运河北上，所到之处与地方小曲高度糅合，形成了说唱形式——琴书。

琴书在山东，最先与曹州一带的清曲、俚曲和民歌结合，形成了独具特色的山东琴书。

后来，山东琴书逐渐有了南路、北路和东路三大流派。

因东路琴书的创始人商秀岭、商业兴、商振清皆为时殿元的同乡，吕剧最早的唱腔与东路琴书异曲同工。

因此有人说，从血缘上讲，东路琴书是吕剧的生身之母。

东路琴书的开坛立宗，与蓬莱的翁老明关系密切。

翁老明，名曾恺，字淑元，乳名明子，排行老三，人称翁三爷，生于1874年，约卒于1926年，是清末秀才。

他住在城里东大街三牌口，其父翁乃同是甲午战争援朝陆军管带、武术教练。

翁老明善词曲、懂音律，能编写小唱本、戏曲和顺口溜，会唱京剧、丝弦戏、柳子戏，喜爱武术、杂耍等。翁家有戏箱，只要家人有过生日的，便会聚到一起，请来当地及外来的艺人演戏庆贺。有时兴起，翁老明便与艺人同台演唱。

翁老明是江湖中人，善于交际，五行八作，三教九流，尤其各路艺人，都和他交往颇深。因此，在常人眼里，翁老明是一个不务正业、不求上进、不入仕途的浪荡公子。而在艺人们和群众当中，他却很有威信，很受尊敬。

清同治元年（1862），蓬莱就出现了坐腔扬琴的艺人演唱。所谓坐腔扬琴，就是不装扮的艺人坐在那里进行演唱。清光绪年间，扬琴艺人商秀岭、时开五、陈盛久、徐可法等，先后带领扬琴艺班来登州摆地摊演唱。他们经常到翁家登门求教，要唱本，学曲子等。

随着交往的逐步深入，商秀岭与翁老明相见恨晚，感情越来越深。

翁老明看出商秀岭是个能在演艺界混出大名堂的人物，不由得高看一眼。

这是一次珠联璧合、承前启后的艺术合作之旅。

翁老明觉得要为商秀岭做点事。

他秉烛笔耕，纸上生花，一口气为商秀岭编写了《宋江坐楼》《老少换妻》《鸿鸾禧》《秦雪梅观画》《秦雪梅吊孝》《宝玉探病》《宝玉哭灵》《御碑亭》八个新的琴书段子，成为东路琴书的秘密武器。

商秀岭在胶东曾授徒几十人，李金山、商业兴、商振清、郭福山、吕振忠等人是他的得意门生。

1923年，商业兴到济南摆摊卖艺，与关云霞相识，并收关云霞为徒。

关云霞，女，济南长清庄家村人，1904年出生，跟随商业兴走南闯北，先后到过天津、沈阳、烟台等地演出。后来，商业兴娶关云霞为妻，夫唱妇随，成为一段佳话。

关云霞演唱琴书吐字清晰，板头灵活扎实，唱腔缠绵动人，与商业兴对唱，可谓珠联璧合。当时与他们在一起的有商振清（商业兴之弟）、李金玉（商振清之妻，李金山的姐姐）、李金山、高金凤，并合作演出多年。

1938年前后，商业兴等人在烟台演出时，被百代唱片公司代理人陶先生（大连人）选中，前往汉城（今首尔）灌制唱片。随同前往的还有商振清及女儿商秀美（又名小红）。

他们先后灌制了商业兴、关云霞演唱的《小姑贤》《梁祝下山》《潘金莲拾麦子》《鸿鸾禧》《马前泼水》《三打四劝》等唱片，流行全国，影响很大。

20世纪40年代，兵荒马乱，加上关云霞体弱多病，两人偃旗息鼓，隐居乡下。

直到1956年，有关部门才找到了商业兴和关云霞，并推荐他们参加了1958年的全国曲艺会演。二人后留在山东艺术专科学校任教。

1959年，商业兴、关云霞被调到青岛市曲艺团传授琴书，收朱丽华、邹秋月和傅子玉为徒弟。

1962年4月，商业兴、关云霞参加了山东省琴书流派座谈会，被正式确认为东路琴书的创始人。

商业兴嗓音嘹亮刚劲，行腔收放自如，能准确地表现性格，有"铁嗓子"之称。他惯唱飞弦，其高音如飞燕穿云，低腔若秋虫低吟。

1963年末，商业兴、关云霞夫妇回到原籍东营史口镇西商村定居。

商业兴于1970年去世。

1980年前后，关云霞被选为广饶县政协委员，曾经为振兴琴书建言献策。

这个时候，关云霞的徒弟朱丽华等人向省文化部门反映了一代琴书名伶关云霞在农村的窘况。关云霞每月有了一定的生活补助。

1986年，关云霞病逝于西商村，终年72岁。

金秋时节，笔者在青岛市专家公寓见到了朱丽华。她刚刚完成了长篇琴书《呼延庆打擂》的录制工作。76岁的朱丽华精神矍铄，气质不俗。说起师父商业兴和师娘关云霞，朱丽华眼睛里闪烁着泪花。

朱丽华，1945年7月9日出生于山东青岛，祖籍浙江宁波。山东琴书（东路）著名表演艺术家。原青岛市曲艺团国家一级演员，非物质文化遗产山东琴书（东路）国家级传承人。

1958年，时年13岁的朱丽华进入青岛市曲艺团后，即随商业兴和关云霞老师学唱山东琴书。她嗓音洪亮，唱腔优美，吐字清晰，感情真切，表演大方，刻画人物栩栩如生。

商业兴收徒十分挑剔，他虽是男声，但嗓音高亢脆亮、婉转动听，一生没有收过男弟子。朱丽华是他千挑万选相中的女弟子。

1975年、1976年，朱丽华连续两年参加由中国曲协在北京举办的全国曲艺调演，均获优秀演出奖。

作为东路山东琴书的传承人，朱丽华是全国唯一一个能够演唱长达37万字的山东琴书大书《七奇案》的演员。

朱丽华说："我第一次上台演出时，才学了三个月。唱完以后，老师很开心。老师说很好，不错。俺师娘很高兴，说丽华呀，你的板眼都对了，很好，有板有眼。"五年间，朱丽华得商老、关老真传，高强度的演出任务更是让她具备了深厚的艺术功底。

20世纪70年代末，朱丽华还在青岛市曲艺团招收了一男三女四个学生，为青岛培养了一批年轻的琴书演员。

2009年，朱丽华被评为首批国家级非遗传承人。

2014年，朱丽华应山东省非遗保护中心的邀请，开始录制视频版《呼延庆打擂》。这就意味着，她要把整部书装进脑子里，然后再说唱出来。69岁的朱丽华用了三年时间，终于将21回、每回45分钟、总长近16个小时的长篇琴书《呼延庆打擂》录制完毕。

朱丽华背后，还有一个合作超过五十年的创作团队，作者刘金堂、谱曲周建业、记谱刘丕端，搭档演员耿殿生、许冠英、李炳杰，他们平均年龄已经近80岁。

朱丽华说："我如果不能完成录制的话，这部书很可能就失传了。"

朱丽华在与时间赛跑，倾尽全力把这笔艺术财富留给后人，不给自己留遗憾。

2020年6月20日，青岛市文联、青岛市曲艺家协会举办了"朱丽华山东琴书（东路）《呼延庆打擂》出版发行庆典"。

《呼延庆打擂》是东路山东琴书的传统代表曲目，此书共21回，约18万字，2400多句唱词。

这次整理出版的图书，是东路琴书献给新时代的艺术绝唱。

6 "凤阳歌"——吕剧的音乐之父

"大雪飘飘飘年除夕，奉母命到俺岳父家里借年去……"

各位听众，现在您听到的是咱省的地方戏吕剧《王汉喜借年》中的一段唱。您听，这唱腔是多么婉转动听。这出戏大伙可能都很熟悉，说的是王汉喜借年误入未婚妻爱姐的绣房，在贤惠嫂子的热心帮助下，他们在除夕之夜结成美满姻缘的故事。

吕剧不光咱省的群众爱听，在全国也有一定影响。吕剧《李二嫂改嫁》《借年》《两垄地》《逼婚记》先后被拍成了电影。大伙一定很想知道吕剧是怎样产生和发展起来的吧?

春节前夕,我们访问了吕剧的家乡广饶县牛庄公社的时家大队。接待我们的是吕剧的创始人时殿元的两个最小的徒弟,一个叫时秀章,一个叫谭文章. 还有这个大队吕剧爱好者于兴伟。

这是1980年2月15日山东人民广播电台的《对农村社员广播》节目中的内容。

(时秀章讲话录音)说起这个吕剧来,有七八十年的历史咧。我的老师是时殿元,他创作的吕剧是这样创造的。他是联合三五人出去说琴书,他的琴书是北路琴书,名字叫"凤阳歌"。他回来扎了个小驴,跑小驴,我的老师他就唱王小,谭家的崔新悦他就唱二姑娘。他骑着小驴,老百姓就喊:看"驴戏"哩,看"驴戏"哩。文字记的时候记成吕剧。吕剧是两个口的"吕",这比较好些。

(记者讲话录音)噢,听大爷这么一说,吕剧是这么产生的啊。哎,您能不能再给我拉拉当时用了什么调唱,是不是跟现在唱的一样?

(于兴伟讲话录音)那可不一样,你听听现在咱电台放的这吕剧,不管是郎咸芬唱的,还是李岱江、刘艳芳唱的,人家唱得真好。那个时候就光会唱个"老四平腔",还是从"凤阳歌"里演化过来的。下面咱就请六十多岁的老艺人谭文章唱《断桥》上白娘子的一段唱。

(谭文章唱段略)

(于兴伟讲话录音)这就是"老四平调"。除了这个"老四平调",还有个唱腔叫"二板",也叫"垛子板",在一般剧种,使用"二板"与"四平"一样重要。是一板一眼的节奏,所以叫"二板"。

(谭文章唱段略)

(广播员讲)这就是"二板",是吕剧《杨二舍化缘》的一段选唱。于兴伟还告诉我们，吕剧唱腔除了"四平腔""二板"之外，还有"娃娃调""莲花落""跌断桥""铺地锦"等曲牌。新中国成立后，吕剧又借鉴兄弟剧种，改革创作了"散板""摇板""尖板""二六板""四平""反四平"等新的唱腔，使吕剧更受广大群众的喜爱。

………

访问结束了，我们怀着依依不舍的心情告别了吕剧之乡，我希望在四化建设中，在文艺的春天里，吕剧这朵文艺之花，在党的阳光甘露哺育下，开放得更加鲜艳夺目。

四十多年前的这段广播录音，现在听来依然备感亲切。

笔者在青岛采访东路琴书传承人朱丽华时，专门问了"凤阳歌"和"四平调"的区别。

朱丽华说，琴书里只有"凤阳歌"，"四平"是吕剧的叫法。

东路琴书的板腔主要就是"四平"和"二板"，这和后来吕剧的"四平腔""二板"是不同的。

朱丽华说，唱琴书的可以转为吕剧演员，但是，吕剧演员很难转为琴书演员。当年，青岛市曲艺团解散，朱丽华就成了青岛吕剧团的演员。

从民歌到曲牌，从曲牌到琴书，从琴书到吕剧，这是中国戏曲发展的一个缩影。

明代的花鼓相传始于凤阳，凤阳花鼓所唱的原是秧歌。

秧歌锣鼓易为小锣、腰鼓，以便携带，所唱的秧歌也就称为"凤阳花鼓"或"凤阳歌"了。

清康熙三十二年（1693），袁启旭在他编纂的《燕九竹枝词》中收录了陈于王所作的竹枝词，出现了"凤阳调"。

小小花鼓凤阳调，

士女周遭拍手笑。

又有一班装更奇，

十番车上诸年少。

"凤阳歌"是安徽凤阳地区民歌的总称，流行的《凤阳花鼓》《王三姐赶集》《送郎》《十杯酒》《五更调》《叠断桥》《要饭歌》《十条手巾》《采桑》《秧歌调》《打连厢》等均属"凤阳歌"范畴。

乾隆六十年（1795）刻印成书的《扬州画舫录》说，凤阳花鼓"音节凄婉，令人神醉"。

"凤阳歌"流传到北方，为了适应人们的欣赏习惯，又吸收了当地的唱调及演唱形式。

乾隆六十年（1795）刊刻的《霓裳续谱》中的"凤阳歌"，以秧歌的调子和形式表演，并且加上了"岔尾"，这又与满人的"岔曲"结合在一起了。

朱元璋为了修筑南京城，用了二十四年，花费了大量人力物力，江南"人人都是万杞良，家家都有孟姜女"。民工们将"孟姜女哭长城"的故事借用"春调"编成歌，以发泄内心的怨愤之情，《孟姜女十二月花名》应运而生。

"孟姜女春调"被逃离凤阳的移民，带到了四面八方，也成了"凤阳歌"。所以，"凤阳歌"中也包含着"春调"。"春调"与"凤阳歌"两者虽然不是一回事，但在特定情况下，它们又成了一回事。

据史料记载，中国琴书艺术的根据地是扬州，源出扬州清曲。

扬州位于长江、大运河的交汇处，由于南粮北调的漕运业与盐业，清初的商业重镇扬州出现了畸形的繁荣，扬州清曲也沿长江、淮河、黄河、大运河所构成的商业网与运输网向八方传播。这样，"春调"成为清曲曲牌"妆台"后，便进一步向全国流传开去，并逐渐成为至少二十个曲种、十六个剧种、十四个歌舞乐种的基本腔或主要曲牌。

在"春调"笼罩下的琴书，沿运河、淮河、黄河迅速流播，产生了徐州琴书、安徽琴书、山东琴书、河南琴书、湖北琴书；沿长江则产生了四川琴书，继而产生了云南琴书、贵州琴书；后来，伴随山东人"闯关东"，又产生了东北琴书、蒙古琴书。

"凤阳歌"流传至鲁西南菏泽地区后，与当地的流行小曲融合，形成了具有鲁西南特色的南路琴书，这也是最早的山东琴书。

此后，又有了以济南为中心的北路琴书，流行于鲁西北各地。

南路琴书传至广饶、博兴等地，与"老四平"结合，形成了流行于济南以东，遍及胶东半岛的东路琴书。

南路"凤阳歌"，一般为顶板开口，末眼收，风格朴实，高亢明快。

东路"凤阳歌"，为慢口、中眼起，旋律起伏较大，挺拔潇洒，富于歌唱性，善于描绘不同人物性格，还分化出"老生凤阳""老旦凤阳""小生凤阳"和"青衣凤阳"四种不同唱法。

北路"凤阳歌"，舒展浑厚，平稳流畅，说唱性强，常与数板密切结合，改大顶板为大闪板，于中眼后起唱，尾字落板。

"凤阳歌"原来为慢板，一板三眼，四句一番，唱词以十字句为基本句式，曲调优美婉转，宜于抒情，这是山东琴书的基本唱腔。

在此基础上，"凤阳歌"又衍化出其他板式，琴书叫"垛板"，吕剧叫"二板"，基本句式为七字句，由上下两句构成。上句句尾落音是Do，下句句尾落音Re，唱速较快，宜于叙事，适宜表现欢快跳跃或热烈紧张的情绪，也是山东琴书的主要唱腔之一。

在"二板"的基础上，又衍化出"快板"。它将"二板"的节拍紧缩，将2/4拍变为1/4拍，仍遵循着上句落音Do、下句落音Re的基本章法。

为了使快板唱段有一个圆满的结束，常常增加一个"尾声句"，而这个"尾句"又是在"凤阳歌"尾句的基本旋法和保持相同终结音的基础上演化出来的。

"四平腔"这个名字来自它的原始曲调"春调"。

在江南"唱春"的曲调中，"春调"是其主腔，经常演唱"四仙"

的内容。

中速的"春调"因演唱福、禄、寿、喜的"四仙"内容，故曰"四仙调·平板"，即"四平"之意，所以也叫"四平腔"。

山东琴书和山东吕剧中的"凤阳歌"，即"四平腔"，继承保留了《孟姜女》的基本音调、基本旋法、方整性的结构等基本形态特征，以及亲切、抒情、朴实、哀怨的风格特征。

表现老百姓内心深处的对苦难生活的感慨和哀叹——这是小曲的灵魂所在。

"凤阳歌"紧紧抓住了百姓情感的软肋，才使得它获得了最广泛的共鸣。从这个意义上讲，"凤阳歌"是山东吕剧的音乐之父，这一点不容置疑。

虽然"凤阳歌"在琴书和吕剧的流变中，艺术基因没有发生质的改变，但是，我们也不能忽略时殿元、谭明伦、时克远、李同庆、于廷臣、张传海、张明然等老艺人对吕剧初期音乐形成所做出的卓越贡献。

他们既是活跃的演员，又是吕剧音乐的创造者，不仅创造了许多脍炙人口的唱段，而且首先规范了"四平腔"的基本格式。

音乐是戏曲的灵魂。

这是吕剧音乐从曲牌体（驴戏）到板腔体（吕戏）的一次完美提升。

7 义和班——"吕戏"最后的香火

1948年9月，济南城外炮声隆隆。

大观园晨光茶社，一场事关义和班生死存亡的重要会议即将召开。

"到了，到了！"有人在戏园子门口喊。

他们在等一个人——于廷臣。

于廷臣进入戏班子的时间并不长，按照辈分算小字辈。可在大家伙儿的心里，于廷臣是个有主意的人。

于廷臣把黄包车停在门口，一边擦汗，一边往后台跑去。

这两天，他心里也着急。眼看着就要打仗了，哪里还有人来看戏。偏偏这个时候，丫头又出生了，家里连粥也喝不上，于廷臣只好白天替人拉洋车，好歹还能挣上几毛钱，补贴一下家用。

有人在街上找到他，让他赶紧回戏班子：出大事了。其实，不用说，于廷臣心里也明白，戏班子眼瞅着就断顿，艺人沉不住气了，嚷嚷着要解散回家。

后台，时克远、李同庆等义和班的艺人们围坐在一起，愁眉苦脸，一筹莫展。

义和班是济南最后一个"驴戏"班子。散了，再聚起来恐怕就难了。

怎么办？大家都没有了主意。

戏班子，是艺人们为了演戏而组成的剧社。

要是追根溯源，这还得从唐玄宗李隆基说起。

当年，他在大唐禁苑梨园办了两个艺术教坊："男生班"学习音乐，"女生班"专攻舞蹈，"班主任"自然是唐玄宗李隆基了。

就这样，人们慢慢地把戏曲艺人称为"梨园弟子"。

"吕戏"的兴衰，与济南的局势紧密相连。

车里班之后，济南还有两个稍微大点的"吕戏"班子，一个是共和班，一个是同乐班。演出地点，也从南岗子转到了新市场。但是，好景不长。由于演出剧目太少，内容陈旧，水土不服，济南的"吕戏"班子都很短命。

艺人们有的回了老家，有的白天在济南拉洋车，晚上卖唱，生意惨淡。后来，一部分"吕戏"艺人"挂靠"到"鲜樱桃"的五音戏班，搭伙唱戏。

究其原因，"吕戏"从农村来，原有的剧目和演出风格多是反映农村生活的，济南市民不大熟悉，引不起共鸣。时局动荡，艺人生活得不到保证，剧场营业惨淡。更重要的是地方口音太重，广饶的、博兴的、潍坊的、烟台的，演员来自全省各地，南腔北调，观众无所适从。

这也是后来济南官话成为"吕戏"标准音的缘由。

1937年12月24日，韩复榘命第三集团军第十二军孙桐萱部断后，离开济南，逃之夭夭。

弃守济南之前，他命令所部放火烧省政府、日本领事馆、火车站、进德会及市内的一些重要建筑物。

12月28日凌晨，孙桐萱丢弃济南，不战南逃。

旧军阀马良等人迎接日军入城，济南沦陷。不久，日伪政权粉墨登场，马良任伪山东省省长，朱桂山任伪济南市市长。

济南在内外交困的情况下，成了文化沙漠。

这个时候，坚守济南的部分"吕戏"艺人自发组织起来，抱团取暖，成立了义和班。殷毓庚是领班，其结拜兄弟郑江田、程立孝、张连祥、阎宗先、时克远、刘全中、张传海是义和班的创建人。

时克远是时殿元的本家侄子，28岁来到济南，艺名"脆甜瓜"，擅演小生。

这些坚守济南的"驴戏"艺人在济南多半没有家，演完戏，大家就挤在后台过夜。

1938年，于廷臣、刘金汉、侯振南、王守三、王长江等加入义和班。于廷臣的加入，对吕剧的发展起到了重要的作用。

义和班虽然拥有各路名家，但由于战火纷飞，时局不稳，终未能扭转危局。

1946年，义和班名存实亡，"驴戏"在济南已趋灭绝之势。

1947年2月吐丝口战役，解放军活捉了李仙洲。国民党如临大敌，全济南市戒严，停止一切娱乐活动。

不能演戏，就没有收入，艺人们为活命而挣扎。

时克远说："有钱人把我们叫到家里，自己躺在床上，我们蹲在旮旯里，从早唱到晚，根本见不着人。夜深了，也不知道他们睡了没有。

唱得口枯舌干，也不敢停下来，生怕挨打受骂。这样连续几天，如果他们高兴，便给你几个钱。万一不小心得罪了他们，便什么也得不到。"

于廷臣早晨拉洋车，中午演戏，晚上卖唱，仍然不得温饱。

那个时候，于廷臣已经和张翠霞结婚，有了两个孩子，生存压力像大山一样压得他喘不过气来。

戏班子里有的人比于廷臣还惨，张文忠靠捡破烂度日，吃了上顿没有下顿。谢业兴还没有成家就孤零零地离开了人世。

刘金汉痨病复发，躺在小后台，眼睛瞪得跟铃铛一样，一个劲地倒气。可大家伙儿一点办法也没有，眼睁睁地看着刘金汉在大年初一死在了自己唱戏的戏台子上。人死了也无钱安葬。于廷臣领着刘金汉十来岁的小闺女，来到大观园东面的杂货市场上，找到一个卖席的，让闺女给人磕了三个头，求来一张苇席，把刘金汉卷起来，埋在了山东"义地"。

那个时候，戏班子流传着这样一句话："路死路埋，狗肚子里是棺材。"

这就是旧中国艺人们的生活，这就是旧中国艺人们的命运。

于廷臣见大伙都没有吱声的，站起来说："这些年都熬过来了，现在走了，戏班子就散了，兵荒马乱的，再凑齐就难了！我看，只要饿不死，我们都不走，天无绝人之路！"

在于廷臣的坚持下，"吕戏"这微弱的香火总算是保住了。

1949年5月1日，义和班在济南拍了一张全家福，成为老艺人历史性的纪念。

照片上有殷毓庚、郑江田、时克远、刘庆武、殷毓汉、张连祥、候振南、郑锡才、张翠霞、王素清、张翠云、侯玉英、付贵堂、李同庆、张传河、于廷臣、甘成德、朱春胜，还有几位老艺人的后代。其中，有于廷臣的大儿子于鹤鹏、三儿子于鹤翔，殷毓庚的女儿殷元萍，张文忠的女儿张艳芳。

老艺人们的后代中，只有于廷臣的二儿子于鹤林、小儿子于鹤咏没有离开吕剧。于鹤林在1958年新疆建设兵团成立工建吕剧团时，被父亲送到了新疆，从演员改到乐队打扬琴，至今也没有离开新疆。

这里有必要说一下张艳芳，1956年，济南市吕剧团改制成功，于廷臣动员几位老艺人的子女加入剧团，补充新鲜血液。张艳芳就是其中的一位，也是最优秀的一位。

"九岁红"张艳芳，很小就跟着父亲张文忠在义和班学戏、唱戏，先师从于廷臣，后拜著名京剧演员孟丽君、孟丽蓉、陆少楼为师，戏路宽广，文武兼备。她天资聪慧，悟性很高，寒暑勤学苦练，锲而不舍，技艺渐进，除花旦外，小生、刀马旦、彩旦无所不能。

1962年冬，济南市吕剧团奉调进京演出，在人民大会堂向中央领导汇报演出了《逼婚记》，张艳芳饰演兰中玉。她扮相俊美儒雅，风度潇洒，演唱低回婉转、圆活老到，表演细腻传神，举手投足惟妙惟肖，精准地刻画出人物的内心世界，成功地塑造出栩栩如生的艺术形象。

1978年5月，国务院副总理李先念、陈永贵，农林部部长杨立功等到达济南，调查了解山东水利建设情况。

济南市吕剧团在南郊宾馆为中央考察团演出了《逼婚记》，获得了高度赞扬。

8 《墙头记》——遗响三百年的聊斋俚曲

淄川，蒲家庄。

老人满头白发，蹒跚而来。

老人虽然年事已高，但腹有诗书气自华。他就是蒲松龄的第十一世孙蒲章俊先生。

俚曲茶座是蒲章俊居住的地方，也是他平日的办公地点。蒲章俊经常在自己的书房里哼唱几首俚曲，对于蒲松龄老先生遗留下的聊斋文化的研究，他从来没有间断过。蒲家庄古朴的气息也给他的创作提供了灵感。

今天，有幸听到蒲章俊唱了一曲《哭黄天》："养儿养女苦经营，乱叫爹娘似有情。老后衰残难挣养，无人复念老苍生……"

蒲章俊从小就跟着太祖父蒲人润学唱聊斋俚曲，如今已经唱了六十多年。

蒲章俊说，他作为聊斋俚曲的继承人，肩上有一份将聊斋俚曲文化传承下去的责任。

淄川是明清俗曲重要的流布地区之一。

蒲松龄自小就深受这种当时颇为流行的民间曲调的熏陶，他不仅会唱，兴致来了还经常自撰新词。

当地名流唐梦赉写的《七夕宿绰然堂，同苏贞下、蒲留仙》诗中，有"乍见耆卿还度曲，同来苏晋亦传觞"一联，上句用宋代词人柳永之字指代号柳泉的蒲松龄，"还度曲"三字便说明他有此爱好，并且颇为人所知。

蒲章俊说，今天人们能够演唱的聊斋俚曲共有15种，它们是：《墙头记》《姑妇曲》《慈悲曲》《翻魇殃》《寒森曲》《琴瑟乐》《蓬莱宴》《俊夜叉》《穷汉词》《丑俊巴》《快曲》《禳妒咒》《富贵神仙》《磨难曲》《增补幸云曲》。也有说是14种的，因为《磨难曲》是由《富贵神仙》发展而来，故并为一种。

蒲松龄创作的这些俚曲，不像戏剧作品按场次、分折子，而是采取章回形式。开头一般多用开场、说楔子、讲梗概等方法，逐渐引入正题。每回或每段大都有说有唱，有独白，有对白，有旁白，有数白；有独唱，有对唱，有分唱，间或有帮腔等曲艺艺术表现手法。

聊斋俚曲所用的曲牌有"耍孩儿""银纽丝""叠断桥""呀呀油""劈破玉""跌落金钱""倒板浆""房四娘""皂罗袍""黄莺儿"等50个。

这些曲牌皆为当时的流行曲调，是几年或几十年间的流行音乐。就像现在，一会儿摇滚，一会儿民谣。

蒲松龄把这些流行的曲牌拿过来，按照一定的韵律，进行重新组合，填上新词，聊斋俚曲就诞生了。也就是曲子是固定的，演出者可以新编唱词。

蒲松龄集一生之阅历，汇明清俗曲之精华，取诸宫调、南北曲的曲牌联套成曲，这与琴书的音乐结构有相同之处。但是俚曲从开始就有表演性，这是与琴书的不同之处。

这些俚曲中的绝大多数故事，一直在淄川、博山、周村、明水等地被乡村戏班不断搬演，因此得以留存。

聊斋俚曲从曲文内容来看，都是用明末清初的山东民间流行曲调和淄川本地方言写成的，是不折不扣的"俗文化"，是蒲松龄为淄川附近老百姓量身定做的说唱作品。

这与《聊斋志异》完全不同。《聊斋志异》是蒲松龄用文言文写成的，具有文人化的特质。

蒲松龄不仅是伟大的小说家，还是一个伟大的现实主义编剧。

聊斋俚曲以独特的魅力影响了其他姊妹艺术的发展，单以戏曲为例，用俚曲故事改编剧本的就有五音戏、柳子戏、川剧、京剧、秦腔、河北梆子等。

吕剧的发展与聊斋俚曲也有千丝万缕的联系，《墙头记》就来自聊斋俚曲，现在已经是吕剧的看家戏。

山东艺术学院副院长刘晓静说，蒲松龄在俚曲音乐创作上的成就，绝不亚于小说创作，聊斋俚曲是蒲松龄三百年的遗响。

1958年的秋天，淄博市五音剧团赵云生等人在淄川农村采风时，意外发现了《墙头记》的俚曲脚本，如获至宝。

《墙头记》说的是一段令人心酸的父子故事。张木匠妻子早亡，通过辛勤劳动独自将两个儿子拉扯成人。大儿子叫大乖，从小学做生意发了财，娶妻李氏；小儿子叫二乖，粗通文墨，娶妻赵氏，赵氏带来一份丰厚的嫁妆。这俩儿子名字很乖，其实，做事一点都不乖。

张木匠年老体衰，无法劳作。大乖、二乖约定半月为期，轮流供养其父。由于月份有大小，兄弟俩为此经常发生争执。

一日，大乖送父亲到二乖家，二乖夫妻暗恨大乖屡屡占便宜，便装聋作哑，任凭大乖怎么叫骂，就是不开门。

大乖索性将其父撮到二乖家的墙头上，拔腿离开。

张木匠在墙头受冻而昏迷之际，老友王银匠路过，问明情由，义愤填膺。为帮助张木匠，王银匠利用二子贪财如命的本性，定下计谋，至大乖、二乖处以讨账为名假说张木匠早年私蓄银钱，暗藏防老。

二子贪图钱财，争相奉养老父。

张木匠生活改善，但因欺骗儿子以及没有钱财而内心痛苦，不久抑郁而死。

张木匠临终被逼问银子藏在何处，无奈之下说"看见那堵墙，想起王银匠"。二子认为王银匠知道银子下落，故争相请王银匠主持老父葬礼，并询问银子下落。王银匠痛恨二子不孝，声称银子被张木匠藏于墙下。

俩儿子刨墙。墙倒，二人被砸于墙下，遭到报应。

赵云生在邓洪山、张举珍的帮助下，对俚曲进行了改编，改编成五音戏，改名为《二子争父》。

1958年12月，淄博市五音剧团博山公演《二子争父》，引起强烈反响。

1960年春天，经山东省鲁剧研究院集体讨论，恢复了蒲松龄原著《墙头记》的名称，由孙秋潮执笔改编，山东省梆子剧团排练演出。

1960年5月2日，山东梆子名家刘桂荣为毛主席演出了《墙头记》，受到毛主席亲切接见。

1960年7月，山东梆子剧团进京演出《墙头记》，受到了多位党和国家领导人的好评及接见。

1982年，中央新闻纪录电影制片厂将此剧制作为山东梆子戏曲艺术片。

山东梆子版《墙头记》的热演，让《墙头记》这出老戏陡然焕发出勃勃生机。

豫剧、吕剧等剧种纷纷移植，使《墙头记》一下子火遍全中国。

山东省吕剧院为了改编移植《墙头记》，组成了强大的班底：编剧孙秋潮，导演尚之四，作曲李渔，司鼓李天成，主弦马常委，主要演员有李岱江、杨瑞卿。

直到今天，《墙头记》依然是山东吕剧的看家戏，经久不衰，历久弥新。

《姊妹易嫁》是根据蒲松龄聊斋故事改编的又一出经典剧目，也是山东吕剧一座挺拔耸立的艺术高峰。

《姊妹易嫁》讲述了姐妹俩素花、素梅面对婚姻的故事。

姐姐素花自幼与牧童毛纪订婚，因嫌毛纪贫穷，竟在迎娶之日，不顾情义，拒绝完婚。

素梅激于义愤，并感毛纪忠诚，愿意代姐姐出嫁。

在上轿时，忽报毛纪已中状元。

此时素花羞愧难当，后悔不已。

清代阳湖居士张烺将这篇小说改编成一出传奇戏，名曰《错姻缘》。

1962年，山东省吕剧团李公绰执笔将其进一步改编，成为今天我们看到的《姊妹易嫁》，作为流传甚广的吕剧重点曲目，至今传唱不衰。

1963年，《姊妹易嫁》被香港华文影业拍成戏曲艺术片公映，引起强烈反响，被东南亚一带观众称为"笑宝"，并被全国八十余个剧种移植排演。

据不完全统计，《姊妹易嫁》仅山东省吕剧院演出场次就已达三千余场。

山东省吕剧院演出《姊妹易嫁》，至今已历经近五十年的舞台历程，五代优秀吕剧演员传承表演。

新版《姊妹易嫁》由山东省吕剧院高静、李萍、董家岭、谭连华等新一代著名演员担纲，确保吕剧经典剧目永不褪色。

2018年7月15日，山东省吕剧院来到东营区史口镇徐家村文化下乡，演出全本《姊妹易嫁》，场面火爆。乡亲们都来了，摩托车、三轮车、拖拉机、汽车挤满了场院，像是过年一样热闹。

在火热的氛围中，你会感受到，吕剧依然活在群众的心里。

第二章　一鸣惊人

1 忽如一夜春风来

1949年底，王统照先生离开居住二十余年的青岛，登上了西行济南的火车。

中共中央山东分局已经正式任命他为山东省文教厅副厅长，统领山东的文学艺术工作。

离别前夜，王统照久久不能入睡。

他走出书斋，来到院内的"观海台"，不远处就是浩瀚的大海。

王统照不得不敬佩开国领袖们的高瞻远瞩。

1940年1月，在延安那个神圣的窑洞，毛泽东的《新民主主义论》像一道闪电，照亮了新中国未来的轮廓。

1948年11月13日，《人民日报》（华北版）发表了《有计划有步骤地进行旧剧改革工作》的专论，这被视为即将成立的新中国决心改革传统戏曲的第一声号角。

1949年7月2日，中华全国文学艺术工作者代表大会在北平召开。这是中共中央进驻北平后召开的第一次全国性的大会，充分证明了中共中央对文艺工作的高度重视。来自全国各地的648名作家、艺术家参加了大会。7月6日，毛泽东、周恩来到会祝贺。

大会隆重宣告：中华全国文学艺术界联合会成立。

经过反复的酝酿和讨论，大会通过了中华全国文学艺术界联合会章程，并选举郭沫若、丁玲、茅盾、周扬等87人组成文联全国委员会。委员会推选郭沫若任文联主席，茅盾、周扬任副主席。

这次大会标志着长期被国民党政府隔绝的解放区和国民党统治区两个地区的文学艺术界人士的胜利会师。

1950年12月1日，在全国戏曲工作会议上，剧作家田汉代表新中国的戏曲工作者做了《为爱国主义的人民新戏曲而奋斗》的报告。

田汉说："我们修改旧剧的步骤，首先是进行必要的消毒，即抛弃其有害于人民的腐朽的、落后的部分，如鼓吹奴才思想的，残酷、恐怖、野蛮、落后的部分，而保存其有利于人民的健康的、进步的部分，作为优秀传统继承下来，并在新民主主义的基础上加以发展，这样旧的民族戏剧艺术就变成新的人民戏曲，成为新文艺的重要组成部分。"

在第一届全国戏曲观摩演出大会上，时任中宣部副部长的周扬指出，"更好地为国家和人民服务是戏曲工作者最光荣的任务"，新的戏曲要"真实地表现人民新生活，用新的正确的观点表现历史""在民族戏曲传统的基础上，创造民族新戏曲"。

1948年9月24日，济南宣告解放，成为全国第一个解放的省会。济南人民载歌载舞，欢庆胜利。

中共中央决定立即成立济南特别市政府，刘顺元为市委书记，郭子化任市长，原"左联"核心成员、著名"红色作家"、新四军民运部部长夏征农被任命为市委宣传部部长。

夏征农具有极高的文学造诣，在推动山东文学艺术的发展中起到了不可估量的作用。

为了更好地接管济南，早在1948年2月，中共中央华东局就把山东大学和华中建设大学迁到了渤海区，合并成立华东建设大学，为接管城市培训干部。同时，华东局还把山东和苏北地区的大批公安干部战士集中到渤海地区，学习城市公安工作的业务知识，为接管城市、维护社会秩序做准备。

1948年4月潍坊解放不久，华东局在青州成立了济南市委、市政府、市警备司令部联合筹备处，对外称青州建设研究会。筹备处由曾山负责，主要任务就是制定接管济南的政策和培训接管干部。

1948年8月下旬，济南市委筹建处在青州集结了华东军政各文艺团体，以及部分文学、美术、音乐工作者，组成济南文艺工作大队，准备接管济南的文化工作。

济南文艺工作大队由山东省文化界救亡协会副会长张凌青任大队长，中共中央华东局宣传部文艺处处长陆万美任政委，准备进入济南，接管济南文学艺术界。

山东省文化界救亡协会（简称省文协）是1940年8月成立的，它是抗战时期山东文化界的统领机构。

1948年9月16日，正当中秋节前夜。

时针指向24时，我各路纵队炮火齐鸣，打响了攻打济南的战斗。攻城兵团东西对攻，对敌人形成了钳形合击之势，迫使敌人顾此失彼，处处被动。东线集团第9纵队以迅雷不及掩耳之势，仅经两小时激烈战斗，就攻破了济南东郊门户茂岭山、砚池山阵地，震撼整个敌人营垒。西线集团以猛烈炮火封锁飞机场，中断了敌人的空运。

在我军强大攻势压力下，敌整编第九十六军军长吴化文率领所部约两万人战场起义。

23日傍晚，我军不惧艰难，连续作战，发起对内城的总攻击。突击部队穿过爆炸烟雾，奋不顾身架梯登上城墙。至9月24日黄昏，我军攻占济南，整个战役胜利结束。

文艺大队随八千多名接管人员紧跟攻城部队，冒着炮火分东西两路进入市区。

济南这座历史文化古城久旱遇甘霖，率先踏上了新中国的文艺振兴列车。

王统照是中国新文学运动的奠基者之一。

王统照是新文学诗坛的第一代诗人，他的《童心》，照亮了

"五四"诗坛的黎明。除了诗歌，王统照的长篇小说也因成就斐然引起关注。

茅盾先生在总结新文学运动第一个十年的小说创作成果时指出："那时，常有作品发表的作家亦不过鲁迅、冰心、王统照、叶绍钧等五六人。"阿英则对王统照的小品文极其看好："除鲁迅的杂文外，是没有谁可以和王统照比拟的。"泰戈尔的济南之行，青春韶华、英姿勃发的王统照是翻译兼陪同。

在山东大学期间，他一面认真教书，一面继续从事文学创作。

1950年1月1日，他在《新年》里这样写道：

> 这新年不同往年节，
> 咱们这东方"旧邦"变成了崭新的民主国。
> 领导者指引的方向准没错，
> 在前面红霞一片正闪烁。
> 大家的信心更坚定明确，
> 来——来——来，
> 是已经直起腰来的中国人，
> 谁也不愿放这头一个"新年"空空过。

也正因为如此，中共中央华东局和山东分局才把山东文学艺术浴火重生的重担，交给了王统照。

山东作为儒家文化的源头，理应在全国文学界执牛耳，这需要有位文学大家作为齐鲁文学艺术界的"掌门人"。

新中国带来的新气象，时时刻刻震撼着王统照，能为这样的新社会出一把力，做一点贡献，死而无憾。

在奔驰的列车上，王统照远瞻旷野，近观乡村。

齐鲁大地炊烟袅袅，生机盎然，王统照兴奋不已。

1949年3月，在山东省文化工作者协会筹备处的基础上，济南市文学艺术界联合会成立，张凌青任主任，陶钝为秘书长。

新诞生的济南市文联，其实是山东省文联的雏形。

全国第一届文代会刚结束，中共中央山东分局即以济南市文联为基础，开始酝酿组建山东省文学艺术界联合会。

1949年9月初，山东分局指定于寄愚、冯毅之、虞棘三人负责筹备组建省文联。

1950年2月11日，山东省文联筹备处举行第一次发起人会议，推选出了56人为山东省文联筹备委员，于寄愚、王统照、冯毅之、虞棘、刘知侠、李澄、陶钝、黄雨秋、牟英、臧云远、骆宾基、王希坚、任迁乔、臧克家、李微冬等15人为常务委员。

万事俱备，只欠东风。

山东省文学艺术界联合会呼之欲出。

1951年4月22日，大明湖垂柳摇曳，碧波荡漾。

省政协圆形大楼会议室，山东省第一次文代会就要召开了。

终于等到这一天了。

这是新中国成立后山东省文艺界的第一次盛会，是老解放区和新解放区两路文学艺术大军的胜利会师。

此次文代会共有正式代表304人，列席代表18人，可谓精英荟萃。

王统照、丁志刚、于寄愚、陶钝、冯毅之、骆宾基、王希坚、刘知侠、包干夫、王安友、赵剑秋、田仲济、严薇青、孔令境、于希宁、任迁乔、詹徽秋、苗晶、何锦文、安林、方平、张大经、邓九如、谢大玉、周亚川、孟丽君、迟宾、耿本清、周正、余修、燕遇明、江风、杨立德、孙文杰、罗竹风、苗得雨等山东著名艺术家、作家参加了这一齐鲁文坛盛会。

这既是山东文学艺术界的第一次亮相，也是山东文学艺术阵容的展示。

卧龙腾空，野无遗贤。

于廷臣作为老艺人代表，也应邀在列。

老艺人的地位，在新中国的曙光中如日东升。

会议期间，山东省军区政治部京剧团演出了《闯王进京》《木兰从军》等京剧节目，让大家感受到了解放区京剧艺术的魅力。

在省文联筹委会的安排下，即将一周岁的省文联地方戏曲研究室，突击排练了传统戏《井台会》和现代戏《李二嫂改嫁》，以此检阅一年来的成果。

这次试演，是吕剧横空出世的序曲和前奏。

在隆重热烈的闭幕式上，王统照当选为第一届山东省文联主席，丁志刚、骆宾基为副主席。

在省文联的领导下，分别选举了骆宾基为山东省文学工作者协会主席，吕品为山东省美术工作者协会主席，虞棘为山东省戏剧工作者协会主席，牟英为山东省音乐工作者协会主席，陶钝为山东省曲艺改进工作者协会筹委会主任。

掌声雷动，豪情万丈，山东文学艺术界迎来了繁荣的春天。

于寄愚和丁志刚坐镇省文联，具体负责山东省文学艺术工作。

于寄愚，山东蓬莱市安香于家村人。1930年在上海市参加工作，任左翼美术家联盟总干事。1932年加入中国共产党。1934年回到家乡，以教学为掩护开展抗日救亡活动。1938年2月，领导蓬莱人民抗日武装起义，任山东人民抗日救国军第三军第二路起义部队副指挥。

1938年7月，调任《大众报》社社长兼总编辑，后历任中共冀鲁边区委宣传部副部长，中共鲁中南区委宣传部副部长、部长，中共中央山东分局文委书记，中共济南市委宣传部部长，华东文联党组副书记、秘书长。先后出版小说集《石头奶奶》、长篇小说《一支不正规的队伍》和戏曲剧本《花芙蓉》等著作，是一位文武兼备的优秀文化干部。

1951年7月，上海作家李健吾出版山东访问记《山东好》，记录了他随华东文艺访问调查团在山东36天的所见所闻。

这是新中国成立后，上海文艺界和山东艺术界的第一次面对面交流。

李健吾在"毛主席的文艺先锋"一章中，写了他对山东省文艺干部的印象。

这些文艺先锋有彭康、夏征农、于寄愚、丁志刚、王统照、陶钝、刘知侠、苗得雨等。

对陪同他们到莒县下乡调查的山东分局宣传部宣传科科长冯毅之，李健吾更是由衷地敬佩，说冯毅之"东张罗，西张罗，忙着照应人，自己不知自己伟大"。

临别之前，中苏友好协会济南分会在位于经二路纬三路的北洋大戏院举行欢送晚宴。

李健吾端起一杯酒，恭恭敬敬地说："冯科长，我敬你一杯酒。"

李健吾的结束语是这样写的："向群众学习，做好调查，多看多比，山东文艺工作者都是毛主席文艺政策的战斗先锋。他们启发了我，也教育了我。"

齐鲁大地，春潮涌动。

一颗颗文学艺术的种子，破土萌芽。

在中共山东分局的领导下，彭康、夏征农、王统照开始调兵遣将，统筹全省的文学艺术发展。

1952年7月，王统照又兼任山东省文化局局长。

与此同时，王统照还是第一、二届全国人大代表、全国文联委员、全国作协理事、民盟中央委员、民盟济南市主任委员。

当年负责照顾王统照生活的勤务员刘晓田说："那时先生哮喘病非常厉害，从早到晚不停地咳嗽，很少有时间睡觉。经常是我们一觉醒来了，先生他还在书房写东西。"

百废待兴，千头万绪，王统照呕心沥血，抱病前行。

1957年的春节，王统照是在医院度过的。

他已经骨瘦如柴、气喘如丝，但是，仍然坚持写作。

1957年1月，毛泽东主席与臧克家谈话，赞扬王统照的创作精神："百花齐放了，像王统照这样一些老作家都发表了许多作品，这很好。"

1957年11月29日，王统照这位奋斗了半个世纪的文学大师，因病在济南逝世。

这不仅是山东文学的损失，也是新中国文学的巨大损失。

王统照逝世后，他的儿子王立诚从山东返京拜访臧克家，当面交赠王统照留给他的遗物：一把病中自写的折扇和一只镶嵌着银丝的烟盒。

折扇反面是一株红梅花，正面题有一首诗："铁骨冰胎古艳姿，冷欺霜雪破胭脂。莫言枯干闷生意，老树著花无丑枝。"

当传达向臧克家通报时，王立诚隔着窗子看见臧克家掩面大哭。

王立诚回忆，还有一首题写在荣宝斋水印花笺上的遗诗，是父亲临终委托臧克家转交陈毅元帅的。

此时，人们方知，陈毅曾由王统照先生介绍加入文学研究会。怪不得1954年，陈毅视察山东，专门邀请王统照先生一起泛舟大明湖。

得知王统照先生离世，陈毅元帅遂作《剑三今何在》，悼念老朋友："剑三今何在？墓木将拱草深盖。四十年来风云急，书生本色能自爱。"

令人遗憾的是，王统照先生之墓，历经六十多年的风雨侵蚀，今天依然孤零零地湮没在济南市金牛山的杂草之中。

我们对这位齐鲁文化巨匠，也许欠一个深刻的纪念。

2　慧眼识珠

吕剧时来运转，即将历史性分娩。

没早一步，也没晚一步。时间的无涯的荒野里，就在那一刻，刚巧赶上了。

这就是奇缘，也是历史的必然。

我们无法想象，陶钝第一次看到"吕戏"时惊喜到了什么程度。但是，有一点可以肯定，那天，如果陶钝错过了与"吕戏"的亲密接触，吕剧的历史可能会改写。

陶钝是我国著名的曲艺家、作家，曾经担任中国曲艺家协会主席、中国文联副主席。

陶钝本名徐宝梯，诸城昌城徐家河岔人。

或许是受了苏东坡的影响，陶钝身上有一股侠客之气，这与诸城老乡王统照、臧克家等有所不同。

"至今东鲁遗风在，十万人家尽读书。"

陶钝是读着苏轼的《江城子·密州出猎》长大的："老夫聊发少年狂。左牵黄，右擎苍，锦帽貂裘，千骑卷平冈。为报倾城随太守，亲射虎，看孙郎。　酒酣胸胆尚开张。鬓微霜，又何妨！持节云中，何日遣冯唐？会挽雕弓如满月，西北望，射天狼。"

苏东坡曾在诸城当过知州，留下了《水调歌头·明月几时有》《江城子·密州出猎》《超然台记》等千古名篇。

陶钝的童年、少年时期都是在诸城老家度过的，二十岁娶妻生子。

1921年的春天，陶钝大梦初醒，觉得要有所作为，于是，直奔济南。

陶钝报考的是济南省立一中。两千名考生中，陶钝考了第一名，但因严重超龄，被定为第四名。

陶钝是在省立一中开始接触到马克思主义的。

他在回忆录中说，《一中旬刊》社里摆着《共产党宣言》等进步书籍，编辑是赵震寰和邓恩铭等人。

从省立一中毕业时，陶钝的二闺女都出生了，他又考上了北京大学。

北大毕业，他选择了回济南教书。这是1932年的事。

由于积极宣传马克思主义，陶钝被捕入狱，被判了死刑。幸好，经过济南开明人士的多方营救，陶钝改判五年监禁。出狱后，陶钝返回诸城，脱下长衫，拿起了钢枪，参加了民众抗日自卫团，打击日寇。

1943年，山东部分文艺界人士成立了山东文艺界抗敌协会，简称"山东文协"。这是战时山东文艺界的最高管理机构，影响非常大。

陶钝成了山东文协的秘书和专业作家，爱人和两个女儿跟着一同参加了革命。

1946年，陶钝第一次以"陶钝"之名在《山东文化》杂志发表了短篇小说《上升》，引起文艺界的关注。

1946年夏天，根据地火热的生活让陶钝文思泉涌，他用半个月的时间，创作出了《新编杨桂香鼓词》。出乎意料，一下子轰动解放区，人们争相阅读，奔走相告。

不是亲历者，无法想象战时文学艺术的火爆程度。

原胶东文协主任、中国京剧院副院长马少波回忆说，《胶东文艺》订户八千，零销一万二。

这个发行量，现在的很多省级文学刊物也望尘莫及，原因是什么？

马少波说："我们的刊物有生活，写战斗故事，写英雄人物，特别是支援前线、参军参战的事迹，生动感人。老百姓写老百姓，老百姓怎么能不喜闻乐见？现在的刊物脱离生活，不替群众说话，谁还去看？"

陶钝的鼓词出版后，很快销售一空。随后又有了鲁北、胶东版本，后来还传到了香港。

1950年，中央电影局和东北电影制片厂联合录制了根据鼓词改编的电影《卫国保家》，在全国公开放映，受到观众好评。

济南解放后，陶钝跟随文艺大队进驻济南特别市军管会文教部，参与接收学校工作。

1948年12月，山东省文化协会筹备处成立。

鉴于当时全国解放战争正在进行，成立全省性的协会条件尚不成熟，省文化协会筹备处于1949年春改为济南市文学艺术界联合会，主任张凌青，陶钝任秘书长。这是山东省文联的前身。

刚刚进城的陶钝，常到济南的新市场一带看戏、听曲，拜访知名艺人，了解山东曲艺的发展状况。

一天下午，陶钝转悠到了新市场，于廷臣的义和班正在凤顺茶园演出。

这是老艺人时克远、于廷臣、李同庆的戏，戏名《王登云休妻》，讲的是婆婆虐待儿媳妇，小姑子从中调解的故事。

陶钝看完后，很是惊喜，故事合情合理，演唱生动自然，音乐婉转别致。

陶钝接连看了几天，越来越入迷。

其实，这个"吕戏"，与陶钝家乡的"冒腔"有点相似，在胶东也叫"蹦蹦戏"。

1950年，当时的青岛市文联文工团采用山东琴书的曲调，化装演出《小二黑结婚》，取名扬琴戏。

东路琴书艺人李金山夫妇被聘为老师，音乐曲调主要是"四平""二板"，偶尔也用"娃娃调"。伴奏以扬琴、坠琴、三弦为主，"过门"时加上南胡、二胡和小提琴。

扬琴戏《小二黑结婚》由高玉铭、于千导演，孙文杰、贺林作曲，主要演员有卢辉、陈梅林、于瑛、李公绰等。在第三公园公演后，又到工厂企业演出，好评如潮。

当时，著名电影导演郑君里正在青岛调研，看了扬琴戏《小二黑结婚》后，高度赞扬："这是可喜可贺的尝试，它有很大的发展前途……扬琴戏有六七个调子，经过整理以后，可以充分表达感情。"

著名歌唱家周小燕说："扬琴戏的调子都好听，亲切优美。调子定得低，唱起来很舒服。"

青岛文联文工团在总结工作时提出："排演《小二黑结婚》，是用渤海地区的土调及青岛市的扬琴曲调以歌舞形式排演。"

1950年5月，省文联地方戏曲研究室刚成立，陶钝就迫不及待地把"吕戏"介绍给刚报到的同志们。

来自渤海区的刘梅村、张斌、李寿山、苗晶、袁来欣、王俊英等对"吕戏"更不陌生。

在渤海区，尤其是在广饶、博兴一带，"吕戏"有深厚的群众基础。老百姓称"吕戏"是"拴老婆的橛子"，"听见旺相唱，饼子贴在门框上"，足见当地对"吕戏"的喜爱程度。

渤海区耀南剧团的彭飞还写过《双劝夫》《拾棉花》等小"吕戏"，在渤海区公演，语言活泼生动，深受渤海区党政军民的欢迎。

见到陶钝对"吕戏"这么痴迷，苗晶拿出了刚刚完成的《渤海民间音乐选集》誊写稿，他正要寄给出版社，里面有"吕戏"的详细介绍。

苗晶，祖籍天津，1925年12月生于江苏盐城，先后在天津音乐专修科和北京师范大学音乐系就读。

1948年，他在天津南开大学外文系学习期间，因参加革命活动，遭到国民党通缉，地下党组织将他辗转送入渤海解放区。

在渤海根据地，苗晶参加了渤海区党委文工团，担任音乐教员和乐队指挥。

1949年9月，渤海区召开了全区文艺工作者大会，号召广大文艺工作者走下去，到人民群众中间，搜集、整理、研究丰富的民间文艺。

苗晶和战友们深受鼓舞，以饱满的热情走进鲁北农村，搜集、整理蕴藏在民间的艺术宝藏。

这是《渤海民间音乐选集》诞生的背景。

在惠民县福田村，从一位编筐的老大爷那里，苗晶搜集到了"哈拉虎"小调；在阳信县孟家庄，李锐云听到了《盼情郎》《大姐赶集》等爱情民歌；在利津县，李广宗搜集了一整套黄河号子。

1950年春节过后，渤海人民文工团的靳惠新、贺林、信华、岩力，渤海军政文工团的王印泉、李广宗、李锐云等同志，把各自搜集记录的渤海区民间音乐素材，统一汇集到了苗晶手中，由苗晶负责编辑整理。

在贺林和信华的帮助下，苗晶将这些来自民间艺人之口的音乐奇葩，做了细心整理、科学分类和精心编排，编辑成了《渤海民间音乐选集》一书。

《渤海民间音乐选集》选录民间歌曲、民间戏曲和民间器乐曲244首，是渤海区民间音乐艺术的宝库。

书中的"民间戏曲音乐"部分，选录了"吕戏"、东路梆子、西路梆子、周姑子戏、落子戏、单（扽）腔等6个剧种和沧州大鼓1个曲种的34首唱腔谱例。

其中，对"吕戏"的介绍，有28页之多，介绍了"吕戏"的主要曲调"四平""二板"及"娃娃调"的18个唱段，对"吕戏"的演唱方法、乐队组成和演奏技巧，以及唱词用韵特点，都进行了初步分析和说明。

鉴往知来，向史而新。

这是有史以来第一次全面、系统地研究分析"吕戏"，开吕剧研究之先河。

1954年，上海音乐学院的教授夏野开设的"戏曲音乐"课中，也讲到了吕剧产生的原因和发展情况。

1951年5月，《渤海民间音乐选集》由华东人民出版社正式出版。

"吕戏"为什么这么受老百姓的欢迎，戏曲研究室的同志们分析来分析去，感觉原因有四点：一是语言好懂，大都是老百姓的话。二是故事真实，像《王登云休妻》《后娘打孩子》《王小赶脚》，演的都是老百姓身边的事。三是表演逼真，演员都是农民，演啥像啥。四是音乐简单好学。

在剧目选择上，大家认为《王登云休妻》有正能量，也简单好学。就这样，传统小戏《王登云休妻》成了研究室"第一只被解剖的麻雀"。

然而，当李寿山带领大家正式进驻义和班时，却傻了眼。

这些老艺人虽然在台上演得活灵活现，却没有固定的剧本和乐谱。唱腔和台词都装在他们的脑子里，全凭在舞台上即兴发挥，仔细听来，昨天唱的和今天唱的就不是一个样。但是老艺人们的表演相当投入，演到悲伤处眼泪直流，研究室的同志们在台下深受感染，也跟着擦眼泪。

李寿山去借剧本，结果是空手而归，老艺人根本没有剧本，全剧的场次和台词都装在心里。这也难怪，过去学戏都是口传身授，再加上大多数老艺人都不认字，有剧本也无用。

这可怎么办呢？他们决定把老艺人请到研究室，老艺人口述，研究室安排专人负责记录整理。

当时的记录者亓昌平回忆说：被请来的老艺人中有于廷臣，他是后来济南市吕剧团的第一任团长，另两位是时克远、李同庆。

当时，办公条件比较简陋，屋顶上虽然有个吊扇，但是因常停电，基本是个摆设。

三位老艺人拿着蒲扇，一边扇，一边说戏。

记录剧本的工作进行了四个半月，稿纸记了一大摞。

紧接着，研究室对剧本进行了研究调整，戏名也由原来的《王登云休妻》，改名为《小姑贤》。这一改，突出了小桂姐的通情达理，时代感更强了。

王少岩主任亲自担任导演，角色分配是：刁氏由靳惠新扮演，李荣花由林建华扮演，小桂姐由王俊英扮演，王登云由李渔扮演。

导演对演员要求很严格，一招一式都要一丝不苟。

刚开始，林建华水袖甩得不到位，王少岩一次次要求重来。

唱腔要求更严了，音乐是张斌根据老艺人们的唱腔重新设计编排的。袁来欣拉坠琴，一遍遍地陪着演员练，唱不出真情实感来不算完事。

紧张的排练后，他们决定在省文联的一间大房子里演出。这既是吕剧《小姑贤》的首场演出，也是向省文联领导同志的一次汇报。

演出前，又遇到了问题。

过去在根据地，演的是《白毛女》《兄妹开荒》等"时装戏"，现在要演《小姑贤》，却没有老戏装。

正巧京剧四大名旦之一的尚小云先生和他的儿子尚长春、尚长麟、尚长荣等在北洋大戏院演出，杜民就大着胆子到了海岱宾馆找到尚小云先生。

尚先生十分客气，没有大名角的架子，立即吩咐人拿来了青衣、花旦、彩旦和小生四套戏装。

演出的那天晚上，大家像过年一样兴奋。

锣鼓敲响，大幕拉开。

靳惠新扮演的婆婆刁氏在小锣声中登台亮相，她用地道的山东方言念道："为人生来别当家，如若当家乱如麻。清晨还得早点起，油盐柴米酱醋茶……"

那天晚上，省文联筹备处领导于寄愚、虞棘、丁志刚、刘知侠、陶钝、冯毅之、包干夫等同志都出席了。演得认真，看得投入。当林建华扮演的儿媳李荣花要悬梁自尽时，悲切切的唱腔感动了所有观众，不少人在擦眼泪，台上台下产生了共鸣。《小姑贤》的首场演出，获得了极大成功。

陶钝是《李二嫂改嫁》的发现者和琢玉者。

1951年4月，山东省文联成立后，陶钝调入省文联，担任省文联研究部副部长、省曲艺改进协会主任。

当时省文联机关设有秘书处、编创部和文艺研究部。

山东省文联成立之后，第一项工作就是评选优秀作品，进行表彰。

根据省文联安排，陶钝为初评委的主任，负责审定初评委推荐的作品。

一看到小说《李二嫂改嫁》，陶钝眼前一亮。作者王安友是位传奇人物，从小就在地主家扛活，吃糠咽菜，受尽苦难，斗大的字，认不了一筐。然而，就是这个小长工，新中国成立后，转眼之间成了《大众日报》的通讯员，成了根据地有名的文化人。王安友说，他能够认字，多亏了两位老师，一是字典，二是词典。

王安友创作《李二嫂改嫁》的时候，已经是济南市历城县卧龙区的区委书记。

在贯彻落实新《婚姻法》的过程中，他了解到阻力非常大，甚至出现了自杀现象，他觉得很有必要把这个写出来。

这是王安友第一次写小说，什么也不懂，就是一门心思把故事讲好。遇到不确定的事，就跑到村里问老百姓。

初稿写完后，他委托一位小学老师帮忙誊抄，快抄完的时候，王安友急匆匆地跑到学校，对老师说："快，快，快把稿子上的'李大娘'

全部改成'天不怕'。"

老师问他为什么，他边擦汗边说："'李大娘'是李二嫂的婆婆，阻挠李二嫂改嫁的坏点子都出自她手。她是封建思想的代表人物，用'李大娘'这个称呼不太妥当。我不放心，就召集群众开会，征求意见，大家一致认为叫她'天不怕'最合适。"

陶钝回忆说："小说到我这里的时候，错别字占了十分之三四，动手改正一页，几乎没有空白处写字了。可就觉得小说真实，语言是农民的语言。"比方说"天不怕"觉得李二嫂可能和张小六有点儿关系，就指桑骂槐："死鸡把我活气煞，从来不听老娘的话。当初我算瞎了眼，花钱把你买到家！鸣不打，蛋不下，闲得你整天把墙爬。你为啥这么不正经，引得那公鸡咯咯答？野得你白天满街串，疯得你晚上不来家。只要离开老娘的眼，你就撒着翅子胡扑拉。"

这些词太生动了。这些话，本都是农村泼妇骂人的话，但是王安友把它们艺术化了。

毫无悬念，王安友的小说《李二嫂改嫁》获得了大奖。

鉴于《李二嫂改嫁》强烈的时代性和故事性，陶钝积极建议研究室进行改编。

1951年春天，山东省第一次文代会召开前，山东分局宣传部正式要求研究室利用戏曲的形式，编演一出现代戏，给文代会献礼。

就这样，《李二嫂改嫁》被正式确定为现代戏的实验剧目。

根据当时的演出资料显示，当时剧本由刘梅村、靳惠新、王昭生、张斌、苗晶共同创作。陶钝也参与了最后的剧本统筹。配曲由张斌、苗晶和袁来欣来做。导演是杜民（执行导演）、吕明、靳惠新、王昭生、武韬。

林建华饰演李二嫂，她是扮演李二嫂的第一人。

张斌演张小六，靳惠新演"天不怕"，王昭生演李七，韩琳演妇女主任，刘秀芳演刘大娘，王俊英演张大娘，王炳南演村长，吕明演区长，李赵壁演老大爷，李玉香演女青年，王毅演小玲。

伴奏乐队也是研究室自己组成的。坠琴是袁来欣，二胡是武韬，板胡是李赵璧，三弦是韩英民，横笛是刘云汉，低胡是黄心一，锣鼓是李寿山、陈好信、张法勤、尹红梅。

可以说，戏曲研究室是全员动员，"倾巢出动"。

在《小姑贤》《井台会》"吕戏"音乐的基础上，张斌、苗晶和袁来欣三人大胆吸收了"五音戏""冒腔""柳琴""一勾勾"等曲调的处理方法，增加了"反四平""反二板""摇板""散板"，增强了音乐的表现力。

导演用了戏曲艺术的夸张手法，但又不拘泥于固定程式，为戏曲艺术反映现代生活做了开创性的尝试。

陶钝不仅仅是研究室同志们的良师，还是义和班的挚友。

1950年岁尾，219位京剧和各地方戏曲剧种的艺人相聚北京，参加了新中国召开的全国戏曲工作会议。

中华人民共和国政务院总理周恩来出席了会议，同每一个代表握手致意。这让京剧艺人尚和玉、川剧艺人张德成、梆子艺人刘喜奎等热泪盈眶。

大会郑重宣告：从此废除"戏子""旧艺人"的称谓，代之以"文艺工作者"。会场顿时爆发出长达十五分钟的雷鸣般的掌声。

1950年，中华人民共和国文化部先后成立了戏曲领导机构"戏曲改进局"和由43位专家和艺术家组成的、顾问性质的机构"戏曲改进委员会"。

1951年，中央人民政府政务院发布了由周恩来总理签发的《关于戏曲改革工作的指示》。

这一指示的基本内容，被概括为"改戏、改人、改制"的戏曲改革基本方针。

陶钝多次到新市场找于廷臣聊天谈心："你们在济南演戏多年，观众也喜欢你们的戏路，可不可以由你们带头，搞出几台新戏来演出？"

义和班以崭新的精神面貌投入新生活，积极参加济南市组织的旧艺人培训班，拥护"戏改"政策，踊跃参加各种义演活动。

1951年的国庆节快要到了。

这是新中国成立后的第二个国庆日，从中央到地方，都非常重视。

为了慰问驻鲁部队，山东分局成立了三个慰问团，分赴山东各地慰问解放军。根据安排，每个慰问团都要带一个文工团随团演出。可当时，只有省人民文工团和大众京剧团可以调度，还差一个艺术团。

"要不带上义和班？"陶钝对王统照说。三分团的团长是王统照，秘书长是陶钝。

王统照想了想，点了点头。这就是运气，这就是机会。就这样，一个备受欺凌的小戏班子，竟然成了省慰问团的骨干成员，大家那个高兴劲儿就别提了，演出特别卖力气。

根据规定，演员每天补助三百元，十天时间，每个人分了三千元。第一次见到这么多钱，于廷臣他们都流下了热泪。其实，这不仅仅是钱的问题，是他们第一次被当人看。大家感觉到，这个社会是真的变了。

经过商议，钱一半分给大家，一半留作剧团经费。

这次慰问演出，义和班声名鹊起，在济南迅速火了起来。

1951年10月17日，义和班大旗高举，撤"班"建团，济南市鲁声琴剧团应运而生。

义和班老艺人告别过去，走向了未来。

这是新中国第一个真正意义上的吕剧专业院团。

1953年11月22日，济南鲁声琴剧团改名为鲁声吕剧团。

《白毛女》《王秀鸾》《光明大道》等吕剧陆续上演，这个由老艺人组成的吕剧团终于凤凰涅槃。

1955年1月，陶钝调往北京。

1956年，鲁声吕剧团完成了公私合营，更名为济南市吕剧团。

陶钝依然念念不忘吕剧。

1962年，他结合多年的经验体会，在《戏剧报》上发表了《谈谈吕剧与现代剧目》，对山东吕剧的发展进行了有益的总结和探索。

他说:"吕剧创作演出现代剧目,是山东解放以后,文艺工作者根据革命宣传的需要和党的百花齐放、推陈出新的戏剧方针才开始的。"

他勉励山东的广大吕剧工作者,要支援农村,表演农村生活,强调剧作家、演员必须深入农村,熟悉农民的生活,学习农民的语言,从思想感情上和农民打成一片。

陶钝说,新节目的表演艺术问题也必须从新内容基础上求得解决。京剧表演程式,并不是先有人创造了表演程式然后表演的,而是从表演历史故事、塑造各种人物形象中提炼出来的。表演新内容的技巧不能单纯从传统表演中去学习,还要去观察所表演的对象的思想感情和举止行动,特别是他们劳动的形象和从劳动中融化出来的日常表态。把劳动的形象美化了,就丰富了戏曲的表演。

陶钝强调,支援农村,表演现代生活内容,这是时代的要求,也是戏曲发展的广阔天地。

六十年过去了,陶钝对吕剧发展的思考,仍然具有很强的时代性,应该引起戏剧界的反思。

1996年11月14日,陶钝因病医治无效,在北京逝世,享年96岁。

陶钝与山东吕剧的不解之缘,将永远载入吕剧的史册。

③ 吕剧分娩的"产床"

我们不得不敬佩,山东分局领导对艺术的熟稔和尊重。

1946年,为了适应战争形势的需要,毛主席提出了建立文武两支队伍,山东各解放区积极响应,相继成立了三十多个能文能武的文工团(队),文工团员最多时达到两千余人。

他们冒着枪林弹雨,活跃在渤海、胶东、鲁中南地区,执行着革命文艺团结人民、教育人民、打击敌人、消灭敌人的任务。他们为部队和群众演出了《白毛女》《刘胡兰》《赤叶河》《黄河大合唱》《王贵与李香香》《支援前线》《王秀鸾》《生产大合唱》等歌剧，极大地鼓舞了广大军民的革命斗志。

这些经历过战火洗礼的文工团，是经山东人民哺育而成长起来的经得起考验的革命文艺队伍。

1949年9月，渤海行政区的文工团来到了惠民县城集训。在这里，他们迎来了中华人民共和国的诞生。

三百多名文艺战士载歌载舞，行进在欢腾的人潮之中，在歌与舞的海洋中，度过了终生难忘的1949年10月1日狂欢之夜。

但是，随着新中国的成立，在长期战争中形成的分区管辖的行政区划已经不适应新形势的要求了。

1950年初，山东开始撤销三大行政区，所属各地区的文工团队随之进行整编，军队系统的随部队行动，地方系统的文工团随行政区划的变更进行调整。大部分文工团都在整编中撤销，人员另行分配工作。

1950年5月，渤海区党委文工团、清河区文工团、鲁中南区党委文工团、泰西地区文工团奉命上调济南，与在济南的省人民文工团、省政府文工团和华东大学文工团会合，进行第二次整编，共同组建华东大学艺术系，这是山东大学艺术系的前身。

进驻济南之后，省文联筹备处组织联络部部长虞棘找到渤海区党委文工团的负责人郑重和清河区文工团的负责人王秉舟谈话：渤海区是"吕戏"的发源地，也最早利用"吕戏"进行革命宣传，有很广泛的群众基础。因此，山东分局宣传部和省文联筹备处决定，从渤海区党委文工团和清河区文工团抽调熟悉"吕戏"的编剧、乐队、演员，集中起来，成立山东省地方戏曲研究室。

就这样，刘梅村、张斌、林建华、袁来欣、李寿山、苗晶、李渔、靳惠新、王俊英、杜民、王昭生等渤海区的文艺工作者被调往省文联，筹建戏曲研究室。

除此之外，还从胶东军区国防剧团、泰西地委文工团、胶东曲艺队抽调了部分熟悉戏曲的文艺工作者，参与研究室的筹建。

担任省文联地方戏曲研究室主任的王少岩是从胶东军区国防剧团调来的，是虞棘部长的爱人。

王少岩原名王行珍，1923年1月生于蓬莱，16岁参加八路军，是胶东军区有名的才女。

1941年4月15日，平度县抗日民主政府在大田乡杨家村，秘密举办第二期教师培训班，共有七十余人参加。午夜，突遭日军包围。大部分人员被俘。日军架起机枪，对准教师和学生一阵扫射，二十七人当场牺牲，鲜血染红了杨家村。

王少岩也是培训班的学员，那天刚好去区里开会，侥幸躲过一劫。

后来，多才多艺的王少岩调到胶东军区国防剧团担任演员、队长，演出过话剧《日出》《李秀成之死》《前线》《双喜临门》及歌剧《白毛女》《三世仇》。

1943年，她与胶东军区国防剧团的虞棘团长结为革命伴侣。婚礼上，她和虞棘为大家献唱："咱们是一家，咱们是一家，咱们都在革命摇篮里长大……"

为他们伴奏的，是远处传来的枪炮声。

1949年，儿子虞石东呱呱坠地。这中间还有一个插曲，她作为山东代表团成员，参加了第一届全国文代会。开幕式上，和代表们一起见到了毛主席。因为激动，她跳上桌子呼喊，引起剧烈腹痛，被紧急送进医院，儿子提前两个月降落人间。

1952年，王少岩随丈夫虞棘一起调入北京，任解放军总政解放实验评剧团副团长，新凤霞、赵丽蓉等一批艺人成了她的同事。

1950年6月，山东文学艺术界迎来了两个重大的历史性事件。

这两件大事，都与后来吕剧的横空出世有着密切的联系。

一是《山东文艺》正式创刊，这是《山东文学》的前身，是全国创刊最早的文学期刊之一。

二是山东省立剧院成立，下设山东省实验京剧团和地方戏研究室。一个月之后，省立剧院撤销，地方戏研究室独立为山东省文联地方戏曲研究室。从成立时间来说，山东省文联地方戏曲研究室比山东省文联成立还早一年。

没有《山东文艺》，也许就发现不了王安友的小说《李二嫂改嫁》；没有山东省文联地方戏曲研究室，也许就不会有吕剧的绽放。

山东省文联地方戏曲研究室下设调查研究组、戏剧组、音乐组、总务组和学员队。

调查研究组：组长李赵壁，成员有张斌、武韬、黄心一。戏剧组：组长靳惠新，副组长孙亚山，成员有林建华、王俊英、李渔、杜民、王昭生。音乐组：组长李寿山，副组长袁来欣，成员有刘云汉、韩英民、王炳南、陈好信。学员队：李寿山兼任队长，吕明担任政治老师，苗晶担任音乐老师；学员来自全省各地，年龄在十五岁左右，有王毅、孙树人、李玉香、亓昌平等十余人。

戏曲研究的主要任务是挖掘、整理、抢救民间地方戏曲，使其重放光彩。

众所周知，山东省戏曲艺术源远流长，丰富多彩。曾在山东境内流行的剧种有三十余种，包括在元、明、清弦索俗曲基础上发展形成的古老剧种柳子戏，以及刚刚兴起的"吕戏"。

研究室成立伊始，把人员撒到了全省各地，摸清"家底"，组织力量挖掘抢救。现在看来，这项工作开展得非常及时。集中全省优秀的文艺工作者，对传统戏曲艺术进行汇总，十分必要，万分重要。因为，那个时候，大多数剧种的传承艺人都健在，这是抢救挖掘的最佳时机。

据统计，当年研究室共采访了邓洪山、时克远等不同门类的老艺人1000多人，笔录了26个地方戏曲剧种的2054出传统剧目，计4800余万字。其中，山东梆子就有437出，柳子戏121出，"吕戏"52出。

这些浩如烟海的珍贵资料，浓缩了我们山东戏曲的辉煌历史和人文精华。

听说后来这些珍贵的戏曲资料，以内部资料的形式编撰印刷，留存后世，实在是山东戏曲之大幸。

1951年，《政务院关于戏曲改革工作的指示》指出："地方戏尤其是民间小戏，形式较简单活泼，容易反映现代生活，并且也容易为群众接受，应特别加以重视。"

天时、地利、人和，就这样，"吕戏"成了山东"戏改"工作的突破口。

应该说，当时的山东分局宣传部和省文联已经勾勒出吕剧的宏伟蓝图。

这里聚集了山东当时最优秀的戏曲人才。

袁来欣原籍博兴县，是有名的琴师，名震乡里。

1949年2月，袁来欣怀抱一把坠琴，在渤海区参加了革命。

1950年5月，他随刘梅村一起来到了山东省文联地方戏曲研究室，主要任务就是研究吕剧。袁来欣既是琴师又能教唱，在吕剧事业上做出了极大的贡献。

袁来欣和义和班很早就熟识，张传河、张翠霞、张翠云都是博兴老乡。凭借这个有利条件，他几乎每天晚上都带着同事们去看演出，演什么看什么，看什么学什么，有时候袁来欣兴致上来还亲自上台给义和班的演员拉琴助兴。

《王登云休妻》演员少，又是家庭伦理故事，很适合演员学习和演出。因为当时没有剧本，他们只好把艺人们的口述记录下来，然后分配角色，演员们按角色重点学习研究。

吕剧音乐的主弦是坠琴。说起坠琴，袁来欣的贡献更是不小。

坠琴最早是木头筒子，拉出来的声音不仅发闷而且轻飘，袁来欣到芙蓉街乐器店和店家商量改造坠琴。

开始店家不太热情，他跑了好几趟，店家才答应试试。一天，袁来欣找了个炮弹壳子，截了一段蒙上蟒皮试音，一听比木头的好。老板似乎看到了商机，就到乐器厂找了个老师傅和袁来欣一起试验。

由于炮弹壳子太长，拉起来嗡嗡响，不够清脆，他们就一截一截地试，一次一次地调。大半年过去了，终于听到了想要的声音。从此，坠琴就成了现在这个样子。

经过几天的观摩学习，大家觉得《王登云休妻》这个戏不错，适合改造。

经过商量，研究室决定把《王登云休妻》作为"戏改"的突破口，集中力量啃下这块硬骨头。

剧中人李荣花由林建华扮演，婆婆刁氏由靳惠新扮演，王登云由李渔扮演，王俊英扮演小姑。李赵壁、靳惠新、张斌、武韬负责剧本整理和修改，音乐由张斌、苗晶、李寿山、袁来欣负责。

晚上，研究室有演出任务的同志都提前赶到小剧场，去后台跟老艺人们学习化妆。排演时，聘请于廷臣、时克远、李同庆等老艺人为艺术指导，纠正演员的唱腔和动作。

大家都是半路出家，从来没有唱过老戏，更没有练过功。怎么哭，怎么笑，一切都不会，怎么办？

这个难题，不亚于在战场上打一次冲锋。

研究室请来了省京剧团的老师，给大家"恶补"基本功。20岁左右的人了，却像小孩一样，从零开始，压腿，亮嗓，走台步，跑圆场。

排练场是一个旧仓库改造的，透风撒气，演员们的脸上却滴着汗。

第一次演出的时间到了，他们却找不到老戏装。

正巧京剧四大名旦之一的尚小云先生携儿子尚长春、尚长麟、尚长荣，在济南北洋大戏院演出。于是，他们壮着胆子去找尚小云先生帮忙。

尚先生吩咐人给他们挑选了青衣、花旦、彩旦和小生四套戏装，都是最好的。

林建华是第一次穿戏装，唱老戏，心里忐忑不安。幸亏有于廷臣、时克远等老艺人在一旁指导。

还好，演出顺利，没有大的闪失。领导在肯定的同时，也提了不少意见。

省文化局艺术处赵剑秋处长告诉大家：戏曲绝对不是歌剧，要注意这个问题。

作为能演、能编、能写、能演奏的戏剧专家，赵剑秋一下子抓住了要害。

为了训练演员的唱腔，张斌跑遍了济南，搜集到了大量的唱片，一边听，一边记谱。张斌不仅懂工尺谱，还会简谱。他牺牲了休息日，一个人在戏曲音乐的海洋中畅游，为演员们准备唱腔教材。

研究室专门成立了以张斌、武韬、袁来欣、苗晶为骨干的音乐唱腔攻关"专班"，专门研究吕剧音乐的革新。

大家一鼓作气，又排演了传统戏《井台会》，唱词修改由李赵璧负责，音乐整理由张斌负责。林建华扮演女主角兰瑞莲，李渔扮演男主角魏魁元。

在《井台会》一场戏中，张斌加上了豫剧和秦腔的旋律，效果不错。

《小姑贤》和《井台会》，都是由李寿山司鼓，袁来欣、刘汉、韩英民、张斌、武韬伴奏。

王少岩调到北京之后，刘梅村就成了研究室的主任。

可以说，刘梅村的一生，是专注于山东吕剧的一生，他为吕剧开疆拓土，锦上添花。

李岱江回忆道："刘梅村团长是一个戏剧教育家，他看得比较远。山东省吕剧团之所以成名，在社会上有一定的地位，有一定的知名度，与刘梅村团长的严格要求分不开。"

李岱江说："刘梅村团长很爱才，懂得使用和培养人才。他知道每个人对戏的悟性。你如果能够挑八十斤，他就叫你挑一百斤，接受加重锻炼。这出戏刚刚演出完，他就叫你准备下一出戏。"

省文联戏曲研究室成立的时候，省文联还没成立，他们是在山东分局宣传部和省文联筹备处（济南市文联）领导下开展工作的。别小看这个部门，这里是吕剧分娩的产床。那些才华横溢的剧作家、音乐家、演员则是吕剧分娩的医生和护理专家。

1935年，刘梅村考入省立剧院，学习音乐和表演。

短短四年间，省立剧院就走出了一批音乐大家和戏曲家，像魏乐文、丁孚祥、任桂林、高玉倩、魏鹤龄、田烈、崔嵬等，可谓群星闪烁。

要说省立剧院的老师，那就更光彩夺目了。

梅兰芳、徐志摩、冯彦祥等都曾在省立剧院上过课。

院长王泊生是当时中国戏剧界的"怪才"，要风得风，要雨得雨。他"整旧创新"的戏曲思想，具有前瞻性：集各派之长，去各家之短，采高腔的沉雄、昆曲的和平、秦腔的刚烈，饰皮黄、粤剧的流畅，审核声乐、器乐发声原理，制定和声……

像刘梅村这样的专业戏曲人才，在解放区是不多见的。

刘梅村是1944年在陵县参加革命的。1944年8月1日，渤海军区第二军分区政治部宣传队在陵县芝麻店正式成立，当时人们习惯称它为二分区宣传队。

刘梅村就是这个时候，成了二分区宣传队的音乐教员。接着，刘梅村被调到了渤海区党委宣传部工作，担任文艺干事，是渤海区重要的文艺骨干。

1950年4月25日，渤海区和渤海军区宣布撤销。

渤海人民文工团和渤海军政文工团也随即结束了光荣的历程，宣布解散。就在这时，一纸调令改变了刘梅村的命运，也改变了吕剧的发展进程。

1956年，山东省第二届戏曲观摩演出大会，刘梅村改编、导演的《迎春曲》获剧本二等奖、导演一等奖。此外，他还先后导演了《穆桂英》《沂河两岸》等二十余个剧目，是齐鲁梨园不可多得的领军人物。

刘梅村为吕剧培养了一大批顶尖艺术家：郎咸芬、王俊英、林建华、钱玉玲、常兰、刘艳芳、李公绰、李岱江、杨瑞卿、沈涛等。这些艺术家都是吕剧艺术的宝贵财富。

1977年12月26日，刘海村老团长离开了我们，也离开了已经与他融为一体的吕剧。

弥留之际，他病床前播放的是《李二嫂改嫁》的曲子。

这是他临终时的心愿，他要在吕剧的音乐声中离开这个他眷恋的世界。

④ 于廷臣——把根留住

坎坷人生路，舞台写春秋。

"吕戏"的脱胎换骨，于廷臣功不可没。

1918年3月6日，天色微亮，寒风瑟瑟。

利津县吴苟李村北的一个寒窑里，一声啼哭划破了村子的宁静，又一个苦命的孩子来到人世。憔悴无力的母亲看着孩子，露出了惨淡的笑容。随后，便是父亲的一声叹息。

于廷臣9岁那年，长年痨病缠身的父亲一口气没喘上来，离开了人世。他白天跟着娘要饭，晚上就住在窑洞里。村里同族的叔叔大爷都喜欢这个聪明伶俐的孩子。于是，他们凑了点钱，把于廷臣送到了本村私塾，跟着念书。

这是于廷臣童年最快乐的时光。

私塾勉强跟了三年，就读不下去了。不过，这在当时农村，也算"高学历"了。于廷臣很机灵，看唱本，讲故事，成了村里的"小秀才"。

1930年初冬，广饶琴书艺人田书善、王顺田来到于廷臣的家乡，"撂地摊"，唱扬琴。于廷臣十分着迷，从这村跟到那村，越看越喜欢。

也许天生就是唱戏的料，于廷臣学啥像啥。田、王二位看于廷臣有戏缘，就收留了他。

聪明的于廷臣立即磕头拜师。那个时候，艺人闯江湖，不拜名师就没有门派，就会遭挤对。他学戏三年，出徒成名。走到哪儿，都有"粉丝"叫好。

没几年的工夫，"筱白孩"就成了鲁北的名角，这是戏迷送给于廷臣的外号，也算是艺名吧。

20岁那年，于廷臣跟着师父来到了济南唱琴书，后来加入了义和班。

此时的于廷臣，《空棺记》《王天宝下苏州》等上百部本戏传奇和琴书小段烂熟于心。

本戏，故事曲折，人物众多，要连演十几天，每天只演一折，讲究的是唱腔叙事；小戏，大都是家长里短、说学逗唱，靠的是生动活泼。

那个时候，看戏不卖票，隔半个小时收一回钱。

在南岗子看戏的大都是穷苦老百姓，真正拿钱的也不多。有时候，从中午唱到晚上，也仅够一顿饭钱。年复一年，日复一日，苦不堪言。最初，还有几个班子在济南唱"吕戏"，唱扬琴。由于戏园子不景气，吃不上饭，渐渐散了，艺人大都回老家种地去了。剩下的二十几位艺人凑在一起抱团取暖，戏班子取了名字叫义和班，意在重义气、讲人和。

大家同甘共苦，有饭同吃，有钱同花。钱少的时候，一个人就分一分钱。

旧社会艺人社会地位很低，说书的、算卦的、修脚的、理发的、打拳的、卖艺的，同属"下九流"，不能登大雅之堂。

他们就这样熬啊熬，终于熬到了济南解放。

刚开始，老艺人们对解放军不了解，有点害怕，有人嚷嚷着回老家种地。于廷臣说："咱先演演看，实在混不下去了，再回家也不迟。"就这样，年轻的于廷臣成了义和班的主心骨。

不久，济南市召集文艺界开座谈会，于廷臣代表义和班参加。

军管会领导说："你们是文艺工作者，是人类灵魂的工程师。"于廷臣一下子就流出了眼泪。长这么大，谁拿他们当过人啊。

于廷臣感觉到世道是真的变了，艺人们第一次直起了腰杆子。

热情装在心里，笑容挂在脸上。

只要政府安排的事，他们都积极响应，不说一个不字。

于廷臣说："共产党是咱们的大恩人，没有共产党就没有艺人的解放。我们要知恩图报，政府让咱咋唱，咱就咋唱，不让唱的，坚决不唱。"

于廷臣积攒了一肚子的戏文，一下子喷发出来。

他写啊，编啊，唱啊。于是，《张大有被骗》《王秀鸾》《赵小兰》《小女婿》等现代"吕戏"应运而生。

1951年10月17日，山东吕剧揭开了新的一页。

济南市第一个崭新的吕剧团体——鲁声琴剧团，在义和班的基础上诞生了，于廷臣是第一任团长。

为了给剧团增加新鲜力量，于廷臣到老艺人家里做工作，动员老艺人的子女加入琴剧团。于鹤林、张艳芳、侯玉英就是在那个时候加入鲁声琴剧团的。

在省、市有关领导的帮动下，剧团从剧目创作、演出到业务训练，日益向正规化、专业化发展。

1953年11月，鲁声琴剧团更名为鲁声吕剧团。

1954年9月，鲁声吕剧团参加了华东戏曲会演，斩获颇丰：吕剧《光明大道》（作者刘奇英）获得编剧二等奖，时克远获得演员一等奖，于廷臣、李同庆、侯玉英获得演员三等奖。

1956年3月28日，鲁声吕剧团完成了公私合营，成为国营济南市吕剧团。至此，这批来自黄河三角洲的琴书艺人，成为光荣的人民演员。

1958年，于廷臣凭借记忆，根据连台本戏《温凉盏》，改编出了传统吕剧《逼婚记》，震撼中国梨园。1962年，他们奉调进京在人民大会堂、国务院小礼堂演出，受到朱德等党和国家领导人的接见。

走出去，唱出去，让全国人民都感受到吕剧的悠长音韵。去河南，上河北，走山西，最远到了福建。年轻的济南市吕剧团，凭借精湛的吕剧艺术，在大江南北画出了一条优美的曲线。

1961年，于廷臣光荣地成为一名共产党员，多次被评为先进工作者，两次当选为省人大代表。

于廷臣在入党申请书上写道："党是慈爱的母亲哺育我成长，从牛马不如的生活中拉我走向美满的生活，从戏花子变成了文艺工作者，是今生做梦也想不到的事。永远不会忘记党的大恩，坚决听党的话，团结在党的周围，为党的事业贡献自己的一生。"

这段话是于廷臣发自肺腑的誓言，也是他的座右铭。

1979年，长春电影制片厂决定把《逼婚记》搬上银幕。这成了当时轰动济南的大喜事。

临行前，济南市吕剧团的家属院里，人们像过年一样，大人小孩喜气洋洋，兴高采烈。

于廷臣对戏曲的悟性极高。有时，瞄一眼别人的戏，回来几个人一凑就能演。演过的戏、曾经在心里编排过的戏，多少年后，他都能够整台地背诵出来。

省文联地方戏曲研究室整理的《小姑贤》《井台会》和《拳打镇关西》的戏词，就是于廷臣背诵出来的。

于廷臣不仅是演技炉火纯青的演员，还是一位优秀的吕剧编剧，《光明大道》《明明上当》《王定保借当》等剧目，他都是主创人员之一。

《逼婚记》《闹房》的创作演出，把于廷臣推向了吕剧的艺术高峰。

于廷臣的夫人张翠霞，也是义和班的老艺人，也是第一代女艺人。风雨沧桑，二人在吕剧发展史上书写了一段伉俪佳话。

利津是于廷臣的故乡。也许该好好整理总结一下这位吕剧老人不平凡的一生，建一个于廷臣先生纪念馆，让更多的人知道吕剧的百年传奇。

如此，对于百年吕剧，将是莫大的幸事。

5 轰动上海滩

一戏定乾坤。

1954年9月25日，上海，人民大舞台。

夜幕降临，华灯初上，外滩的霓虹闪烁着魔幻般的光芒。

这个日子，这个地方，来自山东的吕剧，即将向世界发出第一声啼唱。

谁也没有想到，这一唱即巅峰，独领风骚七十余年。

对于吕剧，别说普通观众，就连上海梨园界的午多前辈也是知之甚少。因此，有人轻看了这来自山东的乡音小调，更轻看了这些文工团出身的青年演员。但是，正是这些演员改写了中国梨园的历史，历史一定会记住这浓墨重彩的一笔。

为了检阅华东区六省一市"戏改"工作的成果，中共中央华东局决定搞一次盛大的话剧与戏曲观摩会演。

对于这次会演，山东方面高度重视。

1954年7月中旬，山东省文化局向各署（市）发出《关于举办山东省第一届戏曲观摩演出大会计划》，决定在全省范围内公开选拔参加上海会演的剧目和剧团。

为了加强督导，山东省文化局成立了以王统照、冯毅之、梁晓庵、陶钝、刘盛春、赵剑秋、高洁、袭文涛、王之道、于军、王非、宋岳庭、高九、刘梅村等14人组成的筹备委员会。

为了选拔参演剧目和演员，省文化局决定舞台"相马"。

1954年8月5日至20日，第一届山东省戏曲观摩演出大会在济南举行。

吕剧、柳子戏、山东梆子、五音戏、柳腔、茂腔、柳琴戏等18个剧种、13个演出代表团参加，演职员425人，共演出了44个剧目。

《李二嫂改嫁》《光明大道》《小姑贤》《王定保借当》《寻工夫》《彩楼记》荣获剧本奖。窦朝荣、邓洪山、时克远、李兰香、李春生、张艳霞、杨梅兰、张春雷、黄云芝、张全臣、林建华等28人荣获演员奖。刘长庚、胡庆松、赵凤来、黄儒秀、刘仰田等11人荣获优秀奖。

根据会演表现，省文化局确定了赴上海参加会演的剧目和演员名单。

1954年9月21日，山东代表团浩浩荡荡，坐上火车，直奔上海。

山东代表团由王统照局长出任团长，省文联副主席陶钝、省文化局艺术处处长赵剑秋为副团长。

鉴于王统照局长正在北京参加第一届全国人大会议，代表团由陶钝副主席负责。

山东代表团阵容强大，演员实力雄厚。主要剧目有：山东梆子《两狼山》《黄牛分家》，济南市吕剧团的《金光大道》，邓洪山的五音戏《王小赶脚》，山东京剧团周亚川先生的《古城会》，山东吕剧团的《李二嫂改嫁》和《小姑贤》。

山东省委、省政府对这次参演非常重视，特批了专款为赴沪演出人员统一定制了服装。男同志一身蓝斜纹布中山装，女同志则是紫色平面绒西式套裙。

大家对省吕剧团还是比较看好的。

这种自信，源于大观园电影院的首次公演。

1953年11月15日，大观园电影院门口贴出了一张海报：山东省吕剧团首次公演。公演剧目：现代吕剧《李二嫂改嫁》，传统戏《王定保借当》《小姑贤》《井台会》《拾玉镯》。公演时间：1953年11月17日—11月23日。

吕剧？什么时候冒出个省吕剧团来？泉城戏迷有点疑惑。

也难怪，那个时候，山东省吕剧团还没有公开成立。还有，剧团名字改得也勤了点：一会儿歌剧院，一会儿人民剧团，现在又叫吕剧团。不是内部的人，还真搞不清是怎么回事。

这次公演，是山东省吕剧团建团前的一次试演。也是摸摸底，看看这些来自根据地的文工团员，到底能不能演戏。

第一天，《李二嫂改嫁》打头阵，观众稀稀拉拉，大家心里有些着急。

第二天，他们把大喇叭扯到了剧院的门口，里面台上唱，外面喇叭里也唱。

第三天，观众越聚越多。买票的观众，从大观园卖票口，一直排到四大马路再拐过去，然后又拐回来。有的人带着凳子、铺盖卷来买票。有的观众连续看了九场戏，直呼过瘾。

很多观众看了戏，激动地说："这才是咱山东的戏！好看！"

在观众的强烈要求下，省吕剧团连演54场，观众达6万多人，创下了济南演出市场的新纪录。

吕剧火了！

吕剧轰动泉城！

借着这股东风，1953年11月22日，山东省吕剧团举行了隆重的建团大会，刘梅村成为第一任团长。

吕剧，历尽沧桑，终于挤进了中国的戏曲舞台。

1954年9月25日下午，上海华东大众剧院。

万众瞩目的华东区戏曲观摩演出大会，在《义勇军进行曲》中胜利开幕。

开幕式由夏衍主持。

中共华东区文化局副局长刘雪苇致开幕词。

中共中央华东局第三书记、华东行政委员会副主任谭震林到会并讲话，他说："一切剥削阶级压迫阶级，他们把艺术变成了剥削、压迫人民的工具。他们强占了艺术，害怕人民拿起艺术的武器，会把他们打得体无完肤。"

著名戏曲艺术家梅兰芳、周信芳、程砚秋、袁雪芬、盖叫天在开幕式上宣读了祝贺词。

山东代表团代表邓洪山、安徽代表团代表王少舫、江苏代表团代表杨企雯、上海代表团代表丁是娥、浙江代表团代表周越先、福建代表团代表郑奕奏、华东戏曲研究院代表徐玉兰登台发言。

为了充分做好演出准备工作，山东省代表团秘书、省文化局戏剧科宋岳庭科长率领一部分人提前赴上海，为代表团打前站。

代表团成员心中装着一团火。十里洋场，霓虹世界，也来不及欣赏。他们把行李放到金山饭店，立即赶往人民大舞台排练。所有演员都进入了前所未有的亢奋状态。

陶钝说："又看到了当年文工团员在根据地时的那股子冲劲儿，跟打仗一样。"

这是《李二嫂改嫁》自吕剧诞生以来，第一次走出山东，意义非凡。

林建华、郎咸芬、王俊英、李岱江这些从战火烽烟中成长起来的文艺战士，根本不知道什么叫怯场，什么叫退缩。

敢上九天揽月，敢下五洋捉鳖。明知山有虎，偏向虎山行。

不出所料，《李二嫂改嫁》一炮走红。

前所未有的唱腔，催人泪下的故事，一下子触动了观众的情感。

1954年10月1日，山东代表团邓洪山、孟丽君、宿艳琴三位代表，登上了上海市国庆观礼台。上海市副市长刘季平大声地说："事实证明了我们的事业是正义的，证明了我们的道路是正确的，证明了人民力量是无比强大、无穷无尽的，证明了正义的事业是任何敌人也攻不破的。"

参加观礼的浙江省代表姚水娟感动得一塌糊涂。她说："今后，我只有用演好戏的实际行动，来回报党，回报人民，回报我们亲爱的领袖毛主席！"

1954年11月6日，华东区戏曲观摩演出大会终于落下帷幕。

这次戏曲观摩演出大会历时52天，时间跨度大，内容丰富多彩。

演出了35个剧种的大小剧目158个，104场。

山东代表团参加演出的有吕剧、山东梆子、柳子戏、五音戏、茂腔、河南梆子、京剧14个剧目。

吕剧《李二嫂改嫁》获剧本一等奖（改编者刘梅村、刘奇英、靳惠新、王昭生、张斌）。吕剧《光明大道》（作者刘奇英）、山东梆子《两狼山》（整理者张彭）、吕剧《王定保借当》（纪根垠执笔）获剧本二等奖。

获演员一等奖的山东演员有邓洪山、窦朝荣、时克远、王俊英、郎咸芬、孟丽君。获二等奖的山东演员有刘君秋、林建华、张春雷、明鸿钧、刘玉朋、宿艳琴、刘桂荣、钱玉玲、周亚川。获三等奖的山东演员有于廷臣、李同庆、武韬、李筱玲、李岱江、杨瑞卿、沈涛、韩斌、常兰、郭丽华、侯玉英等15人。

《李二嫂改嫁》获优秀演出奖。柳子戏《黄桑店》等7个剧目获演出奖。

尚之四获导演奖。

山东省吕剧团获音乐改革奖。

贺伟、张焜设计的《光明大道》获舞台美术奖。

山东代表团一炮走红，大获全胜。

济南市吕剧团带来的现代吕剧《光明大道》，也成为大会的一个亮点。

《光明大道》中有两条主要的矛盾线索，一是张五嫂与药贩子李半仙之间的矛盾，二是张五嫂与李老发之间的矛盾。这些矛盾，最后在互助组的协调下得以解决，大家一起走上互助合作的致富道路。

济南市吕剧团的老艺人们台风扎实，表演到位，唱腔老到，给上海观众带来了和《李二嫂改嫁》不一样的味道。

《光明大道》一举拿下了演出奖、导演奖、剧本二等奖、舞台美术奖。李老发的扮演者时克远获得演员一等奖。

华东区戏曲观摩演出大会是继第一届全国戏曲观摩演出大会之后又

一次戏曲盛会，从筹备到演出，吸引了众多媒体关注。

《李二嫂改嫁》博得头彩，新闻媒体对这部戏给予了充分的关注。大会会刊第五期，发表了西北区观摩团石化玉写的《试谈〈李二嫂改嫁〉》；《解放日报》发表了评奖委员会顾仲彝教授的《评吕戏〈李二嫂改嫁〉》；《新民晚报》的评论最多，共有39篇。

吕剧火了，演员也火了。

那些日子，郎咸芬、王俊英、林建华、时克远、李岱江等山东省吕剧团和济南市吕剧团的演员们成了媒体关注的焦点。

荣誉，让演员们感到眩晕和恐慌。

郎咸芬回忆说："各种荣誉一下子把我包围起来，可我又觉得这些荣誉离我很远，根本不属于我。"当她知道自己获得演员一等奖的时候，内心受到很大震动。

在大会组织的主要演员座谈会上，郎咸芬说："在这么多名家面前，给我这么大的荣誉，说实话，有点发蒙。我知道自己这汪水的深浅，无论如何也达不到一等奖的标准。我是沾了李二嫂的光，沾了领导的光，沾了现代戏的光。"

在大会期间，山东省吕剧团在上海、杭州、无锡等地进行了短暂的巡演交流，大家对吕剧充满了热情和期待。

从北京赶来的王统照也被感染了，高兴得像个孩子。

王统照决定，把震撼上海滩的四出吕剧《李二嫂改嫁》《小姑贤》《井台会》《王定保借当》，交给上海唱片厂灌制唱片，以便交流和推广。

这可是新鲜事儿。

在上海参加会演的山东演员中，只有邓洪山和时克远进过录音棚。

进了录音棚，李岱江比在戏台子上还紧张。

录完了《小姑贤》，接着录《井台会》，大约用了四十分钟。

为灌制唱片，李岱江做足了功课：多次找作曲家张斌、李渔、武韬请教，向李同庆、时克远、于廷臣、张传海等老艺人学习。

《井台会》里，有蓝瑞莲的一段唱。为了强化角色的悲剧色彩，张斌吸收了"豫西调"的元素，增强了唱腔的婉转悲凉。上海唱片厂的同志们特别喜欢这一段，坚持要录制单曲。

录完后，上海唱片厂的同志说，吕剧音乐好听，曲调好听，语言也能听懂。

就要离开上海了。

火车上，刘梅村对坐在对面的李岱江说："岱江，没有想到获奖吧？"李岱江连忙说："没有想到，真的没有想到！"是啊，看了大上海，还得了奖，能不高兴吗？！

扳着指头算，他的"戏龄"还不满三年。"别骄傲，要继续努力。以后这样的机会有的是。"老团长语重心长，对李岱江寄予厚望。

回到济南，李岱江还收到了上海唱片厂汇的18.35元钱，高兴坏了。

火车在时代的旷野上奔驰。

理想已经照进现实。

理想还能照亮未来吗？

6　跨过鸭绿江

这是历史的见证，也是荣誉的象征。

2020年10月，中共中央、国务院、中央军委颁发"中国人民志愿军抗美援朝出国作战70周年"纪念章。

这是党和国家给予所有抗美援朝出国作战者的褒奖和纪念。

山东省吕剧院著名吕剧表演艺术家杨瑞卿、林建华、李岱江、钱玉玲、苏智、赵秋、郎咸芬、刘艳芳、常兰获得了这珍贵的纪念章。

从山东艺术学校离休的张玲、王小梅也领到了。

已经去世的尚之四、靳惠新、武韬、沈涛、杜景宸、臧美倩、郭丽华、王俊英、李筱玲、李公绰等同志，却无法看到这份属于自己的荣光。

1955年9月，山东省吕剧团进京会演期间，一炮走红，引起了中国戏剧界的高度关注，各地"戏约"纷至沓来。

经过研究，山东省吕剧团决定向东北进发，到东三省进行巡回演出。因为那里的山东人很多，他们一定喜欢看家乡的戏，听家乡的曲。

1955年11月25日，山东省吕剧团到达天津。

根据行程安排，山东省吕剧团在天津进行了两场演出，场面热烈，尤其是《李二嫂改嫁》，引起天津戏迷的热捧。

在天津期间，山东省吕剧团接到了文化部通知，要做好去朝鲜慰问演出的准备。大家一听，群情激奋，能给最可爱的人演出，是莫大的荣誉和幸福。

山东省吕剧团结合文化部的要求，马上调整了巡演计划和路线，从天津直接到沈阳，从沈阳到长春。

在长春，他们接到了去鞍山参加赴朝培训的通知。山东省吕剧团立即中断商业演出，按照要求到达鞍山接受培训。

提起去朝鲜慰问演出，吕剧表演艺术家赵秋回忆说："从进京会演到从朝鲜回国，有长达十个月的时间。"

当时，赵秋去北京演出时，还带着吃奶的女儿。

当她听说要去朝鲜，生怕领导因为孩子不让她去了。当天夜里，就给孩子断了奶。第二天，就坐上了去青岛的火车，把女儿送到了奶奶家。

赵秋说："在朝鲜的日子里，天寒地冻，硝烟弥漫。可现在回想起来，一点也不觉得苦。"

出了山海关，就是大东北。

李岱江回忆说："那个时候出门很简单，一床褥子，一床被子，几件换洗衣服，出发前打成背包。"

初到沈阳，天气已经很冷了。

山东省吕剧团的演出地点是南岗剧场，条件十分简陋。

虽然山东省吕剧团提前做了宣传，买票的观众却寥寥无几。

这也难怪，沈阳的观众对吕剧太陌生了。有些山东老乡离开家的时候，也没听说有什么吕剧。

卖了票就要演，而且要演好，这是起码的职业道德。

等开了戏，演员们越演越起劲儿，观众的掌声越拍越响。这下好了，第二天，半个沈阳城都在传，山东的吕剧好看。第二天的票，不到半天就告罄。

每次谢幕，都有山东老乡挤到前头，一个劲儿地喊："山东老乡好啊！你们演得好啊！"

应沈阳观众要求，山东省吕剧团演出延长了几天。每天晚上要谢三四次幕，观众不让走，都想看看山东来的演员老乡。有位烟台籍的大娘，还特意带着自己炒的掩荬，白天来到剧院，看望家乡来的亲人。

在沈阳演出期间，山东省吕剧团和沈阳市歌舞团建立了密切的友好关系。沈阳的著名演员王铁林、关坤凡、栾桂兰经常到山东省吕剧团住的地方学唱吕剧。

之后，他们又遵照上级指示，马不停蹄地奔赴各地慰问演出，每到一地，总是引来轰动、好评如潮！

在哈尔滨，演出期限一拖再拖，直至半月，场场爆满。

1956年5月22日，《吉林日报》刊登了《向吕剧〈李二嫂改嫁〉学习》的文章，这篇带有评论色彩的新闻，通篇充满赞美之词："惊动了长春的文学艺术界""使我们倾倒了三个多小时，牢牢地抓住了我们的心，强烈地感染着我们""让人惊异和佩服"……

在鞍山，山东省吕剧团的演员们一边演出，一边等待赴朝的命令。

根据上级指示，尚之四是赴朝慰问团团长，郎咸芬被任命为副团长。

根据杨瑞卿回忆，山东省吕剧团赴朝慰问团由以下人员组成：尚之四、郎咸芬、林建华、常兰、李岱江、赵秋、钱玉玲、张玲、刘艳芳、王小梅、杨瑞卿、苏智、臧美倩、郭丽华、王俊英、李筱玲、王玉祥、沈涛、李公绰、赵斌、杜景康、刘锡光、张金元、朱继祖、郭清臣、郭有道、李川仁、高健、丁博民、李渔、张斌、韩英民、纪纲、张昆、袁盛浦、郭洪基、李宝祥、柳德新。

今年88岁高龄的杨瑞卿老师反复强调，时间太久了，记忆模糊，可能有遗漏。

这是目前笔者见到的最全的一份赴朝名单。在此，特别感谢杨瑞卿老先生。

根据前线的实际情况，文化部要求山东省吕剧团多排一些小戏，尤其是适合到前沿阵地演出的小戏。

武韬熬了几个通宵，拿出了小喜剧《喝面叶》，说的是夫妻俩的故事：男人好吃懒做，打牌赌钱，正事不做。老婆贤惠能干，勤俭持家。老婆想让丈夫浪子回头，于是装病，说想吃碗面叶。在做面叶的过程中，男人出尽了洋相。用火镰打火，把手打破了；切葱花，差点切了手。通过这些事情，老婆教育了男人，要走正道，不能好吃懒做，更不能赌钱。

《喝面叶》的音乐设计由丁博民完成，这是丁博民的第一个吕剧音乐作品。

武韬演男人，钱玉玲演老婆，整个小戏短小精悍，简单诙谐，道具只有一张桌子、两把椅子。领导一看，叫了好。

经过总政治部和文化部审查确定，山东省吕剧团赴朝鲜慰问演出的剧目有《小姑贤》《李二嫂改嫁》《王定保借当》《借年》和《喝面叶》。

到了安东，上级发给每人20元补贴，购买棉大衣等出国物资，准备跨过鸭绿江。

1956年2月4日下午，中国人民赴朝慰问团由北京启程去朝鲜。

到车站欢送慰问团的有陈叔通、谢觉哉、陈其瑗、王一夫、张维桢、刘西元、曾宪植、刘其人、程宏毅等300多人。

朝鲜驻中国大使崔一和使馆工作人员，也到车站欢送。

中国人民赴朝慰问团团长是中华人民共和国内务部副部长王子宜，副团长为蔡书彬、乐松生、危秀英、千家驹、洛风、张梓桢。

慰问团共有代表125人，其中包括各人民团体代表和工农业劳动模范、先进工作者、社会主义建设和社会主义改造的积极分子、模范军属烈属、模范复员军人、文化教育工作者和文学艺术工作者。

到达丹东后，边防检查相当严格。志愿军首长、战士和当地群众夹道欢送。

这是山东省吕剧团成员第一次看到鸭绿江大桥，心中有说不出的感慨。

就是这座英雄的桥梁，把百万雄兵送到朝鲜。敌军狂轰滥炸之下，仍然完整地矗立在鸭绿江上。

鸭绿江大桥两端分别有志愿军和朝鲜人民在守护，中朝两国国旗在桥头迎风飘扬。

过了大江便进入朝鲜国土。由于停战不久，还未来得及建设，满目战争的废墟和创伤，路边有不少弹坑，不时看到坟堆和纪念碑。

山东省吕剧团每到一地，志愿军都是列队欢迎，锣鼓喧天，欢呼声雷动。

"热烈欢迎祖国的亲人""毛主席万岁""祖国万岁"等激动人心的口号，响彻天空。

志愿军和吕剧团如久别的兄弟姐妹一般，亲切握手，热烈拥抱，热泪盈眶。那感人的场面，令人难忘。

春节来临，志愿军把从祖国运来的最好的食物都拿出来给山东省吕剧团的演员们吃。这样的情分，让演员们终生难忘。

慰问演出大都是在露天的土台子上进行的，虽然条件不好，但演员们非常卖力，台下的气氛极其热烈。

掌声、口号声、叫好声不断。

郎咸芬回忆说，冰天雪地，零下三十几度的土台子上，山谷吹来的寒风像小刀一样割得脸生疼。《李二嫂改嫁》压场打麦子那场戏，冻得她连扫帚都拿不住。饰演张小六的杨瑞卿为了追求艺术的真实，毫不犹豫地脱光了膀子演出。台下看戏的志愿军首长心疼得不行，跳上土台子，把自己的大衣给他披上。

杨瑞卿的这一"脱",感染了年轻的郎咸芬。后来,两人相爱了,直到今天,两位吕剧艺术家依然是举案齐眉、相敬如宾。

根据安排,山东省吕剧团来到了英雄的"丁字山"慰问演出。

"丁字山"位于朝鲜铁原以西13公里的芝山洞地区,北为城山、芝山,南经205高地与190.8高地相接,形似一个"丁"字。

"丁字山"阵地,作为志愿军中部战线的一个前沿支撑点,像一颗钉子揳入美军阵地,位置十分重要。

志愿军的英雄事迹,深深地感染着吕剧演员们。

晚上,演出《借年》。因为天气太冷,志愿军首长只允许演出一个节目,而且要求演员演出时穿大衣和皮靴上场。

李岱江不同意:"不能光嘴上说向英雄学习!天冷一点算啥,演员也是受苦人出身。再说王汉喜是个穷书生,穿着大衣、皮靴上场,也不搭调啊。"李岱江只穿了一件毛背心和春秋装,就上场了。戏演完了,李岱江冻得手脚不听使唤。

志愿军首长立即把李岱江推进吉普车,车是带暖风的。

在上甘岭,山东省吕剧团来到了"英雄的黄继光连",进行慰问演出。

黄继光牺牲后,他的弟弟黄继树接过了哥哥的钢枪,来到了哥哥的连队,继续战斗。在一个坍塌了的暗堡前,黄继树说,这就是哥哥黄继光烈士牺牲的地方。暗堡炸塌了,但枪眼还很清晰。当时,黄继光烈士就是用自己的胸膛堵住了这里。

演员们脱下军帽,向英雄三鞠躬。

在三八线演出时,演员们背对着三八线,留下了一张珍贵的合影。这是志愿军用生命捍卫的和平线。

山东省吕剧团舞美队的纪纲,看到志愿军晚上来看戏,都是摸黑走在山路上,很危险。他提议扎一些红灯笼,让看完戏的志愿军战士提着红灯笼回阵地。

夜幕降临,寒星闪烁。

返回阵地的志愿军战士提着演员们亲手扎制的红灯笼，在崎岖的山路上，形成了一条流动的红星之河。

山东省吕剧团每到一处，都要为战士们洗衣服，女演员还给战士们缝缝补补。

新华社发了通稿，表扬山东省吕剧团的演员们。

山东省吕剧团在朝鲜的最后一站是志愿军总部桧仓。

1951年9月底，中国人民志愿军总部由伊川郡空寺洞转移至此，直至1958年10月撤离，整整驻守了七年时间。

山东省吕剧团参观了志愿军总部所在地——672高地下面的一个山洞。

洞口西侧有一座平房，是志愿军司令员彭德怀元帅的居室兼办公室。

室内陈设简朴，只有电话、桌椅和床具，东墙上挂着一幅巨大的照片——金日成与彭德怀等志愿军首长们正在亲切谈话。作为朝鲜人民军最高司令官，金日成战时曾先后四次来到桧仓，共商战略。

出了石室，走进隧道。隧道长150米，里面只有几星微弱的灯光，显得更加幽深。

隧洞顶头便是志愿军总部的作战指挥室，面积约180平方米，可容百人，战时很多重要的军事会议都在这里举行。作战指挥室内放着两张长桌，一横一竖呈丁字状，上面盖着白桌布。最醒目的是迎面石壁上挂着的朝鲜中部战略地图，图上代表敌我两军的蓝红线，沿北纬38度线附近或迂回，或交错，在著名的上甘岭附近更是突兀。

当时的志愿军司令员是杨勇，政委是王平。

在联欢会上，山东省吕剧团与志愿军政治部京剧团相遇，见到了方荣翔老师。

1958年，志愿军回国，方荣翔所在的志愿军京剧团集体转业来到山东，与山东省实验京剧团组建成立了山东省京剧团。

这就是缘分。

听说毛岸英烈士的墓地已经迁到了志愿军烈士陵园，李岱江、杨瑞卿和几个年轻演员想去祭奠一下。志愿军烈士陵园建在桧仓郡的150米高的山腰上，原是一个旧神社，战争期间改造为志愿军烈士的简易墓地，1954年开始扩建，1957年建成烈士陵园。在远离祖国的桧仓，有134名志愿军烈士长眠于此。他们中有115名共产党员、15名共青团员、4位无名烈士，134座白色的圆形坟冢排列得整整齐齐。每一座坟冢前，都立有一块墓碑。每块墓碑旁，都栽有一株从祖国移植来的东北黑松。

最前排正中，较大的一座是毛岸英同志之墓。墓前，耸立着毛岸英烈士的半身石刻雕像。

"毛岸英同志之墓"七个大字，是志愿军政委李志民写的。

后面的碑文写着："毛岸英同志原籍湖南省湘潭县韶山冲，是中国人民领袖毛泽东同志的长子，1950年他坚决请求参加中国人民志愿军，于1950年11月25日，在抗美援朝战争中英勇牺牲。"

毛岸英同志的爱国主义和国际主义的精神，将永远教育和鼓励青年一代。

"毛岸英烈士永垂不朽！"

李岱江、杨瑞卿等眼含热泪，手捧鲜花，向毛岸英烈士默哀。

随行记者将这一瞬间拍了下来，成为他们永恒的记忆。

回国前，志愿军总部送给山东的每位演员两枚抗美援朝纪念章、一块手绢、一个笔记本。

在山东省吕剧团赴朝演员心中，这些都是无比珍贵的礼物。

7　1956年——郎咸芬的幸福年

1956年6月27日，21岁的郎咸芬登上了中南海怀仁堂的主席台。

这是正在召开的第一届全国人民代表大会第三次会议的全体会议现

场，山东省青年吕剧演员郎咸芬闪亮登场。

刚刚从朝鲜慰问演出归来的郎咸芬清秀俊俏，略带羞涩。

她用山东版普通话进行大会发言："我是山东省的一个青年吕剧演员，由于党和政府的培养，我这样年轻的戏曲工作者也能在大会上发言，使我深深地体会到只有在共产党和毛主席的领导下才有可能，我心里有说不出的兴奋和感激！

"吕剧是山东省民族遗产的剧种之一，历史虽只有四五十年，但因它扎根在农村中，深为劳动人民所喜爱。在旧社会里也与其他剧种一样，受到反动统治阶级的压迫，艺人们生活困难，几乎要默默无闻。新中国成立后，党和政府对于戏曲工作极为重视，在贯彻执行毛主席'百花齐放，推陈出新'的方针下，吕剧在山东也得到了适当的发展。

"1952年成立了山东省吕剧团（初为山东省歌剧团，后改为吕剧团），以山东省文联地方戏曲研究室作基础，选拔了全省的文工团（队）员共同组成了这个剧团。由于绝大多数的团员都是年纪很轻的青年文艺工作者，也可以说大部分是年轻的小知识分子。

"起初时，大家思想上曾有一度的混乱，错误地认为学地方小戏没有前途，是见不得人的事；甚至有的同志对于选择青年文艺工作者学地方戏，怀疑是否犯了执行政策的错误；有的则空想搞新歌剧。直到经过整党和文艺整风，又郑重地学习了毛主席的《在延安文艺座谈会上的讲话》以后，使我们对文艺为工农兵服务的方向有了初步的认识，扭转了轻视地方戏曲的偏见，同时在业务的苦学苦练上也获得了一点基础的训练。从此全团的同志们坚定了信念，树立了好好学习吕剧的决心。1953年冬在济南首次公演，出乎意料地受到广大观众的热烈欢迎。这不仅对我们这些年轻的戏曲工作者是一个很大的鼓舞，更重要的是使我们这些青年同志们受到了一次深刻的实际教育，更增加了大家对干事业的信心。

"1954年参加山东省会演及华东戏曲会演，都得到了奖励和鼓舞。特别是去年秋天来首都演出，虽然我们的节目少，不够好，但受到了首都文艺界的重视和观众的热爱，文字上的评论，座谈会上的启发，使我们获得了很大的教育。今年初春，我们赴朝鲜慰问我们最可爱的人，同样受到了志愿军的热烈欢迎。回国后又在东北几个大城市演出，也收到良好的效果。这一切，使我们更深切地体会到毛主席的'百花齐放，推陈出新'的方针的英明正确，也使我们明白，只有在切实学习党的文艺政策的基础上，才能搞好业务，才能在演出上得到群众欢迎。

"几年来，在戏曲改革工作中，大力贯彻'百花齐放，推陈出新'的方针，已有了很好的成绩。吕剧是一个年轻的剧种，历史浅，没有很完整的艺术规格，尤其需要向各地方的剧种学习，吸收其剧目、表演方法、音乐等等，来丰富充实它，更要时时与广大劳动群众接近，听取他们的意见与批评。我们应加强政治和业务学习，注意艺术实践，使自己努力成为社会主义、现实主义的戏曲工作者，更好地为我们社会主义建设服务。

"作为一个年轻剧种的年轻的演员，我以十分恳切的心情，愿意向先进的戏曲工作者学习，共同以戏剧的表演艺术为广大人民服务，使我们戏剧的花朵开得更多、更好、更美丽！"

郎咸芬的发言得到了与会全国人大代表的热烈欢迎，新华社全文播发。

郎咸芬的名字第一次闻名全国。

郎咸芬成为第一届全国人大代表实属偶然。

1955年2月，全国人大代表、著名电影导演史东山意外去世，需要在山东增补一位文化战线的人大代表，于是郎咸芬就成了最佳人选。

据说，这还是周总理亲自决定的。

1956年6月15日，郎咸芬出席了第一届全国人民代表大会第三次会议。

郎咸芬曾多次回忆见到周总理的情景："那天，在中南海怀仁堂开大会，中间休息的时候，一些老同志去怀仁堂休息厅里吃水果，还有的代表到外面草坪上吸烟、交谈。我的座位是第七排，旁边是田华老师。

我们几个人正在座位旁说话，这时周总理从台上走下来，朝我们这里走来，亲切地和我们交谈。总理对我说：'小郎，我看过你的演出，我没想到山东还有这么好的剧种。'想不到周总理的记忆力那么好，竟然一下子认出了我。"

周总理对郎咸芬说："你们的演出非常好，希望你们继续努力。这个剧种通俗易懂，雅俗共赏，我们要好好把它发展起来。"

总理对吕剧的肯定，让郎咸芬心里热乎乎的，非常感动，眼泪一下子就涌了出来。

1935年9月22日，郎咸芬出生于山东潍坊一个市民家庭。

郎咸芬从小跟着姥姥、姥爷长大，有一个幸福的童年。姥姥、姥爷生了六个孩子，就郎咸芬母亲一个闺女，爱屋及乌，郎咸芬就成了姥姥姥爷的"心头肉"。好吃的、好穿的、好玩的，都是先给郎咸芬。

姥姥是基督徒，礼拜天时，姥姥都会把郎咸芬打扮得漂漂亮亮的，去教堂做礼拜。教友们看到了，都夸郎咸芬聪明伶俐。

郎咸芬在姥姥家长到七八岁，才被母亲带回了自己的家。

从小，郎咸芬就表现出特别的音乐天赋。

住姥姥家时，郎咸芬在文庙小学读书，文庙小学距离潍坊特别市文工团不远。郎咸芬一听到歌声、琴声，魂就被勾走了。

考进新华中学后，郎咸芬的音乐天赋得到充分的释放，一曲《解放区的天是明朗的天》唱得热情奔放。

音乐老师张俊根据当时的形势，自编自导了《张秀兰买公债》和《买卖婚姻》两出活报剧排演，主演都由郎咸芬担任。

《张秀兰买公债》说的是中学生张秀兰在学校知道了购买国债、支援抗美援朝的意义，回家动员母亲购买国债的故事。母亲起初不同意，女儿劝说母亲道："国富民才强，民强社会安。"母亲想通了，母女二人欢欢喜喜去购买国债。

《买卖婚姻》只有三个角色，郎咸芬饰演的是一个媒婆，她巧舌如簧，左哄右骗，最终被揭穿。

郎咸芬扮演的这两个人物，年龄、性格、身份都有很大不同，以郎咸芬的年纪是很难同时驾驭的。但是，郎咸芬大胆泼辣，人越多越兴奋，敢唱敢说，把两个人物都给演活了。尤其是演媒婆时，她一步三摇扭着走，身段放松，表情夸张，引起了观众的强烈共鸣。

郎咸芬火了。潍坊城到处都在传有个小妮子长得俊，嗓子好，演得好。

这下子惊动了一个人，彻底改变了郎咸芬的命运。这就是潍坊特别市文工团的团长尚之四。尚之四听说后，立即去街上寻找郎咸芬。

郎咸芬正在大街上演出节目。

红纸染嘴唇，锅底灰画眉毛，十四五的年龄，一米六七的个子。

尚之四将郎咸芬带到文工团，在办公室考起她来。

他先问了郎咸芬的家庭情况、文化程度，又让她做了几个动作。郎咸芬根本不知道怯场，有问就答，让舞便舞，十分自然。

尚之四问郎咸芬："愿不愿意去文工团啊？"

郎咸芬一脸懵懂地问尚之四："文工团是干什么的？"尚之四说："就是打腰鼓、扭秧歌、唱歌剧。"郎咸芬说："只要能唱歌跳舞就行。"最后，尚之四又让郎咸芬唱一段《妇女自由歌》。"旧社会好比是黑格洞洞的苦井万丈深，井底下压着咱们老百姓，妇女在最底层……"唱到这里的时候，郎咸芬泪流满面。

尚之四看到了郎咸芬的艺术天分。他当即拍板："行！回去跟你爹娘说说，明天来文工团上班。"

郎咸芬说："我得回去问问俺娘，俺娘当家说了算。"

第二天，郎咸芬来到了文工团，找到尚之四说："俺娘让问问管饭不？俺娘说，只要管饭，就让我来。"就这样，16岁的郎咸芬成为潍坊特别市文工团的一员。尚之四一锤定音，改变了郎咸芬的命运，也改变了吕剧的命运。

郎咸芬从此开始了系统的音乐学练生涯。

来到文工团，她才知道，演出不能靠喊，要靠真功夫。郎咸芬从零开始，冬练三九，夏练三伏。音域宽了，高音有了，音色亮了。郎咸芬在一步一步地成长。

1951年，潍坊市文工团排练了话剧《刘胡兰》，郎咸芬扮演一个老太太，只有一句台词："胡兰子，把这筐鸡蛋给前方的同志捎去吧。"就是这一句台词，给了郎咸芬莫大的压力。

她一遍遍地练发音，让自己的舞台道白更接近山西话。

1951年4月，尚之四去济南参加山东省第一届文代会。会议期间，看了省文联研究室排练的现代吕剧《李二嫂改嫁》，新颖的戏曲表演形式，贴近生活的唱腔，让尚之四怦然心动。

尚之四从济南回到潍坊后，立即派郎咸芬去济南学戏。

这是郎咸芬第一次走近吕剧《李二嫂改嫁》，也是她第一次走近李二嫂这个人物。

郎咸芬曾在她的传记里回忆这段时光："来学这个戏，当时在我心里也没有什么特别的想法，觉得就像以前学段舞蹈、学段戏曲、排个小歌剧一样，无非是给文工团增加个演出节目而已。倒是教我'李二嫂'的林建华大姐给我留下了很深刻的印象。林大姐来自老解放区的文工团，是个能拉会唱的多面手，她的声音脆亮清爽，高音不尖，低音不浊，唱歌唱戏都让人有种声声入耳、百听不厌的感觉。"

就在郎咸芬开始走向舞台的关键时刻，文化部突然下了裁减省市文工团的紧急通知。说省市文工团是"万金油"，既打腰鼓，又扭秧歌，还唱歌剧，发展前景不大，一律撤销。

潍坊特别市文工团撤销后，尚之四、杨瑞卿等调到省文联戏曲研究室去了。

刚参加工作不久的郎咸芬，在演出上还没有突出表现，就和赵岐周、谭鲁平、胡军一起被分配到了益都县（青州市）电影院工作。

郎咸芬的字写得不错，电影院就让郎咸芬写"看板"，也就是把上映电影名字写在小黑板上。日子不紧不慢地过着，郎咸芬感到唱戏的机会越来越渺茫。

突然有一天，以前演员队的谭鲁平队长来到电影院说："小郎，快别写了，赶紧收拾东西，我们去济南，火车票都给你买好了。"

郎咸芬有点蒙，连忙问谭队长："你说什么？"

谭队长说："你别问了，赶紧走吧，我送你去济南。"

在火车上，谭队长才告诉郎咸芬，要调她去济南唱戏。后来才知道，郎咸芬是老团长尚之四亲自点将，把她从益都调到济南的。

尚之四坚信自己的眼光不会错，经过雕琢打磨，郎咸芬日后一定会成为光彩照人的演员。

在尚之四的坚持下，李二嫂由郎咸芬饰演。

经过一段时间的排练，山东省地方戏曲研究室决定彩排，专门邀请了陶钝、赵剑秋等领导来观看彩排。

看完后，陶钝、赵剑秋等领导似乎有些失望。山东省文化局艺术处处长赵剑秋说，这个演员演的"李二嫂"，不像农村妇女，更不像农村的寡妇。因此，换掉郎咸芬，就成了一个选项。那时候换演员很简单，就是单纯地从角色出发。

后来还是因为尚之四的坚持才没有换。尚之四说："这个孩子的戏很好，形象又不错，她主要是缺乏农村生活经验。"

于是，郎咸芬就到了博兴县刘官庄体验生活。

刘梅村找到村长说："给我们这个小演员找一个像李二嫂那样的寡妇，叫她们同住、同劳动。"

村长真找了这么个人。那位大嫂姓刘，刚见面时，十分拘谨，都不敢抬头看郎咸芬，觉得低人一等。慢慢熟悉了，大嫂才敢开口讲话。

"婆婆骂，邻里欺，走道都要贴着墙根走。"大嫂一边流泪一边说，郎咸芬一边流着泪一边听。原来寡妇的生活是这样难，这样苦。以前，郎咸芬一点也不了解农村生活。

这次下乡的经历，给郎咸芬上了深刻的一课：没有生活，角色创作就是一句空话。

从此之后，演现代戏，郎咸芬就沉下去，去基层吸取营养；演传统戏，郎咸芬就看古书，请老师讲古代的故事。饰演蔡文姬，郎咸芬就请山大的教授讲《胡笳十八拍》。

"我的天赋不好，但是我有四个字，刻苦勤奋。"这是郎咸芬一生的座右铭。

为了帮助演员练功，昆曲名旦田菊林老师被请到了吕剧团，教授基本功。

充满朝气的青年演员们脱下军装，穿上戏服，每天早晨伴着哪哪的鼓点，练踢腿，走台步，弓水袖，练表情……

"当时十五六岁，腰已经硬了，就把腰挂在杠子上从两头往下按。很疼，也没人放弃。那个时候，青年都有革命精神和事业热情，干一行爱一行。"

钱玉玲、常兰等老艺术家想起当年，依然激情如火。

1954年，山东省吕剧团参加了华东会演开幕式演出，轰动上海滩。无论是梨园行家，还是杂志媒体，都说这个戏真好，山东还有这么好的吕剧。

闭幕的时候，郎咸芬代表全体获奖演员讲话。那年，郎咸芬19岁，风华正茂。

1955年国庆节，山东吕剧团进京会演，轰动梨园。鲜花、掌声、荣誉，纷沓而来。

1956年，幸运之神又一次垂青郎咸芬。

1956年11月15日至1957年2月1日，彭真率全国人大代表团访问苏联、捷克斯洛伐克、罗马尼亚、保加利亚、阿尔巴尼亚、南斯拉夫六国。

这是新中国成立后，第一个出访的全国人大代表团。

代表团团长是彭真，副团长是李济深，成员有程潜、章伯钧、胡子昂、龙云、严济慈、梁思成、刘长胜、王芸生等。程砚秋和郎咸芬两位文艺界的全国人大代表也有幸随团出访。

四十位正式代表中有三位女同志：区棠亮、陆士嘉和郎咸芬。郎咸芬是代表团中最年轻的。

区棠亮是团中央书记处书记，陆士嘉是北京航空学院的教授。

在访问苏联、捷克斯洛伐克、罗马尼亚、保加利亚之后，考虑到阿尔巴尼亚的接待能力有限，代表团缩减到十二人。其他成员返回苏联，等待彭真委员长出访阿尔巴尼亚和南斯拉夫后一起回国。

郎咸芬做梦也没想到，这个特别的安排，让她在莫斯科又见到了敬爱的周总理。

1957年1月7日，周恩来总理、贺龙元帅肩负重任由巴基斯坦直飞莫斯科。

1月9日深夜，在旋风般出访苏联、波兰、匈牙利之后，周总理听说全国人大代表团部分成员留在了莫斯科，十分高兴，立即决定看望大家。

周总理从1956年11月开始，一直在亚欧国家访问，没有回国。在遥远的异国他乡见到祖国亲人，周总理十分激动。

雪纷纷扬扬地下着，莫斯科一片银白。

周总理、贺龙元帅轻车简从，来到了莫斯科红场附近的苏维埃旅社。

晚上11点，会议室的门开了，一身雪花的周总理和贺龙元帅出现在大家面前。

代表团成员喜极而泣，兴奋之情溢于言表。

周总理嘘寒问暖，给大家讲了国际形势和最新动向。由于大家明天还要早起，总理让大家休息，不要耽误白天的工作安排。

回忆起往昔岁月，郎咸芬眼中泪光闪烁："这么多年来，我一直努力按照周总理的话去做，全身心投入吕剧事业。"

访问期间，程砚秋和郎咸芬是代表团中仅有的两位戏曲演员，担负着文艺交流的重任。他们按照访问安排，积极地开展对外艺术交流。

尤其是年轻的郎咸芬，走一路，唱一路，激情四射，把中国人民的热情和吕剧的魅力传递给了异国的朋友，给那儿的艺术家们留下了深刻的印象。

1956年10月29日，在苏联最高苏维埃联盟院和民族院两位主席举行的欢迎宴会上，郎咸芬见到了苏联电影艺术家拉迪尼娜和安德烈也夫，都是郎咸芬心里的偶像。他们塑造的许多艺术形象，深得中国观众的喜爱。同样，两位电影艺术大师也有浓烈的中国情结。

郎咸芬很清楚地记得，那天晚上拉迪尼娜的装束具有强烈的中国色彩：中式的对襟小袄，白羔羊里子，绸面是黄色的，上面绣着米黄色和绿色的凤凰头。拉迪尼娜再三说明，这件小袄是她访问中国时在王府井买的。

她对郎咸芬说，她热爱中国，中国人民是勤劳勇敢的、谦虚的。她希望有机会再次访问中国。

安德烈也夫长得十分高大魁梧，脸上经常露出幽默的微笑。

他没有来过中国，所以更加向往中国，希望有一天能到中国访问。

安德烈也夫谦虚地征求郎咸芬对他表演的意见。当郎咸芬说他创造的一系列形象很明朗、很成功时，安德烈也夫高兴地和郎咸芬握手致谢。

安德烈对中国的戏曲很感兴趣，前不久他在莫斯科欣赏了中国的越剧，十分喜欢。他问郎咸芬能不能把戏曲搬上荧屏，郎咸芬告诉他，已经有不少戏曲被拍成了电影。安德烈也夫十分高兴。

宴会很快就结束了，郎咸芬和刚刚相识的苏联艺术家们恋恋不舍。安德烈也夫把胸前的钢笔拿了下来，递给郎咸芬："送你什么礼物好呢？就送你这支钢笔吧，你用它写东西的时候，就会想起我，就可以用它给我写信。"

郎咸芬泪眼婆娑，她知道这支钢笔的分量。

11月17日晚上，人大代表团在参加了苏联领导人为波兰党政代表团举行的晚宴后，乘车去莫斯科大剧院看戏。

郎咸芬记得，莫斯科正下着小雪，雪花在霓虹灯下纷纷扬扬，轻盈而落。司机师傅回头问郎咸芬："你知道今天晚上是谁在表演吗？"难道是她？郎咸芬心里一阵激动，莫不是她想见的苏联芭蕾舞大师乌兰诺娃从英国回来了？司机师傅骄傲地说："就是她。"郎咸芬一阵狂喜。

这是乌兰诺娃为中国朋友演出的专场。

演出的是经典的芭蕾舞《天鹅湖》。乌兰诺娃已经五十多岁了，舞台上依然是少女般婀娜多姿。演出快要结束时，乌兰诺娃不慎滑倒，疼痛难忍，但她仍然坚持完成演出。

剧终，彭真走上舞台向她献花致敬。

第二天，彭真团长觉得过意不去，就委托郎咸芬前去探望乌兰诺娃。

乌兰诺娃的家在克里姆宫和列宁博物馆之间，是苏联为艺术家们专门修建的高级公寓。

在门口迎接的是乌兰诺娃的丈夫。穿过客厅，就是乌兰诺娃的卧室。乌兰诺娃躺在床上，皮肤白嫩，两条金色的辫子盘在头上。潇洒迷人的艺术家气质，一下子把郎咸芬给俘虏了。

不愧是世界级的艺术家！

郎咸芬一进卧室，乌兰诺娃就笑着说："你是中国戏曲演员！"见郎咸芬惊讶，乌兰诺娃继续说道："我从你会说话的眼睛和你献花的动作，就知道了。"

由此，乌兰诺娃说起了中国的戏曲。她去过中国两次，非常喜欢中国的戏曲，看过京剧、粤剧、越剧、湘剧。

乌兰诺娃一边说，一边用手比画着中国戏曲的动作，连声说："你看这多美啊！有歌有舞，有很多地方值得我们学习。"

乌兰诺娃告诉郎咸芬，在北京的时候，中国京剧院送了她几套戏服，她很喜欢，经常拿出来看看。

郎咸芬这才注意到，乌兰诺娃家的客厅里摆着很多中国古玩，有花瓶，有字画，客厅中间挂着宋庆龄先生赠送的杭州刺绣，上面用金线绣着两条腾空飞舞的龙。

谈到艺术时，乌兰诺娃教育郎咸芬："人民代表，是党和人民给予的崇高荣誉。不能骄傲，应当以百倍的努力来提高自己的艺术水平，以回报党和人民的期望！"

交往是短暂的，友谊是永恒的！

郎咸芬不仅为自己，更为吕剧打开了一扇世界之窗。

8 红透全国——电影《李二嫂改嫁》拍摄纪实

1957年，是吕剧的绽放之年。

元旦刚过，根据上级指示，长春电影制片厂导演刘国权来到济南，实地考察吕剧，要把《李二嫂改嫁》搬上银幕。

刘国权对济南并不陌生，20世纪40年代曾在济南拍过电影。他的大女儿刘采南就是在济南出生的，所以，在名字里嵌入一个"南"字，以示纪念。

刘国权到达济南的时候，山东省吕剧团正在山东剧院演出，大伙儿一听要拍电影，情绪高涨。

同刘国权一起来的还有作曲家张禹田、摄影师郭镇铤、化妆师张立棠、剧务主任牛景纯等。他们住在珍珠泉招待所。

刘国权他们没有回长春过年。

那个年代，在外过年是家常便饭。因为革命第一，工作第一。

舞台艺术和电影艺术有着本质的不同。舞台艺术讲究的是大写意，"三五人可做千军万马，六七步如行四海五洲"；电影艺术讲究的则是实情真景。

山东省吕剧团的演员们面临着新的挑战。

1957年的春节刚刚过完，街头巷尾还散发着浓郁的年味。

山东省吕剧团一班人马，在刘国权导演的带领下，坐上火车直奔长春。

下了火车，大家坐上长春电影制片厂接站的汽车，沿着宽阔的斯大林大街，一直往南驶去，穿过长春市中心，来到西南角的长春电影制片厂。

这真是一座雄伟的城中之城，演员们身临其境，顿生感慨。

这次来长春，山东省吕剧团带来了《李二嫂改嫁》《借年》《井台会》和《王定保借当》。

《李二嫂改嫁》是必拍的。

三个传统小戏只能选出一个来拍摄，大家都期待自己能被导演选中。

那个时候，拍电影是很光荣的事。

最后，长春电影制片厂决定，除了拍摄《李二嫂改嫁》以外，还要加拍《借年》。

电影厂领导反复强调，《借年》是个"副产品"，不能影响《李二嫂改嫁》，不能占用《李二嫂改嫁》的摄影棚。要求演员们按照分镜头剧本拍戏，精确计算时间，一段唱腔几秒就是几秒，不能多也不能少。甚至，连台步、水袖在哪个音节上做动作，都得固定下来。

前期录音要求更加严格，每一个镜头几秒钟、几分钟，都分得很仔细。从试音到录音，演员们感觉气都不会喘了。

最后，录制完毕，剧组成员、导演、厂领导都来听录音，大家基本满意，大功告成。

化妆师是长春电影制片厂的化妆权威张立棠。李岱江饰演《借年》里的王汉喜，就是由张立棠化的妆。因为是黑白片，眉毛、眼睛既要有戏曲味，又不能完全戏曲化。

试完妆，要定妆。每个演员的妆容要拍照，正面的侧面的都要有照片。以后，就按定妆的照片化妆。张立棠给李岱江定完妆后，平时化妆就交给了学生戴文秀。戴文秀还负责给《李二嫂改嫁》中的张小六、李七化妆。

山东省吕剧团八个多月的长春之行，可谓大获全胜。

尤其是青年演员李岱江，不仅拍摄了电影，还收获了爱情。青年化妆师戴文秀看上了这位憨厚可爱的吕剧演员。

电影《李二嫂改嫁》和《借年》，让吕剧插上了翅膀，飞跃了祖国的千山万水，走进亿万观众的心里。

9 《沂河两岸》响春雷

1963年的夏收时节，胶东麦浪翻滚，处处是丰收的景象。

山东省吕剧团来到胶东掖县（今莱州市）王家村本验生活。

为了配合夏收，省吕剧团排演了《丰收之后》和《新媳妇》，把戏送到乡亲们的跟前。

那个时候，看大戏，在农村就像过年。

1964年，遵照省委书记谭启龙的指示，山东省吕剧团要把临沂县东张屯种稻子的事迹搬上舞台。

剧本由刘奇英执笔，戏名为《沂河春雷》。

剧中，李永春是年轻的村党支部书记。大队长张连太和妻子梁向荣是李永春的养父母。他们含辛茹苦把孤儿李永春拉扯大，介绍他入党，送他去当兵。以李永春为代表的先进力量破旧立新，不怕失败，誓让家乡旧貌变新颜。而另一方的张大爷害怕"稻改"失败，害怕犯错误，千方百计阻挠……

秋天到了。

为了演好《沂河春雷》，山东省吕剧团又集体来到了临沂县太平公社东张屯村深入生活。

这是省吕剧团的演员们第一次来到临沂。

一曲《谁不说俺家乡好》，早就唱醉了演员们的心。

放眼远望，沂河两岸稻浪滚滚，稻香飘飘。

东张屯的支部书记告诉演员们："八里洼，黑泥窝，自古灾害多。旱时地着火，涝来水成河。"

这里的土质黑硬，黏性还大。

有人说这里是"早上浓，中午干，下午就成砖"。这样的话，坐在屋里是想不出来的。也只有走到百姓中间才能听到这么生动的语言。

在创作排练过程中，省委书记谭启龙，省委宣传部部长王众音、副部长严永洁，省文化局局长陈敬之一起抓这出戏。陈敬之局长像个后勤部部长，负责省吕剧团的吃喝拉撒。严永洁副部长中午就住在省吕剧团，跟演员们同吃、同住、同工作，提意见、出点子，和大家一起修改剧本。

王众音部长有时半夜想起个词儿，立即修改，改完就让他的夫人、省新闻出版局的秦处长立即送到省吕剧团。有一次，王部长感冒住在省立医院，打电话让刘梅村团长带着主演李岱江赶到医院，面谈剧中需要修改的细节。

王众音戏剧造诣非常深。他说："作为演员，对每个人物的性格特点、剧情矛盾，都要心中有数。导演是外因，演员是内因，光靠导演不行。人物的思想发展到什么程度，要做到心中有数。"他还特别谈到风格问题："要姓吕，不能姓其他姓。要保持吕剧的风格、特点、味道。"

基本成型后，王众音又率领省吕剧团的主要演员李岱江、林建华、郎咸芬、王俊卿等，到省委书记谭启龙的家里进行最后的修改。

谭启龙感觉《沂河春雷》名字有点大，像是战争戏。经过讨论，大家一致认为《沂河两岸》的戏名更好。

有人说，改写了中国戏剧史的两部山东大戏吕剧《沂河两岸》和京剧《奇袭白虎团》，都是在山东省委书记谭启龙的家里修改完成的，这不是虚言。那个时候，从中央到地方，不懂文学艺术的干部不多。

剧中主人公八里洼大队党支部书记李永春由李岱江饰演，其妻玉凤由林建华老师饰演。

郎咸芬、王俊英、刘艳芳等吕剧名家也参加了演出。

这是继《李二嫂改嫁》之后，又一出在全国叫响的山东吕剧。一些脍炙人口的经典唱段，至今仍在齐鲁大地荡漾。

1965 年 3 月，山东吕剧团又一次来到上海滩。

这次他们带去的是现代戏《沂河两岸》，参加华东区现代戏调演。

十年前，初出茅庐的山东省吕剧团轰动上海滩。

十年后，当年的小娃娃们已经成了中国戏剧界的大腕名角。

调演期间，刚刚从山东调走的周兴同志就来驻地看望山东省吕剧团的同志们。

周兴和谭启龙是红军时期的老战友，对山东都有很深厚的感情。

周兴说，革命的现代戏，一是要高举革命的大旗，具备革命的精神。二是要使观众看了戏之后，受到深刻的教育。教育效果越明显，这个戏的革命精神就越强烈。三是要短小精悍，使人一目了然，受到教育。四是要有地方特色。如果失去了地方特色，就会与人民感情疏远。地方戏说普通话就不好。

上海唱片厂还为山东省吕剧团的几位主要演员录制了唱片，有《喝面叶》《搜书院》以及《沂河两岸》的一部分唱段。

此次调演大获成功。

紧接着，山东省到达了杭州，进行了短暂演出。随后，立即北上，到达北京，在中南海小礼堂给周总理和朱德委员长汇报演出。

在北京期间，他们不仅演了《沂河两岸》，还演出了《龙凤面》等传统戏。

周总理看了《沂河两岸》后，委托别人转告山东省吕剧团："山东吕剧团演的《沂河两岸》，反映了生产斗争，完全成功，完全成功，完全成功！"

1966 年 3 月，刘梅村率领山东省吕剧团前往广州，应邀为"广交会"演出《沂河两岸》《三回船》《两垄地》《借年》等剧目。

广东省还安排山东吕剧团到深圳演出，那时的深圳还是个不大的渔村，隔岸就是香港。让大家意外的是，香港导演赵一山和夫人刘莲专门过来看望大家，还亲自走到后台与演员们叙旧。

1963 年，赵一山拍摄了吕剧电影《姊妹易嫁》，与山东省吕剧团的演员们结下了深厚的友谊。

赵一山说："你们这个戏通俗易懂，雅俗共赏，很好，很好。"

10 珍贵的合影

1957年，对于年轻的山东省吕剧团来说，是一个不寻常的年份。

从春天到夏天，他们在长春电影制片厂度过了六个月的时间。《李二嫂改嫁》在长春电影制片厂的影棚里紧张拍摄。

郎咸芬、李岱江、杨瑞卿、林建华、靳惠新、王俊英等有演出任务的演员，每天都是忙忙碌碌，心里充满喜悦。

有幸运，就会有遗憾。

钱玉玲因为即将分娩，与电影失之交臂。

在小戏的拍摄筛选中，《借年》脱颖而出。《井台会》和《王定保借当》落选了。

沈涛、常兰等青年演员就成了群众演员。

对于优秀的戏曲演员而言，半年不登台，不演戏，是一种痛苦的折磨。

省吕剧团成立后，除了继续演《小姑贤》《井台会》《借年》，还集中力量排演了《王定宝借当》和《拾玉镯》。

《王定保借当》是钱玉玲和常兰在省吕剧团的启蒙剧。

1953年，省吕剧团在济南大观园上演《王定保借当》，钱玉玲与常兰分别饰演张春兰和张秋兰两个女主角。

"那个时候，观众都是夜里排长队买票。我们省吕剧团的首次演出就轰动了整个济南城。"常兰回忆的时候，脸上还写满自豪。

"当时的沪剧、越剧、锡剧都超越不了我们。"钱玉玲补充道。

谈到吕剧发展的辉煌时期，两位老演员难掩自豪之情。"我们年轻时最大的优点就是刻苦。"常兰说。

1952年，钱玉玲和常兰调到省吕剧团，这是她们第一次接触吕剧。

为了尽快跟上演出节奏，她们二人跟着昆曲名旦田菊林老师学习古典戏曲舞蹈，每天早晨伴着啷啷的鼓点练踢腿，走台步，甩水袖，练表情……

几十年过去了，一想起当年的学戏经历，钱玉玲和常兰还是眼泪汪汪的。

"演农民谁都演不过吕剧！"常兰说这句话的时候，眼睛放着光。

《王定保借当》中，王定保与同学赌博输了钱，怕父母责骂，不敢回家要钱还债。未婚妻张春兰知道后，背着父母将嫁妆衣裳给王定保当钱还债。恶霸李武举知道这件事以后，贪恋张春兰之美貌，便诬赖王定保偷盗他家之物，把王定保打入南监。张春兰听到消息后，星夜赶到县城公堂喊冤，终于救出王定保。

《拾玉镯》也是省吕剧团的看家戏，最早是京剧《法门寺》中的一折。演的是一对怀春男女遗镯试情、赠镯传情、以镯定情的爱情故事。

在过去，像傅朋和孙玉姣这样的自由恋爱方式，违背了"父母之命，媒妁之言"的古训，被认为有伤风化，致使其在清代屡遭禁演。

但《拾玉镯》并未销声匿迹，依然广为流播。尤其是到了民国时期，舞台搬演甚盛，传承至今。

1950年，广西桂剧团首次改编了《拾玉镯》，在1952年举办的第一届全国戏曲观摩演出大会中获得演员一等奖。

1953年，山东省吕剧团改编了《拾玉镯》。导演杜民，音乐设计张斌。钱玉玲饰演孙玉姣，沈涛饰演傅朋，王俊英饰演邻居刘妈。

《拾玉镯》是钱玉玲的看家戏，一演就是六十多年。

1952年，潍坊市文工团撤销，钱玉玲调到了省戏曲研究室，开始了她的吕剧演艺生涯。

刚到济南的时候，林建华带着大家学唱、练功。团里安排钱玉玲演

《小姑贤》里的小姑，她找不到过门，演出的时候把过门也唱进去了。

不久，领导又安排钱玉玲排练《拾玉镯》。

这个戏很好，很美。钱玉玲在孙玉姣这个角色上倾注了大量心血。

做针线、撵鸡、喂鸡的动作，钱玉玲都不陌生。钱玉玲把自己当成孙玉姣，在家没人做伴，鸡就是她的朋友：一只、两只、三只……那只芦花鸡怎么不见了啊？钱玉玲着急，找，哎呀，原来在这里！

做演员要一心扑在戏里面。

那时候，钱玉玲走路吃饭都在想怎么塑造人物。

钱玉玲是胶东人，念白说不好。演员刘艳芳是济南人，钱玉玲就跟着刘艳芳学说话，念道白。

刘梅村、尚之四、杜民、张斌……很多老前辈都为这个戏付出了心血。

1957年7月初，中共中央决定，要在青岛召开一系列重要会议。

青岛这座美丽的海滨城市，第一次张开怀抱迎接新中国的缔造者。

当时，郎咸芬、林建华、李岱江等主要演员都在长春拍电影，留在济南的大都是刚刚进团的青年演员，还没有多少演出经验。

经过研究，钱玉玲、沈涛和常兰带领留守济南的学员二队赴青岛演出。

学员二队是省吕剧团刚刚充实的新鲜血液，其中就有孔祥云。孔祥云的女儿朱泓运现在是济南市吕剧团的台柱子。

这就是机缘。

这次演出给钱玉玲他们打开了一扇光彩夺目的艺术生命之窗。

演出地点在青岛市兰山路1号的青岛市大礼堂，也就是今天的青岛音乐厅。

这里南与栈桥隔街相望，西与百年老街中山路相邻。礼堂始建于1934年，建筑面积1500多平方米，是一座美观的现代欧式建筑。

那是个让他们永远永难忘怀的时刻。

钱玉玲、沈涛、常兰、孔祥云、栾胜利等演员谢幕时，敬爱的周恩来总理登上了舞台，与演员们一一握手。

随行的新华社摄影记者陈之平啪的一下，定格了那难忘的一瞬间。

这张弥足珍贵的照片，穿越时空，激励了一代又一代吕剧人。

因为，照片传递的不仅仅是总理对吕剧的偏爱，更是党和国家对地方戏的关注。

第三章 唱响神州

1 一次难忘的演出

1958年7月12日,一个有故事的日子。

珍珠泉清澈如碧,一串串白色的水泡排着队从池底溢出,仿佛是亿万颗珍珠从龙宫深处跳入人间。

晚上8时,一场精彩的吕剧晚会在珍珠泉大礼堂拉开了序幕。

这是山东省委、省政府为欢迎中共中央副主席、全国人大常委会委员长刘少奇和夫人王光美视察山东特意安排的戏曲晚会。

这是刘少奇和王光美第一次看山东的吕剧。

珍珠泉大礼堂,1953年建成,1954年8月在此举行了山东省第一届人民代表大会第一次会议,并开始成为人民代表大会举行会议、代表人民行使地方国家权力的地方。

头出戏是钱玉玲、武韬、常兰的《王定保借当》,接着是李岱江和郎咸芬演出的现代戏《两个心眼》。

《两个心眼》最早是吉林省话剧团的看家戏,1957年,山东省吕剧团移植改编成吕剧。

郎咸芬扮演下二嫂,李岱江扮演饲养员,剧情背景是从合作化向公社化过渡的阶段。饲养员任大爷拿着草料筛子上场,唱:"合作社家大业大底子大,当这个饲养员不简单。这一边的草料没有添好,那一边的牲口早吃完，它支棱着个耳朵瞪着眼，它们咴儿呱地乱叫唤。催得我这老人家快把那草来添。"

这时，卞二嫂来到饲养室找任大爷，想借牲口给家里干点私活。正巧看到任大爷往口袋里装黑豆，以为任大爷在偷豆子，就暗中盯梢。

任大爷把黑豆就地一放，卞大嫂就来跟前借牲口。任大爷不给借，说这是社里的牲口，不能给个人干私活。卞大嫂就用话暗示任大爷，不吃西瓜就不怕拉肚子。后来，卞大嫂弄清楚任大爷煮豆子是喂牲口，是一心为公，懊恼不该疑神疑鬼，更不该借牲口占便宜。

这个小戏诙谐幽默，包袱不断，掌声也不断。

2 大戏恢宏《蔡文姬》

马大保喝醉了酒忙把家还，
只觉得天也转来那个地也转。
为什么那太阳落在那东山下？
月出正西明了天哎，明了天噢。
今天的生意没好运，
一天也卖不了几个铜钱。
我马大宝心内烦，
抬腿走进了烧酒店。
哎，掌柜的你给我打上二斤酒，
再给我弄盘"炒三鲜"！
哎别看我衣裳穿得破，
我喝酒从不少给钱！
酒馆以内喝罢了酒，

迈步就把家来还，

生意亏本债又增，

喝酒解愁我把心宽！

走过了大街我就穿小巷，

哎大门不远就在眼前！

赶快地推开了愁容，

我就换笑颜，

免得叫女儿看见了不喜欢……

1959年2月19日晚上，山东省政府交际处小礼堂，坠琴悠悠，唱声幽怨。

舞台下面，国务院副总理、全国人大常委会副委员长郭沫若被吕剧演员李岱江的表演感染了。

这天晚上，山东省吕剧团给郭沫若演的是传统小戏《借亲》，剧情诙谐幽默，笑点不断。

郭老诗兴大发，现场挥毫题诗——《看〈借亲〉，赠吕剧团》："东风送暖百花香，开满芙蕖韵满塘。一片清芬无限意，大明湖畔柳丝长。"

这次郭沫若在济南待的时间比较长。

在游览了大明湖、趵突泉、千佛山等名胜古迹之后，他又去曲阜拜谒了孔林、孔庙，创作了一系列诗作。

一天晚上，在吃饭的时候，郭沫若把刚刚完成的话剧剧本《蔡文姬》给了山东省委书记舒同，让山东吕剧团排演。

这把舒同吓了一跳。

因为，当时对曹操的认知还是有争议的。舒同看了看剧本，对郭老说："他们吕剧团是个地方性剧团，郭老，你看他们有能力排你这个戏吗？"

郭老当时说："我看了吕剧《借亲》，相信吕剧团能够演好这个戏。"在郭老的坚持下，山东省吕剧团接到了这个剧本。

郭沫若是个写作奇才，速度之快让人瞠目。一个早上就可以写出数千字，而且落笔成章，基本不需要修改。他一生写过十余部历史剧，大多是几天完稿，《孔雀胆》用了五天，《屈原》总共十天。

郭沫若选择了王昭君、卓文君和蔡文姬作为叛逆女性的代表，打算创作"三不从"三部曲。

1923年历史剧《卓文君》问世，1924年《王昭君》诞生，而《蔡文姬》却迟迟没有动笔。1925年创作了《聂嫈》，算是补上了三部曲的欠缺。但人们仍然期待着《蔡文姬》。

1958年7月，著名演员白杨随郭沫若赴瑞典出席裁军和国际合作大会。途中，白杨忍不住问郭老："能不能抽时间再写几个剧本啊？"

1942年在抗日大后方重庆，白杨与金山、张瑞芳联袂主演话剧《屈原》，场场爆满。作为演员，能够出演郭老的话剧是一种难得的荣誉和享受。然而，郭沫若的回答却让白杨如堕雾中："到了不能不写的时候，我一定会写！"

什么情况下才算是到了不能不写的时候？他已经十五年没有推出一部新戏了。

1959年1月25日，郭沫若在《光明日报》发表《谈蔡文姬的〈胡笳十八拍〉》一文。

尽管这篇纯系考证之作，在学术界引起了轩然大波，但人们并没有联想更多。谁知郭沫若抛出此文，不仅是为蔡文姬和《胡笳十八拍》正名，更是为即将诞生的历史剧《蔡文姬》造势。

郭沫若利用在广州过春节期间，仅用了七个晚上，就创作完成《蔡文姬》。

郭沫若在第一时间，把《蔡文姬》交给了北京人民艺术剧院。

郭沫若写历史剧从来都是把历史事件放在当下的政治框架内加以审视，赋予新的时代内涵。

1959年5月16日，郭沫若在《人民日报》发表的文章中开宗明义地声明道："蔡文姬就是我！——是照我写的。"他解释说："《蔡文姬》

中有不少关于我的感情的东西，也有不少关于我的生活的东西。"

《蔡文姬》在北京人艺的排练，惊动了毛主席、周总理。

郭沫若直奔主题，为文姬归汉设想了新的理由：曹操统一北方之后，要在文治上做一番大事业。他看中了文姬的才华，希望她女承父业，续修《汉书》。

郭沫若在广州写作的同时，就答应了广东粤剧团的请求，改编《蔡文姬》，由红线女担纲主演。

与此同时，北京人民艺术剧院派出了最强阵容，赶排这出戏。焦菊隐执导，朱琳饰蔡文姬，刁光覃饰曹操。郭沫若听说后大为振奋，坚信演出一定会很成功。

朱琳是北京人艺一代"六青衣"，在她超过七十多年的艺术生涯里，曾先后与田汉、洪深、焦菊隐、曹禺、郭沫若、于是之、阿瑟·米勒等戏剧大师有过合作。她尤其擅长饰演历史人物，在舞台上塑造了武则天等角色，此外她扮演的贵妇克莱尔（《贵妇还乡》）、孤寡老人芳西雅（《洋麻将》）也堪称经典。

每一次彩排，郭沫若都亲自到场。

台上文姬道白："我一听见小孩儿的声音，就好像（听见）他们（文姬的儿女）的声音。我一看见别人的小孩儿，就好像他们来到了我的眼前。"

台下郭沫若联想到当年"别妇抛雏"归国抗战而留在敌国的妻儿，不觉泪流满面。他轻声对坐在身旁的曹禺说："《蔡文姬》是用我全部心血写出来的……在我的生活中，同蔡文姬有过类似的经历、相近的感情。"

改编郭沫若的新编历史大剧，对年轻的山东省吕剧团来说是个巨大的挑战。

在正式排练之前，山东省吕剧团的主要演员都进京观摩了北京人艺的演出。

刁光覃、朱琳等艺术大师的表演炉火纯青，给山东省吕剧团的演员们留下了深刻的印象。以前，山东省吕剧团演的大都是家长里短的小戏，《蔡文姬》是他们接触到的第一个鸿篇巨制，又是文学大师郭沫若的作品，压力可想而知。还有，话剧是话剧，戏剧是戏剧，二者还是有很大的不同的。

为了让山东省吕剧团的演员们对历史有更加直观的认识，时任北京图书馆馆长的丁志刚先生特邀演职员到北京图书馆参观学习。

丁志刚先生曾在新中国成立初期担任山东省文化局副局长，对山东省吕剧团有很深的感情。

饰演蔡文姬的郎咸芬从北京回来，就一头扎进了山东大学历史系，请老讲授们讲解蔡文姬的生平故事。由此，郎咸芬打开了通向角色内心世界的大门。

郎咸芬曾说："演古装戏或者是新编历史剧，我们就要从文献资料中了解人物、熟悉人物，甚至从程式动作的运用中寻找揭示人物心灵的途径。"

1959年国庆节，山东省吕剧团在山东剧场首演，引起轰动。这是山东省吕剧团的最强班底。改编：刘梅村、张斌。导演：刘梅村、沈涛。作曲：李渔。主演：郎咸芬饰演蔡文姬，李公绰饰演曹操，李岱江饰演董祀，林建华饰演赵四娘。

东汉末年，中原战乱。蔡邕的女儿蔡文姬流落在乱军流民之中，被南匈奴的左贤王救下，并与左贤王生下一儿一女。

曹操平定中原之后，为了在文治声教上做一番事业，派董祀和周进一同出使匈奴赎回蔡文姬。归汉途中，董祀摔伤，文姬与周进先回到了邺下。周进诬告董祀与蔡文姬形迹不检，文姬鸣冤，曹操严处周进，提升了董祀。

归汉八年后，文姬整理出蔡邕遗文400多篇。

南匈奴的呼厨泉单于来朝祝贺，带来了文姬的儿女和左贤王死前托孤的嘱咐，曹操亲自为媒，使蔡文姬与董祀缔结良缘。

吕剧《蔡文姬》演出之后，好评不断，两年之后曾远赴哈尔滨演出。

为了塑造蔡文姬这个饱经忧患、才学过人的才女，郎咸芬在演唱方法上做了较大突破，特别加强了声音的控制。在戏的第三幕，有一段蔡文姬祭悼父亲、思念儿子的唱腔，用的是"反四平"。"反四平"比较适合表现凄凉哀怨、苦闷缠绵的情绪。

蔡文姬唱：

> 月影斜星光淡夜静更阑，
> 烟漫漫雾沉沉露湿风寒。
> 怀悲痛蕴忧愁终夜不寐，
> 痴呆呆来至在父亲墓前。
> 我离开南匈奴一个多月，
> 终日里辗转反侧夜不成眠。
> 总盼着和儿女梦中相见，
> 左盼也枉然右盼也枉然，
> 盼不到那娇儿她来到梦间。
> 你那外孙女尚未满一周岁，
> 哺乳子离娘怀我怎不挂牵。
> 老爹爹黄泉下怎知儿苦啊，
> 娘离儿好一似摘去了心肝。
> 偶闻得婴儿啼心肝震动，
> 总以为他兄妹来到我眼前。
> 思孩儿近月来饮食无味，
> 念骨肉终日里我眼泪流干。
> 曹丞相他叫我继承父业，
> 学班昭撰汉书誉后光前。
> 女儿我似废人能有何用，
> 怎比得班昭女把后汉书来撰。
> 老爹爹空养儿不能遂志，

纵去世也不能瞑目九泉。

父亲你狠狠地谴责儿吧，

千不该万不该呀我不该回还……

郎咸芬的这段"反四平"唱得抑扬鲜明、顿挫有致。

看了《蔡文姬》，你会不自觉地入戏，感觉郎咸芬就是蔡文姬！

唱悲声不失诗人风范，拖哭腔仍显才女气质。郎咸芬已经走进了人物的内心世界，准确地把握住了角色的精神内涵。

1961年，山东省吕剧团来到哈尔滨，在黑土地上演出了新编历史剧《蔡文姬》和《三看御妹》。

这两出戏气势宏大，无论是唱腔音乐，还是布景道具、服装设计，都堪称吕剧史上一次大的改革和质的飞跃。

这标志着吕剧已经完全脱离了走村串乡的小戏格局，以崭新的戏剧姿态跃于中国的舞台之上。

这才是一个省级大团和一个"剧种"的新生活力。

十年时间，吕剧从小到大，由弱到强，终于扬眉吐气，成为中国地方戏的八大戏种之一。

③ "鲁声"响天山

1949年9月25日，新疆和平解放。

山东万名女青年积极响应党的号召，以山东老区儿女对党和祖国建设事业的赤诚之心，毅然离开故乡，来到祖国的西北边陲，加入屯垦戍边的行列。

一辆又一辆满载着山东女兵的汽车，过玉门，出阳关，使得已经沉寂了几个世纪的丝绸古道，又迎来了大漠炊烟、戈壁笑声。

她们告别家乡的那一刻，就把自己的命运与新疆的屯垦戍边大业紧密地联系在一起了。

1952年春天，新疆军区在山东招收女兵四千人。她们像天女散花一样，被分配到天山南北的戍边部队之中。

1954年，新疆军区又从胶东征招女兵七千余人，分配到新疆生产建设兵团各个师团。

"明月出天山，苍茫云海间。长风几万里，吹度玉门关。"

一个女人，就是一个家庭；一个家庭，就是一个西北边陲安定的音符。

为了让更多的山东人听到乡音，新疆生产建设兵团的有关领导动议成立吕剧团，让家乡的声音传遍天山南北。

1958年春天，新疆建设兵团派工二师干部赵治国来到济南，准备组建新疆生产建设兵团吕剧团，得到了山东省委、省政府、省委宣传部、省文联的大力支持。一句话，要人给人，要物给物，全力以赴，坚决支持。

根据摸底情况，决定以博兴县刘官庄业余吕剧团为班底，组建新疆建设兵团工建二师吕剧团。

团员主要来自刘官庄、龙河、大胡、夹河、寨里等村，有30人左右，团长由业余剧团的负责人张友斌担任。

1958年秋，山东援疆吕剧团带着山东人民的深情厚谊启程奔赴新疆，这是第一支把山东吕剧带到新疆的团队。

新疆军区生产建设兵团工程建筑第二师吕剧团（简称工二师吕剧团）团长张友斌、导演张振淮，都是刘官庄人。

1959年，工二师吕剧团为了适应整个新疆建设兵团的演出要求，又聘请了山东省吕剧团的李筱玲、马清会、董占英、张振亚，济南市吕剧团的朱春生、于鹤林、盖松朋，烟台市吕剧团的李佳芝，惠民地区吕剧团的张振淮、张增永、张桂荣、李峰山、王清友，济南市曲艺社的刘之亮，滨县吕剧团的张守庆，黑龙江双鸭山吕剧团的张振南、陈静，招远县吕剧团的丛成洋，滕县吕剧团的吕玉霞等20多人。

这一下，新疆建设兵团工二师吕剧团可谓兵强马壮，实力雄厚。

1959年7月，工二师党委下达演出任务：吕剧团要在整个新疆建设兵团进行慰问演出。

当时，新疆建设兵团有6个农业师，两个工业师，下属80多个团场，共400多个连队，分布在北疆各地。吕剧团历时14个月，行程8万多公里，完成了这一次巡回慰问演出任务，其辛苦万言难书。

团长张友斌作诗两首以抒情怀：

> 赶路怎怪天不仁，
> 此时此地当此真。
> 雪原极目似瀚海，
> 兽禽冻尸惊世人。

> 烈日当头似火烤，
> 汗水透衣如瓢浇。
> 风餐露宿寻常事，
> 沙尘伴食满口嚼。

这次演出，师首长在大会上点名表扬了张友斌、赵汝江、张德琴、胡庆玲、李月凤、王恩庆等十几名演员，称赞吕剧团是一个机智勇敢、不怕艰难、敢打胜仗的团队，同时，宣布工二师吕剧团升为团级单位。

1960年8月，经兵团司令部同意，从滨县吕剧团调来高吉祥等4人，充实了演员阵容，开始在乌鲁木齐市各大剧院演出。

1962年4月，吕剧团派杨连深、赵建国、张德琴、李峰山、张振亚、张守庆、杨玉田、胡庆玲、马清会、吕玉霞、李筱玲、高吉祥、丛成洋共十三人到山东省吕剧团、济南市吕剧团学习，时间两个多月。

得到了郎咸芬、靳惠新、杨瑞卿、李岱江、于廷臣、李同庆等演员的精心指导，演员们的表演水平大大提高。

1962年6月，兵团党委根据上级指示决定，所有剧团全部下放。伊犁州文教局局长陆一民听说后，很快接管了这个剧团，成立伊犁州吕剧团（驻伊宁市）。

伊宁市是一个有30万人口的花园城市，依山傍水，自古以来就有"赛江南"之称。

伊犁州对剧团如获至宝．对剧团的演员关怀备至，剧团如鱼得水，好戏连台。

吕剧团先后在缘州剧院、伊犁剧院、工人俱乐部礼堂、军人俱乐部礼堂等六七个影剧院场地，演出了《李二嫂改嫁》《王定保借当》《相思树》《三关摆宴》《龙凤面》《朝阳沟》《搜书院》《御河桥》《红梅阁》《拉郎配》《拦马》《夺印》《李怀玉借妻》《自有后来人》《挑女婿》《接闺女》《红云崖》《逼婚记》《玩会跳船》《三拉房》《三掀床》《借年》《母子会》《苗青娘》《血手印》《鸿雁传书》《三岔口》《砸粥缸》《金镯玉环记》《砍樵》《两块六》《沙家浜》《墙头记》《闹闫府》《红色娘子军》《海岛女民兵》《姊妹易嫁》等50多个剧目。

吕剧团每到一处，无不观众爆满。每次谢幕，观众久久不散，掌声响成一片。

援疆吕剧团是全国吕剧团的一个缩影和代表。

从天山脚下到黑龙江黑土地，从吉林柳河到江苏东海，吕剧之花争奇斗艳。

让我们记住这些曾经创造过辉煌的吕剧团体吧。

山东省：山东省吕剧院、济南市吕剧院、烟台市吕剧院、潍坊市吕剧院、招远市吕剧团、莱州市吕剧团、栖霞市吕剧团、龙口市吕剧团、乳山市吕剧团、滨州市吕剧团、滨城区吕剧团、邹平县吕剧团、东营市吕剧团、广饶县吕剧团、垦利区吕剧团、利津县吕剧团、平度市吕剧团、莱西市吕剧团、博兴县吕剧团、青岛市歌舞剧院吕剧团、河口区艺术团吕剧团、阳信县吕剧团、长岛县旅游艺术团、济宁市艺术团吕剧团、文登市吕剧团、日照市艺术剧院吕剧团、沾化县吕剧渔鼓戏剧团、荣成县吕剧团、惠民县吕剧团、昌乐县吕剧团、海阳县吕剧团、寿光市吕剧团、威海市吕剧团、牟平县吕剧团、淄博市吕剧团、临沂市吕剧团、沂南县吕剧团、海阳县东海镇吕剧团、海阳县郭城镇吕剧团、福山县吕剧团、禹城县吕剧团、沂源县吕剧团、临朐县吕剧团、章丘市吕剧团、崂山区吕剧团、昌邑市吕剧团等。

江苏省：江苏省演艺集团东海吕剧团、淮阴市吕剧团、铜山吕剧团、宿迁县吕剧团、新沂县吕剧团等。

辽宁省：大连市吕剧团、鞍山市吕剧团、宽甸县吕剧团、旅顺文工团等。

黑龙江省：哈尔滨市吕剧团、双鸭山市吕剧团、290农场吕剧团等。

吉林省：柳河县吕剧团等。

河北省：临西县文工团等。

新疆维吾尔自治区：伊犁哈萨克自治州吕剧团、新疆建设兵团工二师吕剧团、库尔勒农五师吕剧团等。

哪里有山东人，哪里就有会有吕剧的身影。

江苏省演艺集团东海吕剧团是由江苏省东海县吕剧团改制而来，是江苏唯一的吕剧演出文艺团体。东海吕剧团每年下乡进村演出150场以上，被老百姓亲切地称为"庄户人自己的剧团"。

吉林省柳河同源关东吕剧文化传播有限公司，由吉林省柳河吕剧团改制而来。吉林柳河吕剧团成立于1960年7月，初为通化专区实验剧团青年吕剧团，1962年8月转为柳河县吕剧团。

柳河吕剧团坚持"不离母体，传承发展"的办团方针，先后排演了《姊妹易嫁》《逼婚记》《李二嫂改嫁》《半把剪刀》《哑女告状》《画龙点睛》《喜脉案》《焦裕禄》《江姐》《山花红似火》《第二次握手》《带翅膀的情报》《好花难开》《秀莲闯营》《家庭变奏曲》等剧目，在黑土地率先打出了"关东吕剧"旗帜，走出了一条独特的吕剧发展之路。

柳河吕剧团先后涌现出了赵乐梅、傅洪娟、周桂芳、刘明高、王延伍、冯仁智、刘义、金太石、王焕娥、孟凡志、刘兴波等几代德艺双馨的艺术家，在舞台语言、唱腔音乐、表演艺术等方面对剧种有了原创性贡献。

2016年，关东吕剧成功入选吉林省省级非物质文化遗产代表性项目，剧团在文化大繁荣的新时代迎来了发展新契机。

初心不改，痴情不改。

一代又一代异乡吕剧人，在崎岖的艺术之路上跋涉前行。

4 吕韵震关东

现代东北人，祖籍主要有三个省份：山东、河北、河南。

其中，山东省最多，占百分之七八十。

在闯关东的150余年间，东北三省的人口从22万增加到1841万，山东人占一半以上。仅1937年到1940年，日本从山东诱骗去的劳工就有130多万人。

因此，至今，依然有很多东北老人说一口标准的山东方言。

1959年秋天，中共哈尔滨市委、市政府做出了一个重大决定：把山东的家乡戏——吕剧，移植到哈尔滨来。

听到乡音，这对于定居东北的山东老乡来说是好事。

哈尔滨市文化局根据市委、市政府批示，选派李醒晨、常慧中、陈伟等人成立哈尔滨市吕剧团筹备处。

1959年11月，哈尔滨市吕剧团筹备处不远千里，开赴济南市筹建吕剧团。

哈尔滨市的这一重大举措对山东的吕剧发展是极大的促进，在山东刮起了一阵激动人心的吕剧"选秀旋风"。

省委书记舒同、副省长李澄之、济南军区政委李耀文多次接见哈尔滨市吕剧团筹备处领导，帮助解决组团过程中遇到的困难。

哈尔滨市吕剧团筹备处在济南市经三路小纬六路槐荫旅社安营扎寨，开门办公。

1959年11月至1960年6月，筹备处一边招兵买马，一边进行排练，排演了《王定保借当》《王小赶脚》《小姑贤》《借年》《井台会》《龙凤面》六个传统戏。

筹备处在济南组团时临时聘用的教师有：高柏兰，女，来自哈尔滨市京剧院；朱秀英，济南市吕剧团演员，著名吕剧艺人朱春生之女；孔婉华、厉华，山东省友联京剧团演员；王希文，淄博民间吕剧艺人。

演学员：女队，队长赵桂兰（哈市歌舞剧院演员），其他成员有刘明珍（哈市歌舞剧院舞蹈演员）、杨波、李琴、王金玲、刘玉凤、程燕、张建华、赵秀瑞、张艳蓉、鲍秀英、毛玉凤、胡建芬、王丽贤、伊若玉、牟维君、陈晶、田秀芬、王新玉、芦莱莉、何连珍、何连香、何连芬、刘宝珍、张春莲、唐瑞玉、王素珍、程小梅、杨金枝、马慧敏、刁桂月、陈淑娴、高招弟（济南市吕剧团演员，高秀文之妹）。男队，队长郭欣，其他成员有高双亮、法遵训、于佑玲、张继孝、胡守珍、赵树青、赵青山、王臣生、赵洪业、洪兆秋、于秉仁、赵炳、董明才、段贻均、张承宝、艾宪仁、李悦忠、刘宝忠。

乐队：队长赵常祥（哈市歌剧院演奏员）、王德禄，其他成员有张则诠、李兆拣、王殿彬、张微臣、胡桂柱、朱克勤、刘金田、王洪岭、王志远、任庆苗。

打击乐：石刚、王荣刚、李荣琪、黄树森。

其他：木工洪兆春、游某某，炊事员韩旭和。

1960年1月10日至20日，山东省第一届吕剧观摩演出大会在济南隆重举行。哈尔滨市吕剧团筹备处演出了《王定保借当》。

1960年元旦，黑龙江省副省长李延禄带领东北三省赴山东慰问团到达济南，第二天就见了哈尔滨市吕剧团筹备处领导，听取了建团汇报，并和山东省有关领导进行了沟通。

1960年6月，哈尔滨市吕剧团筹备处到泰安为当地驻军及农民进行慰问演出，受到广大观众鼓励及好评。

1960年6月15日，哈尔滨市吕剧团筹备处在大观园大众剧场组织了一场答谢汇报演出。山东省、济南市党政领导及有关部门和演学员家属应邀观看。

晚上，哈尔滨市吕剧团筹备处在"聚丰德"饭店举行了隆重的告别答谢宴会。

1960年7月，哈尔滨市吕剧团筹备处结束了在济南组团与学习工作，由烟台坐船到大连，再到哈尔滨。

哈尔滨市吕剧团计划定编120人，在济南招聘专业人员80人。

正值三年自然灾害期间，粮食奇缺，哈尔滨市吕其恩市长特批5000斤全国粮票，供在山东建团使用。

1960年8月1日，中共哈尔滨市委、市政府正式批准哈尔滨市吕剧团成立。

在此期间，哈尔滨市委书记任仲夷、郑依平，市长吕其恩，市委宣传部部长牛乃文，市文化局副局长马楠，分别接见了全体演学员，及时解决住宿、生活、排练等具体困难。

市文化局还派市京剧团著名演员贾世华、武生演员王德全、旦角演员高柏兰来教功、导戏，重点加工排练了《王小赶脚》《龙凤面》。

市长吕其恩还指示，这两出戏在友谊宫向市党代会进行汇报演出，争取得个满堂彩。

1961年，山东省吕剧团携《蔡文姬》《三看御妹》《搜书院》《五月红》，来到哈尔滨演出，将山东吕剧在黑龙江推向一个高潮。黑龙江省文化厅及哈尔滨市文化局在江上铁路俱乐部组织文艺界联欢会，邀请在哈演出的山东省吕剧团、山东省德州市京剧团、天津小百花河北梆子剧团参加。

这是一场有着浓厚文化艺术气氛的盛会，在哈尔滨的艺术史上留下了浓墨重彩的一笔。

1961年3月，哈尔滨市吕剧团与太平区吕剧团合并，为全民所有制事业单位，名称为哈尔滨市吕剧团。

1973年秋天，在哈尔滨市委书记吕其恩和太平区委书记李季的支持下，"瘫痪"数年的哈尔滨市吕剧团凤凰涅槃，浴火重生。

于秉仁带队回到济南，向省吕剧团和济南市吕剧团求援，得到了梁俊泰、张立新、巩常岭、满风雷等同志的大力支持，带回了《都愿意》《追报表》《半边天》《三定桩》等新戏剧本和演出录音。

这些生动活泼小戏的上演，受到广大观众的热烈欢迎。

1986年12月，历经风雨沧桑的哈尔滨市吕剧团被迫解散，终于退出了历史舞台。

这是时代的发展还是历史的遗憾，也许要等到未来才能得到答案。

当年怀揣吕剧梦想，不远千里来从山东来到黑龙江的青年戏曲才俊，也都成了两鬓斑白的老人。半生漂泊，心中的吕剧火焰依然未灭。

2013年4月27日，原哈尔滨市吕剧团解散后第一次聚会。

多年不见，乡音未改，止不住的热泪，说不完的话。

怎么表达感情？还是唱吕剧。他们已经离不开吕剧，吕剧已经融进了他们的血液之中。

这是分别17年后的大团聚！哭吧，笑吧，憋在心里的话终于有机会说了。

这次聚会，大家达成了一个共识：唱下去。他们决定排演的剧目是《姊妹易嫁》。刚开始还有些生疏，幸好底子尚存，很快就找到了当年的感觉。

从此之后，吕剧情缘把他们又聚在一起，在大东北续燃吕剧的香火。

这些演员中，最大的刘育已82岁，最小的也已42岁。

从此之后，这个以原哈尔滨市吕剧团为班底的老年吕剧团，走遍了哈尔滨各地。

哈尔滨市敬老院是他们最常去的地方，里面的老人大多是吕剧的"铁杆粉丝"。

著名评剧表演艺术家刘小楼的女儿、吕剧爱好者刘群说："我们热爱吕剧，希望吕剧在哈尔滨越唱越红。"

吕剧的星星之火之所以还能在黑土地上燃烧，还要感谢一个人——于秉仁。

于秉仁1943年生于山东省济南市，1960年2月考入哈尔滨市吕剧团，曾任哈尔滨市吕剧团演员队队长。

现在，于秉仁又在为"关东吕剧"申请"非遗"而奔波。

5 《逼婚记》——吕剧的新高峰

20世纪50年代，济南鲁声吕剧团迎来了百花怒放的春天。

沐浴着新中国"戏改"的春雨，翻身做主的老艺人们青春勃发，激情四射，创作出了《明明上当》《张大友被骗》《王秀鸾》《闹房》《搬窑》等观众喜闻乐见的优秀剧目。

1954年，在华东地区地方戏曲观摩会演中，老艺人时克远蟾宫折桂，荣获演员一等奖，让这个刚刚翻身的小戏班熠熠生辉。

他们以满腔的热情拥抱吕剧的新生。

1956年秋天，鲁声吕剧团完成了历史性的"蝶变"，正式成为济南市吕剧团。

这些在旧社会备受凌辱的老艺人，终于扬眉吐气，成为新中国文艺大军中的一分子。

于廷臣、时克远、李同庆等人民艺术家终于迎来了艺术的春天。

山东省吕剧团的声名鹊起，让他们看到了吕剧的未来。

刚刚脱胎换骨的济南市吕剧团信心满满，蓄势待发。

1958年春天，济南市吕剧团副团长于廷臣和编剧高洁根据连台本戏《温凉盏》，创作出了散发着济南味道的《逼婚记》。

故事发生在明朝末年，国舅洪彦龙在济南府横行霸道，为所欲为，在千佛山上，欲抢民女兰贵金成婚，被历城县官奋力拦阻。

国舅不肯罢休，借赏菊赋诗之名把兰贵金的哥哥秀才兰中玉骗入府中，乘机逼婚，秀才不从，逃上绣楼。皇姨对大才子兰中玉仰慕已久，一见钟情，遂定终身。

七品知县聪敏智勇，秉公执法，促成秀才与皇姨婚事，并狠狠地惩处了国舅。

剧中人兰贵金由付荣华扮演，丫鬟春香由杨桂英扮演，历城知县由李同庆扮演，国舅洪彦龙由盖贵玲扮演，洪兴由梅天佑扮演，兰中玉由张艳芳扮演，洪美蓉由高秀文扮演，春梅由魏薇扮演，兰母由宋兆珍扮演，师爷由于鹤鹏扮演。

《逼婚记》的执行编导是于廷臣，演出主任是毕苇村。

《逼婚记》一亮相，就自带光芒，映红了济南戏曲舞台的半边天。

1960年春节前，山东省委和省政府决定，组建山东省春节赴闽慰问团，去福建前线慰问解放军指战员和在福建深山老林伐木的山东工人。

鉴于山东省吕剧团刚从福建前线慰问归来，省委省政府安排山东省京剧团和济南市吕剧团随慰问团去福建。

慰问团"兵分三路"，为沿途驻军点和疗养院的指战员、疗养员以及伐木场的伐木工人带来了慰问演出，受到了极大的欢迎。

特别是在驻闽部队慰问演出时，济南市吕剧团感受到了人民子弟兵的热情。

其实，这支部队正是从渤海区走出去的中国人民解放军第28军。

一听那浓浓的山东乡音，许多山东子弟兵热泪盈眶，边哭边看，让人动容。

1962年10月，济南市吕剧团踏上了进京之路。

在北京，《逼婚记》刮起了一股强大的吕剧旋风，其势头一点也不比当年的《李二嫂改嫁》逊色。

为了满足首都观众的要求，《逼婚记》在北京吉祥剧院连续加演十多场，观众仍喊不过瘾。

济南市吕剧团有备而来，《逼婚记》《姊妹易嫁》两台大戏成为他们的"秘密武器"。

乡韵大吕，金声玉振。

年轻的济南市吕剧团不仅受到了朱德、邓小平、彭真等老一辈革命家的高度赞扬，还得到了荀慧生、马少波、马连良、谭富英、新凤霞等戏曲名家的肯定。

在北京演出结束后，济南市吕剧团又到天津、沧州、西安、洛阳等地巡演，一演就是半年时间。

济南市吕剧团的名声传遍大江南北。

老艺人李同庆是《逼婚记》的第一任知县。

他对剧中人物历城知县的刻画和唱腔设计，可以说到了完美无缺的地步。

李同庆（1911—1972），今东营区龙居镇北薛村人，吕剧表演艺术家。13岁拜薛金田为师学唱化装扬琴，先到高家班，后进黄家班搭班演戏。1933年到济南演出，后加入义和班。

李同庆嗓音洪亮宽厚，"赶板垛字"，粗壮有力；念白干净利落，表演形神兼备，人物刻画准确到位。

新中国成立后，李同庆成功地塑造了众多的艺术形象，是众多济南戏迷的偶像。

"本县一阵犯疑猜，这官司真可是难劈的柴。"他在唱腔中突出了一个"真"字（从低音3上滑至中音2），又强调了一个"难"字（将中音2下滑）。这样唱，既丰富了吕剧的地方特色和韵味，同时也对语言进行了艺术性的夸张，从而使人物更加性格化了。再如"拿着个鸡蛋碰碌碡"这句唱词中,"碰碌碡"三个字不是唱,而是有节奏地说出来。这种以说代唱、说唱结合的巧妙处理,也是李同庆惯用的手法。

在怀仁堂,李同庆在台上唱四句,台下便来一次掌声;再唱四句,又来一次掌声。

李同庆在唱腔中对叠句的运用更是高人一筹。

现代戏《钢铁五姑娘》中,他扮演一个老汉,词中唱道:"太阳一出红光闪,沙滩快要变良田。铁姑娘们真勇敢,吃苦耐劳把地翻,征服了困苦与艰难。"按四平腔的一般规律是四句一段,但他在这里却改成了五句。

奇怪的是,在李同庆的嘴里,这五句比四句唱起来更顺口流利。再加上几个虚字的衬托,唱成"吃苦耐劳把(这)地(来)翻"。真可谓锦上添花,妙不可言。

有一天,原济南市吕剧团作曲韩日成听了李同庆《砸粥缸》录音片段,激动地说:"太珍贵了!这是著名老艺人李同庆的录音啊!"

那个年代,李同庆的录音尚无定谱,完全是依字依情,自由发挥。每次演唱都有变化,但板眼灵活,每个细节都把握得分毫不差,尤其唱腔韵味拿捏得堪称一绝!

李同庆为吕剧老生唱腔的形成做出了重要贡献,对后来吕剧老生演员的演唱有着显著的影响。

1963年,李同庆因为工作需要被调往山东省吕剧团,他的历城知县的形象却在戏迷心中深深地扎下了根。

风来雨去,岁月苍茫。

1978年5月4日,是一个阳光灿烂的初夏之日。

济南南郊宾馆绿树滴翠,百花盛开。

中共中央副主席、国务院副总理李先念,副总理陈永贵及中央7个部和21个省、市、自治区领导人165人来到山东,视察山东的农业生产情况。

在李先念副主席的要求下,济南市吕剧团给中央农业考察团演出了停演多年的《逼婚记》。

李先念副主席对当年在北京看过的《逼婚记》一直念念不忘，尤其是李同庆扮演的历城知县给他留下了深刻的印象。

李先念副主席的建议，给沉闷多年的山东戏剧舞台带来了一股温暖的春风。

停演十年的《逼婚记》终于重见天日。

这一天，济南南郊宾馆垂柳依依，和风拂面。

演出大厅掌声雷动，成了欢乐的海洋。

演出完毕，李先念满面春风地上台，同演职人员逐一握手。当来到主演张万真跟前时，李先念握着他的手高兴地说："你很会演戏！很有山东地方味！我看了《逼婚记》，想起了济南府。吕剧就应该有乡土气息，像大葱大蒜！"

《逼婚记》再次誉满神州，并引起了电影制片厂的关注。

1979年，长春电影制片厂盯上了《逼婚记》。

导演赵瑞起率领20多人来到济南观看《逼婚记》，进行拍摄的前期准备。

不久，济南市吕剧团50多名演职人员浩浩荡荡来到长春电影制片厂，开拍影片《逼婚记》。此时，新凤霞的《花为媒》刚刚拍完，大家沉浸在兴奋之中。

历时半年，电影《逼婚记》终于大功告成。

这部彩色的戏曲电影让全国的观众记住了这些主要演职员，张万真、高秀文、董砚萍、赵士荣、杨德君，以及导演赵瑞起，编剧高洁、于廷臣。

历史已经证明，《李二嫂改嫁》和《逼婚记》是山东吕剧史上的两座高峰，至今没有被超越。

2016年8月，时隔五十多年，《逼婚记》再次进京，风韵犹在。

作为"全国地方戏演出中心精品剧目展"参演剧目之一，济南市吕剧院原创优秀保留剧目《逼婚记》于24日、25日在京上演。

《逼婚记》中的历城知县已历经四代演员。第一代的知县李同庆已经去世。第二代是张万真，也年逾八旬。现在，这个角色落到了年轻的曾凡亮身上。

历城知县是戏中最主要的角色，演员的表现直接关系到整部戏的成败。

历城知县是一个文丑角色，而曾凡亮的本来行当是老生。为了演好这个人物，曾凡亮认真拜师学习，规范动作、表情。

"先别想着创新，先学老先生。"导演对曾凡亮如此要求。

为了让年轻演员更好地把握人物，剧院多次拜访张万真等《逼婚记》的老演员，倾听老艺术家回顾该剧创作发展过程。

为更好地展示济南吕剧风采，此次进京演出进行了全院动员，剧院特别邀请了老艺术家董砚萍、赵世荣、单玲玲、赵玉秋等人回到济南市吕剧院，为《逼婚记》剧组把脉鼓劲。

老艺术家们纷纷对第四代青年演员版《逼婚记》热情地提出希望和建议。

剧中反面角色"国舅"的扮演者赵世荣特意向现在的"国舅"金作伟介绍经验，表示一定要表现出"国舅"的"土气、霸气和流气"。

单玲玲则指出，戏曲复排有很多成功之作，如黄梅戏《梁山伯与祝英台》、越剧《红楼梦》等，要注意借鉴成功经验。

《逼婚记》自1959年以来，总演出场次一千余场，是最受观众喜欢的老戏之一。

在排练过程中，济南吕剧院年轻的演员们认识到："复排《逼婚记》是一个重新认识、了解吕剧的过程。"

"要老老实实学习、揣摩，保持其大葱大蒜味儿……这是吕剧的根。"

乡情连千里，吕韵越百年。

2017年9月29日，国家艺术基金传播交流资助项目"百年鲁韵·千里乡情——济南市吕剧院原创优秀保留剧目《逼婚记》东北三省巡演"，在吉林省人民大剧院拉开序幕。

热情的东北观众被跌宕起伏的故事情节和演员诙谐幽默的表演所感染，笑声和掌声不断。有观众说："老戏就是老戏，有味道，好看！"

在吉林演出两场后，济南市吕剧院又在长春、哈尔滨、梅河口、葫芦岛等地演出，受到东北观众的热烈欢迎。

"在以后的演出中，我们还计划通过当地的老龄委等部门，邀请老人走进剧场，感受乡音乡韵。巡演之余，我们也将派出一些演出小分队，到敬老院为老人们带去一些吕剧经典唱段。"

这是济南市吕剧院院长张玲东北之行的感受。

"莫愁前路无知己，天下谁人不识君。"

这是山东吕剧阵痛之中的靓丽追寻。

6 张斌——吕剧音乐的奠基人

张斌醒来的时候，是个大雪纷飞的早晨。

他已经昏迷了两天两夜，额头上的伤口还隐隐作痛。

四叔坐在炕沿上，握着他的手，眼里噙着泪花。

他想起来了。他在唱戏，是河北梆子《小放牛》。哦，对，唱着唱着，忘词了。

这时，班主手里的板胡抢了过来，张斌立即扑倒在戏台上。

就这样，张斌结束了他的第一次鲁北"巡演"。

这一年，是1935年，张斌六岁。

院子里，爷爷又拉起了《蝴蝶杯》。时而铿锵激越，时而如泣如诉。小张斌挣扎着从炕上起来，他已经两个月没见爷爷了。雪花打在爷爷的头上，院子里一片洁白。

"爷爷……"张斌踉跄着跑过去，扑在爷爷的怀里。

悲歌当哭，爷爷老泪纵横。

张斌三岁听戏，岁岁会唱莲花落，六岁就开始跟着四叔闯荡江湖。

在死亡的悬崖之上，能够活过来，实属奇迹。天降大任，先苦心智。这算是对张斌的历练吗？

苍天不语，大地不语。

母亲早亡，幼妹夭折。哥哥十四岁闯关东，十八岁就离开了悲惨的人世。幼小的张斌几乎饱尝了所有的人生不幸。

孤独与自卑，贫穷与倔强，吞噬着他幼小的心灵。

四岁那年，爷爷看出了张斌的音乐天赋，给他做了个小板胡，并有意识地教他唱戏。从此，宁津县有了一个戏曲神童，一个苦难少年。

1942年，张斌的命运发生了根本性的变化。张斌成了抗日小学的学生，还加入了儿童团，当上了儿童团的小指导员。这一变化是巨大的，从一个卖艺乞讨的小戏子，成了家喻户晓的小英雄，这反差也太大了。

那段日子，是张斌最快乐的童年时光，他像个突然找到娘的孩子，一头扎进娘的怀抱，再不是随风飘荡的枯草。

日子像地里的甘蔗，越嚼越甜。小张斌再不用担惊受怕，组织唱歌、登台演讲、街头演戏，张斌成了人见人爱的"小明星"。

1943年，小鬼子隔几天就来祸害一下，抗日小学被迫停办。

张斌转到了很远的一所学校，按照学校的规定，他只能到二年级插班。

张斌只用了一个月，就连跳两级，成了"学霸"。最让师生惊叹的是张斌对音乐的天赋：管弦笙笛，不论什么乐器，一摸即会，吹拉弹唱，样样皆通。

月光下，师生围坐在操场中间，听张斌唱戏。

一会儿皮黄、一会儿梆子，只听得同学们如痴如醉。学校有架风琴，一直像摆设一样放在那里。张斌见了，下意识地摆弄了几下琴键，竟然会。没用几天，一场别致的风琴音乐会开场了，弹奏曲目是京剧《夜深沉》《柳摇金》。从天津师范毕业的音乐老师张景兆听了，大吃一惊，一拍大腿，直呼神童。

小学毕业后，十五岁的张斌做了小学老师。

他感受到了新社会的温暖。授课之余，张斌开始在《渤海日报》《渤海大众》发表诗歌和歌曲。

1947年，张斌报名参加南下支前，他工作出色，不怕苦，不惧死，荣立二等功，并光荣地加入了中国共产党。

张斌在入党申请书上写道："没有党，就没有我张斌的今天。我是党的人，就要为党拼命工作。"

1949年，张斌参军入伍，在渤海军区第一军分区文工队。后来，调到渤海区人民文工团。

1950年7月，张斌和刘梅村等十几位战友一起，从渤海区调到济南，来到省戏曲研究室工作。

这次调动，让张斌找到了艺术绽放的平台。

张斌和同志们一起走遍了齐鲁大地，先后调查了吕戏、五音戏、莱芜梆子、东路梆子、东路周姑子、柳琴戏和大弦子戏等剧种。

有的老艺人曾笑说："张斌连我的家底都挖光了。"

研究室有台老式留声机，张斌如获至宝，到处搜罗各种唱片，一有空就坐下来听，一边听，一边记谱。

张斌耳音辨识度极高，能捕捉细微的音差。

在演奏乐器时，他没有音准负担，乐感极强，走把换调，得心应手，包托裹带，超脱有余，人称"能使木头说话"的人。

张斌的音乐记忆力和模仿力超人，在单位都叫他"录音机"。这一点，时克远、李同庆、于廷臣几位老艺人都服气。

有时张斌听他们唱戏，听一遍就能学唱，惟妙惟肖，以假乱真，不仅如此，张斌还能随手把谱记出来。

那个时候，张斌就学会了"繁式记谱法"，这与传统的"工尺谱"记谱法相比较，是个很大的进步。

张斌听觉超级发达，对泛音、嗽音、滑音、微音有极强的辨识度。

张斌是全才，作曲、演奏、剧本、表演都有一定建树。

《李二嫂改嫁》中张小六的第一任扮演者就是张斌。张小六帮李二嫂干活时，两手把袖子往胳膊上一撸，干完活脱下鞋，往锄头上一磕。这些细小的动作，张斌如果没有农村生活的体验，是很难表达出来的。

就像是干渴的旅人在沙漠发现了甘泉，张斌一头扎了吕剧音乐的海洋，贪婪汲取。那个时候，张斌是最快乐的。

张斌千方百计搜集到的唱片，囊括了全国各地的剧种：秦腔、山西梆子、河北梆子、河南梆子、河南曲子、评剧、二人台、越剧、淮剧、楚剧、锡剧、粤剧、昆曲、京剧等。曲艺方面有：山东琴书、唐山琴书、西河大鼓、梨花大鼓、京韵大鼓、梅花大鼓、河南坠子等。

一年的时间，张斌整理了二十多本。张斌非常细心，编上目录，编上号，用厚书皮装订起来。

他在分析淮剧唱腔时是这样记录的：

> 靠把调：与京剧流水相似。
> 淮调叠板：比淮调收尾多了重叠的句子。
> 十字韵：比一般悲腔更为悲愤，含有强烈的反抗情绪。
> 小开口：从扬州活捉调变化而来，大半用于轻松愉快和风趣的情节。
> …………

"向传统学习，就要广泛深入地学，对丰富的材料进行分析、比较、研究，从中找出它的规律。只有这样，才能更好地继承、发展戏曲音乐的优良传统。"

这是张斌1950年在一次戏改座谈会上的发言。

1950年，吕戏《小姑贤》成了省戏曲研究室确定的第一个实验剧目。张斌参加了剧本和唱腔的整理。张斌的眼睛是毒的。当他看了几次老艺人的演出，就发现了问题——唱腔不固定。

老艺人是以腔凑戏，台词全凭即兴发挥。这与新的戏曲编排模式完全不同。新戏的排演，是按照苏联的导演制。需要有剧本，有乐谱。

在音乐的设置上，张斌和袁来欣多次去观摩河北梆子、河南梆子、豫剧、评剧等剧种的演出。

他根据剧情的需要，突破了吕剧原有的唱腔格式，如"李氏女接钥匙"一段就突破了原有"二板"的格式。吕剧"二板"一般是七字句，每句四板，两句一番，上句落"1"，下句落"2"。再长的唱段，翻来覆去这两句，会非常单调。改编后，这段唱词改成了"十字句"。

《小姑贤》是个说唱性比较强的剧目，音乐风格基本保持了吕剧的老腔老调，也就是"四平腔"和"二板"。

张斌的贡献，是让整台音乐更加完整，更加紧凑，增强了戏剧性。

《小姑贤》的成功，鼓舞了大家对戏剧改革的信心。

接着，戏曲研究室又选择了《蓝桥会》里面的一折戏《井台会》作为第二个实验项目。还是由张斌负责音乐设计。

众所周知，吕戏常用的曲调用来简单叙事还可以，要是表现复杂的戏剧情节和人物感情就不够了。

在《井台会》的音乐设计中，张斌敢于挑战传统，从豫剧、河北梆子等戏曲旋律中寻找灵感，创造性地设计了合唱形式的"前吟"。

在乐曲声中，大幕徐徐拉开。那优美、抒情、悠扬的旋律，给观众带来了无限的遐想。

第三场，蓝瑞莲被丈夫、婆婆虐待后，有大段独唱。张斌吸收了京剧、评剧、茂腔的音乐表现手法，将徵调式的"四平腔"改为宫调式，创作了吕剧的"反四平"。"反四平"的出现，是张斌对吕剧音乐的一大贡献。

井台相会，蓝瑞莲有大段唱腔，来表达对魏魁元的爱慕之情。张斌吸收了秦腔的五字叠句，在句子排列上处理成了上下合重的形式。尤其衬字"哎"的运用也实现了新突破。

"民歌中没有比'尽在不言中'更高明的了，它将无尽的肺腑之言，用衬词吟咏出了。这里主要不在词上而在腔上。"这段话，出自张斌的著作《民间音乐美学》。

可见，张斌对"衬字"的理解，已经到了入木三分的地步。

在这段唱腔里，张斌连续用了十四个"哎"。这十四个"哎"字，借助优美委婉、含情脉脉的大甩腔，把蓝瑞莲对魏魁元的爱慕之情，淋漓尽致地唱了出来。

张斌对《小姑贤》和《井台会》中音乐的改革，坚持了纵向继承和横向吸收的原则。

这对于刚刚起步的吕剧至关重要。

1954年上海华东戏曲观摩演出大会，《井台会》颇受专家青睐，荣获音乐改革奖。

《李二嫂改嫁》是山东省吕剧团现代戏的开山之作，也是巅峰之作。

1951年春天，是齐鲁文学艺术的春天。《小姑贤》和《井台会》相继试演成功。受到鼓舞的省戏曲研究室，决定改编王安友的小说《李二嫂改嫁》，用戏曲表现现代生活。

刘梅村、靳惠新、王昭生一起修改剧本。

张斌的支前生活，给《李二嫂改嫁》注入了活力。剧中，张小六支前回来给李二嫂讲述支前情景的唱词，就是出自张斌之手。为了开拓吕剧唱腔音乐的广度，张斌在吕剧原有唱腔的基础上，新开发出了摇板、紧板、快四平、反四平、反二板等多种唱腔板式，大大丰富了吕剧唱腔音乐的表现力。

1959年，张斌的《山东琴书音乐》正式出版；1962年，《吕剧音乐研究》面世，填补了吕剧音乐的理论空白。

在张斌事业蒸蒸日上的时候，他也收获了爱情，与吕剧演员臧美倩结为连理。

1961年，张斌离开了工作十年的省吕剧团，调到省文化局戏曲研究室。只要能创作，张斌对岗位、待遇要求不高。柳子戏《孙安动本》电影拍摄期间，张斌是音乐指导；山东省梆子剧团进京会演，张斌是随团音乐指导。张斌的多才多艺和高超的艺术才华让人折服。

然而，天有不测风云。

就在张斌音乐创作渐入佳境的时候，他的命运被陡然改变。

他被人关进了狭窄的卫生间，当被放出来的时候，呆滞的样子，让在场的人心碎。

张斌的精神世界坍塌了。他被送进了济南精神病院。

这对张斌是致命的打击！他还有很多事要做呢！

1968年10月7日，一代音乐奇才张斌带着深深的遗憾，离开了他所钟爱的吕剧音乐事业，含冤去世，年仅三十九岁。

世界以痛吻我，我却报之以歌。

创造了吕剧音乐神话的张斌，就这样孤独地蒙冤西去。

坠琴呜咽，乡韵如鲠。

历史的回音，让我们痛定思痛。

7 齐鲁名导尚之四

光之所及，皆是向往。

齐鲁名导尚之四迎来了他的高光时刻。

1964年8月10日21点40分，一张载入史册的照片在北戴河的涛声中深情定格。

毛主席神采奕奕，红光满面，被山东省京剧团的演员们簇拥在中间。

毛主席刚刚看完他们演出的现代京剧《奇袭白虎团》，兴致勃勃，评价甚高。接见时，领袖与演员们频频握手。

毛主席右侧身后站着的就是尚之四。这次，尚之四是现代京剧《奇袭白虎团》的导演。

至此，尚之四已跨界执导了吕剧《李二嫂改嫁》、柳子戏《孙安动本》和现代京剧《奇袭白虎团》三部大戏，红遍神州，颠覆了中国戏剧界的认知。

尚之四是一位在战火硝烟中成长起来的革命文艺工作者。

1921年7月，尚之四出生在平度县尚家疃村，兄弟八人，排行在四，故名"之四"。

尚之四自幼与寡居的婶娘生活在一起，家境殷实。尚之四是在青岛北京路小学开始的启蒙教育，后考入青岛礼贤中学，读高中部时，患上肺结核，只好中途辍学。尚之四不仅学习好，而且喜欢音乐、美术，还吹得一口好口琴，是学校口琴队的队长。

1942年，尚之四利用在平度中学担任音乐老师的身份，开始秘密为党工作，多次出色地完成了党交给的任务。

1943年，尚之四成了一名光荣的共产党员，怀抱赤子之心，投入抗日救国洪流。

1943年，受党组织委派，尚之四和李瑞舟、马紫枫、马光浦、耿文化等地下共产党员相继进入伪平度县中学，宣传救国思想，激发师生爱国热情。

1945年9月，平度县城解放，抗日民主政府将伪平度县中改建为"胶东区平度中学"。胶东西海专署派高潮、马紫枫分别任正、副校长，尚之四任教务主任，有学生二百多人。

1945年2月，为适应抗日战争战略反攻形势要求，胶东西海、南海中学与"两平联师"组建为"西南海干校"（对外称"西南海联中"），培训区助理员及中小学校长为主，尚之四参加了这个阶段的培训学习。

10月，西南海联中恢复为"西海中学"，并由大泽山迁到平度城北的七里河子村，尚之四任教务处副主任兼音乐、美术老师。

这期间，尚之四指导成立了学校剧团，他导演了虞棘编剧的大型话剧《改邪归正》《群策群力》，编导了新歌剧《白毛女》《一罐血》。

尚之四还排演了自己编剧并作曲的新歌剧《王二小参军》。

尚之四的艺术张力脱颖而出。

在西海中学期间，尚之四遇到了伴侣郑桂莲，两人相濡以沫，共经世纪风雨。

1948年4月，潍坊解放。中共华东局成立了潍坊特别市，姚仲明任市长。尚之四随解放军入城，参加了接管城市的工作。最初在《民众教育报》，尔后又被安排到坊子师范学校担任领导职务。

尚之四继续组织业余剧团，以戏剧为武器，积极开展革命宣传活动，在潍坊特别市掀起了新歌剧的热潮，"圈粉"无数。这期间，尚之四先后排演了反映解放军英雄事迹的话剧《气壮山河》，歌剧《不要杀他》等，受到了姚仲明市长的褒奖鼓励。

1948年12月，潍坊特别市文工团横空出世。从此，尚之四走上艺术之路。中国可能少了一个好的中学校长，却诞生了一位齐鲁名导。

1949年1月，尚之四率领刚刚成立的潍坊特别市文工团赶赴淮海战役前线，在炮火声中进行慰问演出，受到解放军指战员的欢迎。凯旋之后，尚之四被正式任命为团长。

尚之四是个激情如火之人，永远洋溢着蓬勃的朝气。

他带领这支崭新的文艺队伍，到厂矿，去农村，与工农打成一片。尚之四无师自通，导演了歌剧《解放》《三世仇》《黄烟》《春耕曲》，舞剧《祖国万岁》《斯大林万岁》。

1951年夏天，尚之四还派人去省地方戏曲研究室学习吕戏《李二嫂改嫁》，这是吕戏《李二嫂改嫁》的第一次对外传播。

尚之四特别注意吸收传统戏曲精华，像京剧、评剧、豫剧、京韵大鼓、陕西梆子、五音戏等，他都广泛涉猎。

在排演《李二嫂改嫁》时，尚之四登门潍县"地瓜班"，向琴书老艺人拜师求教。

1952年，机遇之门又一次向尚之四打开。这一年，根据中央指令，行署、专区文工团全部撤销。尚之四和部分演员被调往济南，参与组建山东省人民剧团，不久改为山东省歌剧团。到了1953年，确定为山东省吕剧团。尚之四成了山东省吕剧团的副团长兼导演。据说是姚仲明向王统照推荐的尚之四，姚仲明当时是济南特别市市长。

尚之四虽然初来乍到，但是他并没有感到陌生。

他有言就发，有态就表，秉性耿直又多愁善感，用现在的话说，就是性情中人。

尚之四有超强的记忆力，演员哪句台词说错了，他能准确地指出来。当然也有糊涂的时候：人家借他的钱，或者是他借别人的钱，时常搞不清楚。

有一次，尚之四风风火火赶来排戏，一边讲，一边示范。突然门口有人大声嚷嚷，要闯进排演场。

尚之四怒声喊道："停！去把那人轰走！"但门外的嚷嚷声依然没有停止。

尚之四疾步走到门外，正欲训斥，忽然感觉那人有点面熟。来人看到尚之四，赶忙说："你这位同志，坐了我的三轮车，也不给我钱，让我白白等了半个钟头。"

尚之四一看，恍然大悟，不好意思地笑了。原来早晨因为赶时间，就搭了辆出租三轮，到了排练厅，一摸身上没带钱，就说进去给车夫拿钱。可一进排练场，就忘了这茬了。

尚之四赶忙向身边的丁博民借了五角钱，交给了三轮车夫。

不过，丁博民的这五角钱算是有去无回了。

山东省人民剧团刚成立那会儿，谁也搞不清下一步要做什么。

有人说要搞新歌剧，有人说要搞地方戏，上面意见也不一致。

分管业务的尚之四告诉大家，不管演什么，都离不开基本功，不能不练功。

1953年，山东省吕剧团正式挂牌，才确定了发展方向。

这些来自文工团的新文艺工作者有些不理解：革命了这么久，怎么一下子成了唱戏的了？但是，不管你有啥想法，不能耽误了排戏、练功。

尚之四就是个黑脸"包公"，说一不二，啥事都管。

扮演"张小六"的杨瑞卿偶有跑调，尚之四就逼着演员反复校音；饰演"孙玉娇"的钱玉玲念白不到家，就让演员每天早晨面壁背台词。

有人说："尚导有的是治演员的法子。"

乐队单调，他就建议增加乐器，不管"土"和"洋"，管用就行。尚之四没有清规戒律，什么"土嗓子""洋嗓子"，只要吐字清晰、有耐力、送得远、观众喜欢，就是好嗓子。

尚之四说："正在试验阶段，错了再改回来，对了就往前走，不能光研究，要干着看，走着瞧。"

尚之四有个聪明的大脑，思维敏捷，思路清晰，一眨眼就有点子蹦出来。

《十五贯》上演，轰动全国，救活了濒危的昆曲。

《李二嫂改嫁》红遍大江南北，创造了一个新剧种。

要论功行赏，尚之四功不可没。尚之四对"新"字有深刻的领会：一台好戏，需要灯光、服装、导演、音效、化妆等各种艺术形式的高度融合。

吕剧音乐的"新"，由老艺人的即兴伴奏转向定腔定谱。导演制度的"新"，废除了口传心授，先导后演，增强了艺术的统一性。

盛夏的济南，一丝风都很稀罕。

排演场没有电扇，更没有空调，坐一会儿，就出一身大汗。

尚之四一边拉弦，一边改谱。他是个不知道累的人，也不知道别人累不累。反正，他不休息，谁也别想歇着。只有戏开演了，尚之四才能消停会儿，坐在观众席上，紧盯细节。散戏的时候，他会早早地站在过道里，听听观众们说啥。他说："这时候观众的意见才是最真实的。"

尚之四不是科班出身，也非梨园世家，更没有上过名牌大学，可是导啥戏，啥戏就大红大火。

他说："干我们这一行要提高，除了书本，更要多听多看，大剧团要看，小剧团也要看，国内的要看，国外的也要看！即便是马戏团，你看了也会有用处。"

尚之四十分注意音乐配合，大到板式处理、唱腔设计、乐器配置，小到一字一句的改动、一锣一签的运用，他都十分严谨。

有次排演《刘海砍樵》，当小狐狸唱到"对呀对，对呀双"，尚之四突然叫停。

他把作曲李渔叫到跟前，说："这段唱不行！你媳妇不是唱河南坠子的吗？"李渔说："不错，不但会唱，而且唱得很好！"尚之四接着说："《井台会》能借鉴河南坠子，你这个戏怎么不能借鉴？回去琢磨一下，看看能不能出点新意……"

李渔不负众望，写出了一段与众不同的"二六"。

为了增强吕剧的承载能力，提高吕剧的表现力，尚之四有目的地进行改革试验，先后从不同角度和侧面选排了部分传统剧目，主要有《王汉喜借年》《打金枝》《刘海砍樵》《龙凤面》《双生赶船》《挑女婿》《翠香记》《芙蓉记》。

山东吕剧的爆发与崛起，尚之四倾注了大量心血。

丁博民曾说："他像一股喷不完的激泉！他像一团无法扑灭的烈火！"

首次进京会演、挺进东北、跨过鸭绿江，尚之四是领导者和亲历者。

1957年，尚之四被迫调离了他所热爱的山东省吕剧团，到了省戏剧研究室（省文化局下属机构）担任挂名的副主任。

1959年3月，风云突变，性格刚烈的尚之四被错误地开除党籍，降职降薪。

十五天之后，领导安排尚之四去鲁西南，挖掘整理柳子戏《三上本》。尚之四二话不说，带着两名助手，就去了菏泽。

唯有热爱，可抵长夜漫漫；不忘初心，方能泰然处之。

尚之四来到了菏泽地区郓城县工农剧社，这是全国唯一存在的柳子剧团，是个默默无闻、苦苦挣扎的小剧团，刚刚由民间剧团转为国营剧团。

岁月是河，大浪淘沙。

清朝初年誉满北京的四大剧种南昆、北弋、东柳、西梆，时至当下，已经日薄西山、奄奄一息，不能不让人扼腕长叹。

嘉庆八年有人说："有明肇始昆腔，洋洋盈耳，而弋阳、梆子、琴、柳各腔，南北繁会，笙磬同音，歌舞升平，伶工荟萃，莫感于京华。"也说明了当时这一历史盛况。

"东柳"就是柳子戏，流行于山东济宁、菏泽、泰安，又名弦子戏，黄河以北有"糠窝窝""百调子""吹腔"之称呼，是中国传统戏曲古老声腔之一，也是中国戏剧的"活化石"，是山东残存的艺术瑰宝。

2006年5月20日，山东省柳子剧团申报的《柳子戏》经国务院批准，列入第一批国家级非物质文化遗产名录。

尚之四从老艺人的脑子里挖台词，不厌其烦。他说："要用考古学家的精神、挖地三尺的本领去研究它。运用它遗产丰富、风格独特的优势，搞出高质量、有时代感的剧目来。"

《三上本》是柳子戏的传统剧目。故事发生在明朝万历年间，太师张从独揽朝政，吞没赈灾粮二十万石，饿殍载道，遍地哀鸿。

曹州知府孙安决心进京为民请命，一天连奏三本，却被昏庸无能的小皇帝打入死牢。

最后，"定国公"徐龙手持黑虎铜锤上朝，与小皇帝针锋相对，责以正义，小皇帝不得不赦免了孙安的死罪，终于正义当道，奸佞得除。

二十五天，尚之四只用了二十五天，就把这台大戏立了起来。

这期间，尚之四像是着了魔一样，没有睡过一个囫囵觉，没有吃过一次安生饭。

为了强化孙安这个悲剧英雄人物的分量，尚之四提议将《三上本》改为《孙安动本》。

恰巧，中央政治局委员、国务院副总理谭震林在省委书记谭启龙陪同下，来菏泽视察，听说柳子剧团排了传统老戏《孙安动本》，就想一睹风采。看完《孙安动本》，两位山东的老领导对此剧赞不绝口，说孙安精神值得学习。

1959年6月，《孙安动本》剧组到济南做汇报演出，受到广泛好评。随后不久，郓城县工农剧团成建制调往济南，成立了山东省柳子剧团。

尚之四不仅救活了柳子戏，还把柳子戏的代表人物黄遵宪推向了中国的戏曲舞台。

1932年，黄遵宪出生于郓城县黄岗村。

黄岗村是柳子戏最活跃的地方之一，耳濡目染，氤氲熏陶，黄遵宪从小对柳子戏就有感情。十三岁的时候，黄遵宪拜柳子戏老艺人张元伶为师。三四年后，天资聪颖的黄遵宪就唱得有模有样，还学会了不少武戏。

后来，柳子戏遭到了前所未有的冲击，老艺人改行的改行，回家的回家，黄遵宪则是选择了回家隐居。

一次，老艺人刘进堂到黄岗村唱戏，听说黄遵宪赋闲在家，刘进堂"三顾茅庐"，邀黄遵宪同台献艺。

这一唱，黄遵宪就停不下了。两年的时间里，黄遵宪不知唱了多少台戏，柳子戏班在菏泽地区越唱越响，黄遵宪的名气也越来越大。

1953年，柳子戏班改为郓城县工农剧社。1956年，更名为国营郓城县工农剧团。

1959年6月，挂牌成立山东省柳子剧团，随即黄遵宪也到了山东省柳子剧团。

1959年11月，山东省柳子剧团进京演出，三进国务院，为毛泽东、朱德等党和国家领导人汇报演出，得到了肯定和赞赏。

京剧艺术大师梅兰芳看了《孙安动本》后，在《人民日报》发表了署名文章《东柳重青》，高度评价《孙安动本》救活了濒危的柳子戏，使古老剧种重新散发艺术魅力，称赞黄遵宪武生演老生，能打能唱，很见功力。

趁热打铁，尚之四又导演了《玩会跳船》《黄桑店》《张飞闯辕门》《五台会兄》《蓉花记》等一批柳子传统剧目，成为山东省柳子剧团的"当家戏"，久演不衰。

1962年，《孙安动本》由上海海燕电影制片厂拍成电影，一戏定乾坤。

谁能推陈出新？唯我齐鲁之四！《孙安动本》搅动一池春水，救活了柳子戏，让国人刮目相看！

这是尚之四艺术生涯的第二个高峰。

1964年，尚之四被借调到山东省京剧团。

山东省京剧团是在战火中成长起来的重要文艺团体。

1950年5月，胶东军区文协胜利京剧团和中共鲁中南区党委京剧队，在济南洪楼接受整编，组成山东省立实验剧团，后改为山东省京剧团。

1956年，山东省军区政治部京剧团集体转业，并入山东省京剧团。

尚之四的这次借调，是与著名京剧表演艺术家殷宝忠、方荣翔合作，重排现代京剧《奇袭白虎团》。

这是山东省委、省政府当年打造的重头戏。

说起现代京剧《奇袭白虎团》的诞生，还得从中国人民志愿军政治部京剧团说起。

1958年新年，周总理到达朝鲜，对朝鲜进行访问。

当时，志愿军政治部京剧团正在"三八线"慰问朝鲜人民军。他们很快接到通知——速回志愿军司令部组织新年晚会。

政治部京剧团演出了拿手好戏《铡美案》，声情并茂的高超演技感动了所有人。周总理在接见时竖起拇指称赞了他们，同时又语重心长地说："你们不久也要回国了，拿什么向祖国人民汇报呢？要想想这个问题。"

周总理的叮嘱，引起了志愿军政治部京剧团的高度重视。

这不仅仅是大国总理的嘱托，更是志愿军文艺战士回报祖国人民厚爱的时代重任。

不久，志愿军政治部京剧团领导在战地简报《志愿军一日》中，看到了志愿军侦察排长杨育才带领尖刀班深入敌后，智歼李伪军"白虎团"的故事。

1953年7月金城战役时，杨育才任侦察排副排长，奉命率小分队执行"虎口拔牙"——突袭敌军精锐部队首都师第一团（即"白虎团"）团部任务。他指挥分队三个小组分头作战。仅用十三分钟就结束了战斗，毙伤敌机甲团团长以下九十七人，俘敌军事科长、榴炮营副营长等十九人，缴获李承晚亲自授予"白虎团"的"优胜"虎头旗。

志愿军京剧团眼前一亮，心中一震，我们就演他了！

没有专职编剧，李师斌、方荣翔、李贵华他们就按照真人真事，商量着整合素材，统一思路，搭起大体框架：杨育才带领精干队员顺利过河，摸进"白虎团"部，一通厮杀，全歼敌军。

《志愿军侦察兵》由京剧大家殷宝忠、方荣翔领衔主演，一炮打响，得到志愿军司令员杨勇表扬。很多志愿军看了演出，情绪激动，围着演员们不愿意离开，并向京剧团提供了很多战斗故事和战斗趣闻。

1958年，周恩来总理在一次文艺工作者座谈会上提出，戏曲要"两条腿走路"，既要演传统戏，也要演现代戏。全国遂掀起现代戏创作的热潮。

1959年，志愿军政治部京剧团光荣回国。

在精简整编中，志愿军政治部京剧团集体转业到了山东省京剧团。就这样，他们将现代京剧《志愿军侦察兵》，带到了齐鲁大地。

1964年，全国京剧现代戏观摩大会即将召开，山东省京剧团把《志愿军侦察兵》作为献礼剧目，重点打造。

中共山东省委对此非常重视，从全省抽调精干力量，加入创作班子。编剧孙秋潮、导演尚之四也是这个时候加入剧组的。

当时的省委第一书记谭启龙到省京剧团鼓劲："这台戏体现了中朝

人民的友谊，歌颂了志愿军战士，而且保留了京剧特色，尤其是武打，我看不比旧武戏逊色！"并派省委宣传部副部长严永洁同志靠上抓。谭启龙的家成了剧组最常去的地方。

我们无法想象，为什么一台戏在一个省委第一书记的心里，竟有如此的分量。

孙秋潮有着丰富的编剧经验，原来阿妈妮、崔大嫂戏份较少，角色薄弱，剧中显得难以支撑。

孙秋潮修改后，增加了阿妈妮、崔大嫂的唱词，丰满了她们的人物形象，体现了朝鲜人民对志愿军亲人般的深厚情谊。

为了进步一步强化侦察班穿插敌后的武打分量，孙秋潮和尚之四大胆借鉴了京剧表演艺术家张世麟先生创编的经典武戏《雁荡山》的技巧。同时，他们又聘请了省歌舞团帮忙设计动作，于惊险火爆壮美之中融入舞蹈的优美。为了增加戏剧的虚拟性和艺术性，主人公正式改名"严伟才"，戏名改为《奇袭白虎团》。

李师斌不仅是该剧最早的编剧，也一直是严伟才的扮演者，老练扎实的功夫深得观众好评。但毕竟年纪大了，繁重的武打动作演起来非常吃力。

严永洁与尚之四、殷宝忠等人经过一番慎重考虑，决定起用新人宋玉庆。

宋玉庆出生在一个穷琴师家庭，自幼学戏，八岁入伍，是胶东军分区京剧团的"娃娃兵"。

1958年被选送到北京中国戏曲学校学习深造，回团后成为当时团里最年轻的骨干演员。

由于宋玉庆长期生活在部队，对剧中志愿军侦察排长的思想性格比较容易把握，而且，他的武功底子也比较出色。

听说自己成了主演，他非常激动，暗暗下了决心：一定要把戏演好。他每天很早起床，跟方荣翔、殷宝忠吊嗓练唱。剧中许多动作是根据现代军事动作加工而成的，要真正掌握并不容易。

第四场戏中严伟才有个匍匐前进的动作，全凭上臂的"勾劲"和左腿的"蹬劲"，虽然表演仅一两分钟，但难度很大。宋玉庆揣摩练习了十几天，胳膊肘和膝盖磨出了血，一双新的练功鞋也蹭开了口子……

侦察班通过"四一五"高地的动作，要从离地三米高的台上，翻"台漫"，再接"云里翻"落地。

一次，他刚翻下来，眼前一片漆黑，身子也不由自主地倒在地上，一摸，眼睛摔出了血。凭着这股子韧劲，宋玉庆终于成功了。他的表演融老生和武生于一炉，既不乏昂扬的激情，又充满军人的阳刚。他塑造的英俊、干练、威武的志愿军侦察排长也成了现代戏中最为成功的英雄形象之一。

准备着，等待着，尚之四导演艺术的第三座高峰呼之欲出。

1964年6月19日晚，《奇袭白虎团》在首都人民剧场拉开了历史性的帷幕。

这是第一台反映抗美援朝的现代京剧，剧情新颖，视觉爆燃，整个剧场掌声此起彼伏，高潮迭起。演到我侦察战士飞越山谷时，周总理来了，他没惊动任何人，找个空位坐下，迅速融入激动人心的剧情之中。

大幕垂落，观众久久不肯离去。

周总理登上舞台，边与演员握手边说："今晚我有外事活动，来晚了，很对不起大家。尽管我只看了一部分，但很兴奋。你们演得很好，我要请你们到中南海演出。"

北方昆曲剧院的王德林回忆说："《奇袭白虎团》给武戏打出一条新路子，巧妙地把传统戏的程式动作糅合到现代戏当中去。"

7月31日活动结束，《奇袭白虎团》剧组被留了下来。在中南海小礼堂演出时，周总理连看了四遍，指出"要突出国际主义精神"，"体现中朝并肩作战"，甚至对领袖像该怎么挂，路标用中文还是用朝文等具体细节，都与大家耐心地商量。经过一段时间的调整，剧团演出质量大有提高。

总理指示可以让朝鲜同志看看。为方便朝鲜同志提意见，他明确表示不出席。很快，朝鲜驻华大使和武官杨得志、杨勇同志共同观看了演出。朝鲜同志很满意，一再表示："演得非常好，没有意见，朝中两国人民的战斗情谊反映得很深刻！"

扮演尖刀班成员的曾广发回忆，在京剧舞台上"翻越铁丝网"，这在当时是"全国独一份的"。山东省京剧团不负众望，从18个省、29个院团之中脱颖而出，场面空前之热烈。

8月6日，一个历史性的时刻到来了。

山东省京剧团剧组接到紧急通知，立刻出发去北京火车站。到秦皇岛简单休息后，第二天一早又坐上了汽车。这时大家心里已经有了预感，有一名演员直接问领队，时任山东省委宣传部副部长的严永洁（谭启龙书记的夫人）："我猜我们是去给毛主席演出的。"

严永洁笑了起来："你这个小鬼头，真鬼啊。"大家一下子兴奋起来。抵达北戴河后，用了两三天时间装台、试音响、排练，10日晚，演出在北戴河中直礼堂正式开始了。

毛主席坐第八排中间的位置，大家都很激动，也有点紧张。

京剧团演员张秀莹记得，三场戏结束后，尖刀班战士回到后台，要迅速换上冲锋枪，准备第四场戏开场。换枪的时间只有二十秒，以前都是提前把冲锋枪放好，一下场就顺手换上。管道具的同志太紧张了，结果把枪都给收了起来。

第一位上场的尖刀班班长一看，这下麻烦了，再去拿枪肯定来不及，就把"盯场"战士的枪给抢过来，一边往身上挎，一边上场了。后面的战士快速跑到道具存放处去拿枪，最后有惊无险完成了演出。

《奇袭白虎团》中，张秀莹饰演一名朝鲜妇女，为此她还特意学了朝鲜舞蹈。这些饰演群众和尖刀班战士的演员，在别的戏中都是独当一面的主要演员，但在这部戏中都是群演。这也是《奇袭白虎团》特别出色的原因之一，群众演员的水平也很高，一招一式都特别到位。演出结束后，毛主席登上舞台接见演员。

毛泽东评价该剧"声情并茂"，还对剧中引用他的"以革命的两手对付反革命的两手"印象颇深，笑道："这是我说的话嘛！"

《奇袭白虎团》从山东走向全国，成为现代京剧的经典绝响。

这是尚之四导演生涯的第三次辉煌。

1981年，尚之四又回到山东省吕剧团，担任副团长、党委副书记兼艺术指导。折腾来，折腾去，吕剧已经没有了当年的风采。尚之四年逾花甲，心急如焚，强烈的使命感驱使他要重振吕剧的雄风。写文章，做报告，尚之四奔走呼号，要改变吕剧踏步不前的状况。

1985年11月，省吕剧团排演孙月霞编剧的《田家父子》，请尚之四出山做艺术指导。

看过彩排，尚之四觉得有话要说。把演员召集起来，他讲戏。这一讲，就是一天，口若悬河，如黄河之水。

第二天，意犹未尽，尚之四又讲了半天。由于过分激动，尚之四大汗淋漓地倒在了排演场。从此，尚之四躺在了千佛山医院的病床上。这一病，就是十年。

尚之四卧床后，一直坚持辅导演员、为剧院提意见。

这是在山东省千佛山医院病房中，看了青年演员演出后，用左手写的字：

> 一个理想的小团（山东省吕剧院青年团），完全可以按照自己的理想培建起来，现在想得周到一些，后果一定会好的。
>
> 之四左手
>
> 一九九二年五月十六日

住院期间，恰巧遇到了著名戏剧家赵剑秋，两人又开始了书信交流，尚之四已经失去了语言功能，只能用左手写字。赵剑秋曾任山东省文化局艺术处处长、山东省戏剧研究室主任、山东艺术学院副院长，与尚之四交往二十多年，情谊甚笃。

这里有赵剑秋留给尚之四的一封信，从中我们能看到两位齐鲁戏剧大家的胸怀。

尚之四笔砚之侧：

老兄出院，晤谈之机便成子虚，始悟"一日不见如三秋"一语之实味。

弟因院中刷房亦暂时住在家里，等院里房子粉刷完再回去。不过，我并不十分热衷于该院，作家庭病床，也还好，以后再定。

你走时，我们正说你的导演。你说是偷的我的，又说你是"二合水"，还说"举一反三"等等，我以为这些说法均属有理，但都不甚确。我以为你是"闻一知十"。十余年合作，你已经卓然自成一家。《奇》剧（指京剧《奇袭白虎团》）是你一个人独立搞的，便是证明。而且里面有你的创造。如利用巨石，翻了"云里翻"后，又强化演员在前面"舞化抬化"，把观众注意力吸住，后面把灯光压暗，偷偷把巨石拉走，然后再叫戏转换地点，巨石已去，当然就可以了，这岂不是一大创作？纵观全剧不能说尽善尽美，但可说是高手匠、大导演之作也。可以与北京阿甲等人相媲美。列阿甲等之林也不算弱手。

十年间，我们都没能工作，把时间白白搞丢，思之痛心疾首。

我们从前为什么没有一天做两天的工作，现在再想也做不动了。你脑已栓，我已病废，而且已将墓焉了！奈何！

……

不能面谈，打住。即询

时好

赵剑秋

1986.6.5

2001年12月9日，泰山俯首，黄河悲呼。

曾创造了无数个戏曲艺术奇迹的尚之四，告别了他奋斗一生的齐鲁戏曲舞台，驾鹤仙逝，享年八十岁。

尚之四去世后，山东省委原第一书记谭启龙亲笔写下："一代名导尚之四"七个大字，对尚之四做出了历史性的褒奖。

8 "不老松"李岱江

何处笙箫？琴声入鞘。

豪情依旧在，还剩一襟晚照。

2018年1月5日晚，济南百花剧院，人气爆棚，戏迷狂热。

这是李岱江先生从艺六十五周年演唱会的演出现场。李岱江先生是著名吕剧表演艺术家，国家一级演员。

这位誉满齐鲁的吕剧大家，在八十五岁高龄之际，向时代和观众献上了他的封山之作。

此次李岱江先生从艺六十五周年演唱会，是由山东省文化厅、山东省文学艺术界联合会主办，山东省戏剧家协会、山东省戏曲研究院、山东省吕剧院承办的。澳门非物质文化遗产协会、吉林柳河吕剧团、江苏东海吕剧团等专程派人前来观摩祝贺。

演出之前，八十五岁高龄的李岱江兴致勃勃写诗抒怀："敢问六十五载岁流金，恰逢盛世倍感亲。不忘初心志高远，老骥伏枥育新人。灯光明处琴声响，高歌一曲报党恩。"

晚上七点半，济南百花剧院高朋满座，戏迷热情高涨，满怀激情，期待聆听李岱江先生朴实委婉动听的美妙之音。

这次演唱会，李岱江儿子李肖江、女儿李霄雯、爱徒荆延国等一起登台献艺。

荆延国是李岱江的第一个徒弟，十五岁就被桓台县吕剧团选中唱戏，后来才去的滨州吕剧团。

演唱会上，《姊妹易嫁》《借年》《梨花狱》《钗头凤》《井台会》《小姑贤》等李岱江的经典名段一一亮相。尤其当《借亲》选段："马大宝喝醉了酒"这一经典唱段，再次响起时，音质入魂，现场"嗨翻"。

1933年12月31日，李岱江出生在莘县县城文昌街。

记忆里一直是跟爷爷、奶奶、娘、姐姐和弟弟在一起生活，一直到十岁，才见到在外地教书的父亲。

幼小的李岱江并不清楚，父亲那时已经是莘县最早的共产党员之一。

父亲曾担任过县大队的连指导员，省长赵建民就是他父亲的老领导。

1944年8月，莘县解放。

李岱江跟着父亲来到街上，遇到了牵着毛驴的赵建民，毛驴驮着两个大筐，筐里有好多"粉连纸"。父亲告诉李岱江，赵建民是八路军的大官，这次打县城就是他领导的。

赵建民见李岱江挺机灵，从筐里拿出一卷"粉连纸"，递给李岱江："孩子，拿着，好好学习，好好念书。"

1952年，李岱江从聊城调到省吕剧团，在一次谢幕的时候，又见到了赵建民，那时赵建民已经是山东省的省长。说起莘县的事情，赵建民还记得给过李岱江"粉连纸"的事呢。

莘县县城共有东、西、南、北四条大街，李岱江和四条街的孩子们都很熟悉，都知道李岱江爱看戏。

一天，一位叫贾秀峰的二部找到李岱江，让李岱江担任城关区儿童团的团长。

没几天，莘县县城城关区儿童团就成立起来了。

跑步，出操，贴标语。李岱江干得很起劲。

不久，莘县县城第二次被占领，父亲提前把母亲、姐姐、弟弟和李岱江都送到了碱场李村。

碱场李村在县城的北面，有五华里的路程。因为李岱江干过儿童团团长，在县城挺扎眼，父亲才做了这样的安排。李岱江的大姑（爷爷的继女）很早就嫁到了碱场李村，姑父叫李连珠，是碱场李村的地主。

不久，父亲的学生康静来到碱场李村搞土改，第一个斗争对象就是李岱江的大姑夫李连珠。被康静和乡亲们斗争的李连珠，把账记在了李岱江的父母身上。

李岱江从康静嘴里才知道，母亲是区里半脱产的妇女干部，只是因为工作需要，没有彻底公开。一天，爷爷突然来到碱场李村，因为县城东街的民兵队长被"还乡团"杀害了，爷爷担心儿孙，就过来看看。

为了安全，当天晚上，爷爷带着弟弟去了小王庄，父亲带着李岱江去了大李庄。

半夜里，父亲把李岱江叫醒："你听听，有枪声。"这枪声在寒冷的冬夜里显得格外刺耳、恐怖。"这枪声来自东面，很可能是碱场李村出事了。"父亲紧张地说。天刚蒙蒙亮，父亲带着李岱江赶往碱场李村。在村口，遇到一个人说："快回家吧，你们家出事了。"

父亲一个趔趄差点摔倒在地。刚走进胡同，就听到了哭声。

母亲、姐姐、康静被国民党"还乡团"用刺刀捅死在家里。这悲惨的一幕，深深地刻在李岱江幼小的心灵上。爷爷的警觉，让李岱江躲过一劫。

李岱江第一次听戏，是从"戏匣子"里听的。

那时候，李岱江大约八九岁，有个中年外地人租了李岱江家的南屋临时落脚，成了李岱江家的房客。房客有台留声机，一到晚上，就搬到院子里放唱片。房客对李岱江说："这叫戏匣子，里面有很多小人，外面的人多了，他们就在里面唱戏。"

这是李岱江第一次听戏，宛如触电。

李岱江与戏天生有缘。

莘县县城文昌街上，住在两位盲人，师父姓郭，徒弟姓蒋。两人经常在街上边走边唱，唱得最多的《梁祝下山》，李岱江百听不厌，经常跟着他们到处转。一天听不到，李岱江便像丢了魂儿似的，肚里老有个戏虫儿在拱动。后来，李岱江才知道两位盲人是唱扬琴的。

李岱江第一次听到"四平调"的旋律，感觉特别好听。

爷爷有个唱戏的朋友，叫王贺山，是个有名的"跟斗匠"。王贺山来莘县唱戏，看中了李岱江，想带着走。爷爷思考半天，没有同意。一是不舍得李岱江；二是家里也离不开李岱江。父亲常年在外，爷爷年纪大了，只能依靠李岱江和弟弟。李岱江和弟弟都是在苦水里泡大的。拾粪、拾柴、挑水、推磨，天天如此，月月如此。

1949年，李岱江考上了平原省聊城专区安乐镇师范学校，因为师范学校管饭，不要学费。安乐师范在阳谷县城，距离莘县县城五十华里。

就在李岱江接到入学通知书的时候，疼爱他的爷爷突然去世了。这让李岱江感觉到天塌地陷。家里只剩下奶奶、他和弟弟，他是老大，走了家怎么办？弟弟看出了哥哥的为难，就说："哥哥，你放心上学，我在家干活养活奶奶。"离家的那一天，弟弟把他送出很远，站在村口望着走远的他。李岱江回头看看瘦弱的弟弟，鼻子一酸，眼泪流了出来。

在安乐师范读书期间，音乐老师顾培德发现了李岱江的音乐天赋，经常给李岱江"开小灶"，还把李岱江吸收进学生剧团，李岱江在学校排的一出歌剧是《王秀鸾》，这是部反映妇女解放的戏，提倡妇女参加劳动，不依靠男人生活。

有一天，顾培德把李岱江叫到办公室，认真地说："聊城文工团来招生，你愿不愿意去考？"

后来李岱江才知道，聊城地区成立文工团的时候，曾到莘县找过他。县里说他考上了师范，文工团又赶到这里来找他。顾培德老师说："去了文工团，就算是参加工作了，有工资。"李岱江一听很高兴，有了工资，就能帮奶奶和弟弟了，连忙说："我愿意去文工团。"

莘县县城距离聊城有七十华里，李岱江带上两个窝头，扛着铺盖卷，向着聊城方向出发了。这是李岱江人生最重要的一次抉择。累了，就在村口歇歇脚；饿了，就啃口凉窝头。

夕阳西下的时候，李岱江终于找到了文工团的驻地。

可是，一问看门的大爷，李岱江傻眼了。文工团下乡演出去了，不知道什么时候回来。李岱江懵了，这可咋办啊？要钱没钱，要吃的没吃的。他突然想起在京剧团工作的徐寅斗来，赶忙去找徐寅斗。徐寅斗是李岱江的发小，两个人感情很好。运气不赖，李岱江找到了徐寅斗，徐寅斗见到李岱江也很高兴。

徐寅斗请示过团长，李岱江可以临时住在京剧团。后来，李岱江才知道京剧团和文工团都归专署文教科领导，算是一家人。

晚上，徐寅斗端来白菜汤和大白馒头，累了一天的李岱江吃得香，睡得也香。

待了几天，聊城地区京剧团也要下乡演出，李岱江没地方去，就跟着下了乡。转悠了几天，京剧团和文工团竟然相遇了。

李岱江第一次见到了文工团指导员崔默庵。

崔指导员问了很多情况，包括李岱江母亲和姐姐的牺牲。原来，崔指导员是李岱江父亲李莘的老战友。

这真应了那句老话：无缘不相聚，无巧不成书。

过了几天，有人喊李岱江去指导员办公室。一进门，李岱江就傻眼了，安乐师范的夏子凡校长也坐在屋里。

李岱江慌了："师范这是不让我考文工团？"他正纳闷，崔指导员说："岱江，这是咱专署文教科的夏子凡科长。"李岱江这才知道夏校长已经调来当科长了，心情稍微平静了一下。

其实，夏子凡是来考察李岱江的。一整个上午，李岱江都十分忐忑。听到崔指导员喊他，紧张得都不会走路了。指导员说："夏科长同意你留下，从今天起，你正式加入咱文工团了，好好学习，好好工作。"

李岱江百感交集，回到宿舍，趴到铺上蒙着被子哭了起来。

这几年，李岱江连遭打击。母亲、姐姐遇害，爷爷去世，一连串的打击，差点击溃了李岱江。终于有了工作，还是自己喜欢的文工团，李岱江喜极而泣。

根据中央指示精神，平原省撤销，聊城专署划归山东省。原平原省文艺学校第四队，也就是聊城专署文工团，上调济南，等待重新分配。

1953年3月31日，李岱江从聊城来到位于济南的山东省歌剧团，也就是以前的省文联地方戏研究室。

这是李岱江人生的又一次大转折。

与李岱江一起分到山东省歌剧团的有张云凤、苏智、孙继顺和舞美队的纪纲。

1952年，以省地方戏研究室为基础，陆续从昌潍地区文工团、青岛市文联文工团、济南市文工团、华东大学艺术系、平原省艺术学校第四队等单位抽调了部分人员，组建山东省人民剧团。不久，又改名为山东省实验歌剧团。

对于李岱江而言，这是个新的挑战。

年龄大了，胳膊腿都硬了，练功非常困难。先走台步，再跑圆场，每天上午两个小时，雷打不动。练功、练唱是李岱江每天的必修课。吃过苦的李岱江韧性十足，一下子就喜欢上了这个新单位。所以说，爱好才是最好的老师。

李岱江迸发出来的热情，源于他童年的初心。苦中有乐，苦中有甜。走台步的时候，李海亭老师说：你们这些人，尤其男演员，脸上没有"春"。李岱江有点懵，他不明白什么是演员的"春"。一番琢磨，才明白老师这是说，演员在做动作时脸上没有表情。常言道："一身之戏在于脸，一脸之戏在于眼。"也就是说，演员要带着戏去练功。

李岱江的第一出戏是《小姑贤》，李岱江扮演王登云，这是根据《王登云休妻》改编而来的。根据李岱江的声音条件，经过李渔、武韬、袁来欣反复修改，就形成了李岱江独有的唱腔。

《小姑贤》的导演是杜民，是位好老师，有文化，有知识，能编能导。

那时，老师们都是多面手。张斌既是作曲，也是乐队伴奏，一把坠琴，被他拉得出神入化。刘锡光是"打鼓佬"，原先是省京剧团的司鼓。"打鼓佬"是对戏曲乐队伴奏指挥的称呼。"打鼓佬"以独特的枢纽作用控制着全剧表演的节奏变化与发展。刘锡光鼓打得非常好，声音清脆，掌控自如，是山东省有名的鼓佬专家。刘锡光很喜欢李岱江，经常给他说戏提建议。

一次，他们俩去军区八一礼堂看上海淮剧团演的《井台会》，刘老师指着台上的小生魏奎元说："你看人家那个小生一出来，那台步，尤其是道袍后面的那个尾摆，走起来就像鱼尾巴一样来回摆动，这就叫鱼尾。"

老师们的教诲，让李岱江受益一生。

刘梅村团长是位戏剧教育家，是行家出身。刘梅村对李岱江他们既严格，又关心。他对聘请的李海亭老师说："这些人练功，你要负责任，不能让内行人看出他们是'老斗'。但他们年龄大，又没有基础，也不能操之过急，要慢慢调教，叫专家和内行人一看，都不寒碜。"

当时参加练功的女演员有林建华、郎咸芬、王俊英、臧美倩、李筱玲、钱玉玲、郭丽华、常兰、靳惠新、张玲、刘艳芳、吴鸣、赵秋等；男演员有沈涛、李公绰、杨瑞卿、杜景康、武韬、赵斌、王毓祥等。

龙岂池中物，乘雷欲上天。吕剧终于冲破黎明的襁褓，一飞冲天，一鸣惊人。

大观园公演，惊艳泉城；上海滩参赛，蟾宫折桂；进京会演，鹊起京华；朝鲜慰问，致敬最可爱的人。

李岱江随着年轻的山东省吕剧团，走遍大江南北，声振万水千山。

1957年，李岱江和山东省吕剧团来到了长春电影制片厂，录制戏曲电影《李二嫂改嫁》和《借年》。

这次长春之行，李岱江事业与爱情双丰收。

在《李二嫂改嫁》里，李岱江扮演二哥，也就是妇女主任的丈夫，戏份虽然不多，却也是主要演员。

在《借年》里，李岱江扮演王汉喜，钱玉玲扮演爱姐，张玲扮演嫂子。

大雪飘飘年除夕，

奉母命到俺岳父家里借年去。

未过门的亲戚难开口，

为母亲哪顾得怕羞耻。

进得门来心发虚，

又只见他全家上房把酒吃，

岳父哥嫂都把酒来饮，唉？

为何爱姐，我的妻，

一旁陪着席也不喝来也不吃，

面带愁容把头低。

大雪纷飞中，王汉喜一边走，一边唱，走到岳父的家门口。

经过李岱江特有音色的艺术加工，借助电影的传播，《借年》的开场唱段，走进了千家万户，成为大人小孩都喜欢吟唱的吕剧名段。在拍摄期间，李岱江与长影化妆师戴文秀日久生情，成就一段佳话。离开长春后，两位年轻人鸿雁传书，爱情像炉火越烧越旺。

1959年1月21日，李岱江和戴文秀在济南共结连理。

1965年3月，山东省吕剧团《沂河两岸》剧组代表山东参加全国的上海现代戏调演大会。李岱江扮演大队书记李永春，戴文秀是省吕剧团的化妆老师，夫妻二人一起来到上海滩。李岱江重回上海，心情是激动的。上海是山东吕剧的福地，也是山东省吕剧团一炮打响的地方。

夜幕降临，灯火阑珊，霓虹闪烁，美妙的外滩呈现出迷人的风景。

李岱江牵着戴文秀的手，欣赏着外滩的美景。戴文秀说："我们要是能成为吕剧世家该多好啊！可是不知道儿子喜不喜欢吕剧。"李岱江和戴文秀的儿子已经两岁了。李岱江说："不要紧，兵家儿子早从军，从现在起我们就对儿子进行吕剧艺术熏陶。"戴文秀高兴地说："对！熏也把儿子熏成个吕剧迷。"

这话还真不假，李岱江家还真是为数不多的吕剧世家。儿子李肖江，自幼耳濡目染，深受熏陶，酷爱吕剧艺术。

在父亲的严格教导下，李肖江表演水平日渐提高，逐渐成为山东省吕剧院青年演员骨干。他平素喜爱读古诗、习书画，注意表演理论的学习和积累，善于领会导演意图，注意人物的刻画。他的嗓音嘹亮清脆、高亢华丽、吐字清晰，行腔一波三折、委婉细腻、清新流畅、高低兼备。

李肖江从艺二十余年，曾在《庵堂认母》《打金枝》《借年》《井台会》《三拉房》《军嫂》《画龙点睛》《小姑贤》《石龙湾》《逼婚记》《书记大姐》《大地军魂》《补天》等数十个剧目中饰演主要角色。

因饰演《画龙点睛》中的李世民，著名戏剧家马少波先生称赞："驾轻就熟，从容自然，很有光彩。"

李霄雯，李岱江的女儿，工青衣，李家之后，林门之徒。光环加身，李霄雯并没有觉得轻松，反而压力巨大。

李霄雯打娘胎里就听戏，后来更一发不可收地爱上了吕剧。

2002年，李霄雯调入济南市吕剧院，有了更多机会琢磨戏。她在《小姑贤》《搬窑》《阳光大姐》《家有贤妻》《生命日记》等多部戏中担任主要角色，还成了济南市吕剧团有名的"救火队员"。

2009年，济南市吕剧团创排现代吕剧《阳光大姐》，原本主演并非李霄雯。离正式演出不到一个月的时候，李霄雯临危受命，她一边迅速熟悉台词和剧本，一边跑到家政公司体验生活，从家政人员的身上，寻找表现人物的端口。最后，《阳光大姐》走进了中央电视台。

"小巷总理"陈叶翠去世后，济南市吕剧团以陈叶翠为原型创排了《生命日记》。公演前一个月，主演意外患病，李霄雯又一次救场。她饰演的陈叶翠得到陈叶翠家人的高度认可。"那走路风风火火的样子，太像她了。"这是陈叶翠同事看完戏后的评价。

李霄雯除了正常的演出外，还在济南市吕剧团带了五个学生，最小的学生只有五岁，三岁开始跟她学戏，如今已有模有样。

她说，只要是爱吕剧的人，她都愿倾囊相授。

听说，李岱江的孙辈，也就是李肖江的孩子和李霄雯的孩子都喜欢吕剧，现在都是戏校的学生。

李岱江一家是真正的吕剧世家。艺术的追求没有止境，李岱江把一生都献给了吕剧事业。

1983年，李岱江在《梨花狱》中饰演主角李安静，李安静是屡立战功的大将，却被奸臣诬陷谋反，武则天偏听偏信竟降旨将其斩首。剧中李安静是武小生，李岱江从前多唱文小生，而且当时五十岁了，武功身段要重新学有些难度。但李岱江知难而进，而且在身段、唱腔设计上做了很多创新。

"赴刑场"一场戏，李岱江借鉴了现代京剧《红灯记》中李玉和的出场身段："尔等弄权乱朝政，千古万代留骂名，铮铮铁骨李安静，朝朝日月映丹心，泉下我当化厉鬼……"最后一句"绝不轻饶啊你误国臣"，李岱江借用了京剧的嘎调，翻高五倍，以表达李安静的悲愤之情，演出效果极佳。

"一曲唱到触神处，毛骨悚然六月雪。"这是李岱江追求的艺术效果。

2019年，李岱江携女儿李霄雯登上央视大舞台，演《搬窑》。李岱江扮演王允，李霄雯扮演王宝钏。王宝钏出场："忽听得窑门声声响，是何人唤我三姑娘。"

原来的出场动作四平八稳，在李岱江的指导下，李霄雯加上了一系列惊诧、惊叹的表情和动作，以表现王宝钏独守寒窑十八载，忽听得有人敲门的心理反应，演出后反响很好。

2017年，李岱江荣获山东省泰山文艺奖"艺术突出贡献奖"。李岱江从1983年收下第一个弟子荆延国，到2017年收下最后一批六名关门弟子，共收了二十六个徒弟。其中，国家一级演员就有十二个。

李岱江还结合几十年的艺术实践，对自己的唱腔特点做了一些理论上的升华。

在板式节奏上，他总结出了：慢板不慢，慢而不拖，慢板要紧；快板不快，快而不躁，快板要稳；散板不散，散而不乱，散板要准。

在演唱窍门上，他总结出了：肩要松，松而不懈；鼻要通，通而不齉；气沉丹田，呼吸有度；头顶空，上下无碍。

在声腔经验上，他总结出了"四十四字诀"：通板式，明调式，知字韵，变四声，知节奏，晓方言，善调息，巧运喉，上下一条线，照顾点和面，前后统一体，一切归自然。

老骥伏枥，志在千里。

"潘发财，盼发财，盼了一辈子没发财。想不到政策一变就发财，想不到潘发财真的发了财……"

这是八十六岁高龄的李岱江来到东营牛庄献给乡亲们的经典唱段。

唱腔一出，一招一式，一句一读，一个表情一个眉眼，着实把观众带入了戏中。

牛庄的乡亲们已经记不清李岱江来了多少回了，在他们的心里，李岱江就是他们自己的亲人。牛庄是吕剧的故乡。李岱江情系这方热土："东营的文化建设中有什么需要我的地方，我一定尽心尽力。"

他的话语很轻，却是最郑重的承诺。

9 为人如兰林建华

为人如兰，淡泊自然。

这是吕剧泰斗林建华的人生写照。

我自风情万种，不与百花争艳。远离功名的喧嚣，独居幽处而从不寂寞，与世无争而从不孤芳自赏。

无论你看与不看，花都在那里，不悲，不喜。

2017年11月24日，初冬的阳光打在脸上，暖在心里。

山东省著名表演艺术家、吕剧名旦林建华喜收三位高徒：济南市吕剧院青年演员李霄雯、滨州市吕剧团青年演员孔令兰和潍坊市吕剧团青年演员刘淑娟。

这是林建华在时隔六年后，第二次收徒。

2001年，林建华第一次接收韩美、王淑芝、郭清清为徒。

林建华是《李二嫂改嫁》中的第一代"李二嫂"，《小姑贤》中的第一代"李荣华"，《蓝桥会》中第一代的"蓝瑞莲"……

提及林建华的艺术成就，不得不提到她的唱功。

林建华嗓音明亮清脆，尤其是高音纯净甜美。在演唱上，她唱腔优美、声情并茂，且在声乐技巧上造诣颇深，被很多专业吕剧演员争相学习，形成独具风格的林派。

"从不喜欢吕剧到爱上吕剧，我与吕剧缘分不浅。"九十岁高龄的林建华，每天都要在省吕剧院里溜达几圈，无论是谁在练声，她都要在心里琢磨一下，哪一句唱得好，哪一句唱得欠点火候。

"能把吕剧唱好，能看着年轻人成长起来，是我这辈子最开心的事。"林建华说。

收徒现场，林建华穿大红毛衣现身，三位徒弟叩拜时，老人激动得流下了眼泪。

年纪越来越大，林建华最近几年有些着急，很想把自己的一生所悟，赶紧传授给年轻人。

她说："收到这么好的学生，我谢谢大家对我的信任和鼓励。我对学生没有别的要求，她们已经是剧团的专业演员，而且已小有成就。只希望她们有一个正确的目标，互敬互爱，相互学习，谁的好就学谁，在保留自己风格的同时，学习别人的长处。"

林建华刚收的三位高徒均是专业吕剧演员，其中济南市吕剧院专业演员李霄雯更是生于梨园世家，其父为著名吕剧表演艺术家李岱江。

1991年，李霄雯参加全省大中专院校比赛，演出剧目是《井台会》，父亲就带着她去找林建华老师学习。

"我的《井台会》《搬窑》《鸿雁传书》都是林老师手把手教的。只要有比赛，就会去请教林老师，如今拜林老师为师，也终于达成多年夙愿。"李霄雯激动地说。

林建华先生在收徒过程中十分动情。她说："我感觉尽到了一种责任，这是为吕剧后继有人而流下的高兴的泪！"

拜师现场，已是耄耋之年的林建华语重心长地寄语徒弟："任何时候都要把观众放在心里，都要对得起观众！"

潍坊市吕剧团的刘淑娟说："二十多年的情愫终于如愿，感触最深的是师父的为人，先有德再有艺，她老人家一辈子朴实，为了吕剧，到了这个高龄还在付出。我要学习师父的德艺双馨，不图名、不为利，好好地学习传承林派艺术！"

滨州市吕剧团孔令兰说："11月24日是我梦想实现的日子，终生难忘的日子！终于正式拜在林老师门下，感动、高兴，也感觉压力大了，拜师是一种责任，更是一种担当！老师一直嘱咐我们要认真学习，我一定不辜负老师的期望，把吕剧传承发展下去！"

1978年，刚刚十二岁的孔令兰偶然在吕剧电影《姊妹易嫁》中听到了林建华的配音，从此便迷上了吕剧，每天借助收音机、磁带学习林先生的唱腔。

1983年，孔令兰成功考入惠民地区吕剧团。进团后的第一场正式演出便是《姊妹易嫁》。

2001年，在滨州市吕剧团五十周年庆典时，孔令兰终于见到了期盼已久的林建华。得知孔令兰多年学习自己的戏，林建华颇为感动，现场为孔令兰指导了《女驸马》，并将三盘录制有自己作品的磁带送给孔令兰。从此，孔令兰一有时间就去省吕剧团拜访林建华，每次都得到林老师耐心细致的指导。

林建华老师收徒，是吕剧界一件可喜可贺的大事，不论是戏迷票友还是专业人士，得知消息后都十分振奋，为吕剧传承感到喜悦，也被林老师的辛勤付出所感动。

著名吕剧表演艺术家、教育家冯宝华说："喜闻林建华老师再收高徒，难掩内心激动，感慨林派艺术后继有人！林老师的唱腔堪称吕剧百花园中的瑰宝。早在二十世纪五六十年代，她清新质朴的唱腔如一股清泉陶醉了无数人的心。六十年代初，我曾借调到山东省吕剧团，有幸与林建华老师朝夕相处，林老师非常勤奋刻苦，对待艺术一丝不苟、精益求精，她的人品如同她的艺术，都令人钦佩。

"戏曲艺术的传承与发展需要新鲜血液，年轻人能拜林建华老师为师真是无比幸运，在继承老师艺术的同时，更要学习老师的为人，低调做人，高调演戏，把林老师挚爱一生的吕剧艺术传承下去，发扬光大。"

著名吕剧表演艺术家吴萍说："林建华老师是我敬重的吕剧表演艺术家，听到她收徒一事我非常感动，能在耄耋之年还不辞辛苦，为吕剧的传承发扬做出这么多的贡献，我心里十分佩服！这是吕剧界可喜可贺的一件大事，我为吕剧表演艺术后继有人而由衷地高兴。

"林老师的演唱和表演，可谓朴实又泼辣，细腻深刻，收放自如，她戏路宽，青衣、花旦、老旦、泼辣旦样样可演，且演起来都得心应手，入木三分。我受林老师的影响很深，深知此种唱腔与表演不是一日之功，那种深刻是千锤百炼的结果。"

著名吕剧音乐家高赴亮说："热烈祝贺著名吕剧表演艺术家林建华先生接收李霄雯、刘淑娟、孔令兰为徒！

"林建华先生是吕剧界最具艺术影响的大师之一，她的声音清纯动听，演唱技巧颇高，具有独特的艺术魅力，早已形成了林派吕剧唱腔风格，深受广大听众的赞扬和喜爱。今天林老师又收新徒，这对林派艺术的传承和发展具有深远意义，这是吕剧界又一大盛事。祝林老师健康长寿，艺术常青！"

哈尔滨吕剧名家、国家一级演员王殿华说："吕剧是我国的八大剧种之一。她就应当有派别，应当有明确的行当和精英的传承，优秀的剧种需要传承人的发扬光大，有了师承的关系，也就有了传承的目标和责任，所以我非常感动于我们吕剧老艺术家们带着责任、带着爱护来把艺术精华传承给下一代，传承给真正爱护吕剧、能为吕剧事业做出贡献的后人，这是多么令人振奋的事！

"作为一名吕剧的后人，我想起了几十年前学戏的日子，很期望吕剧艺术用独有的魅力，给人艺术享受，希望吕剧艺术经久不衰！今天看到已是耄耋之年的老艺术家，还能为她一生热爱的吕剧艺术收徒传艺，这是她老人家的境界！我从内心感激林老，愿她老人家身体健康！把我们的大剧种传承给后人，使吕剧艺术重新走向辉煌！"

为人如兰，幸福和快乐就会到处弥漫。

穿越时光隧道，让我们一起走进这位世纪老人的艺术人生。

林建华1931年2月13日生，山东省文登市林村人，著名吕剧表演艺术家，中国戏剧家协会会员，国家一级演员。

1950年5月，林建华从渤海区党委文工团调到济南，参与组建山东省地方戏曲研究室，从事地方戏曲的挖掘和整理工作。

从解放军的文艺工作者变成"戏子"，林建华怎么也想不通。有的同志往家里写信只写山东省文联，不敢写什么剧团，怕家里人笑话。记得那年冬天，林建华、王俊英、靳惠新三人坐在院子里晒太阳，大家你瞅我，我瞅你，眼泪就出来了。林建华说："咱们什么时候才能熬到头啊！"那段时间，大家心里都很苦闷，却又无力改变，感觉日子特别难熬。

林建华回忆道："我们三个属我最小，也已经是二十一二了，她俩都比我大四五岁，鼻涕一把泪一把地哭……"

刘梅村主任走过来了，看着三个眼圈通红的姑娘，笑着说："怎么还想不通啊，你们练好了功夫，说不定还会给毛主席演戏呢！到时候你们会高兴得跳起来。"

虽然心里有一百个不情愿，但大家还是有着较高的政治觉悟，其中最重要的就是一定要服从组织安排。

林建华那时候积极要求入党，王俊英和靳惠新都是党员，三个姑娘经常哭鼻子，每次哭完了再检讨自己。

当林建华第一次拍彩、拍红、定妆、扫红、元宝嘴、画眉眼、勒头、贴片子、包上大头站上舞台时，脑子一片空白。

"那时候，就感觉动不了啊，手都不知道该往哪儿放。"林建华现在还记得第一次登台时的窘境。

1951年4月22日至30日，山东省第一次文代会在济南大明湖胜利召开。

这是省文艺界于新中国成立后的第一次盛会，是老解放区和新解放区两路文艺大军的会师。

会议期间，省文联地方戏研究室为代表们演出了现代吕剧《李二嫂改嫁》，林建华扮演"李二嫂"，林建华成了第一任"李二嫂"的扮演者。

从此，省吕剧团开启了"李二嫂"的接力赛。七十年来，山东省吕剧团《李二嫂改嫁》已演出五千多场。一代又一代的"李二嫂"，常演常新，让山东吕剧美名远播。

这是集体的智慧，是时代的呼唤，也是艺术感染力的见证。

谈起自己的代表作，林建华说她演的戏大多是垫戏，也叫小戏。每逢演出，先垫演《喝面叶》《王小赶脚》《三拉房》《庵堂认母》这样的小戏。省戏剧研究室最早排演的《小姑贤》《井台会》也是小戏。小戏的剧本难写，就那么点时间，也就四五十分钟，与大戏相比，小戏没有复杂的剧情，结构比较简单，全靠演员的唱腔和表演来吸引观众，难度可想而知，对演员的要求极高。

"我还演过一个人的折子戏，当年华东会演的时候，移植了扬剧的《鸿雁传书》"林建华回忆道。

在林建华的代表作中，不论《借年》《三拉房》《王小赶脚》《井台会》《庵堂认母》这种生活小戏，还是《鸿雁传书》这样的独角戏，林建华独特的唱腔，无不引人入胜，久唱不衰。

林建华一再强调，是小戏成就了她。

很多人都知道《搬窑》是吕剧不朽的经典，也是林建华的代表剧目，但很少有人知道，当年林建华排演这出戏，仅用了三天时间！

《搬窑》是当年山东省吕剧团去东北演出时，根据吉剧移植而成的，王宝钏最早的扮演者是祝德英。

在合肥演出时，祝德英没有跟团。

为了展示剧种和省吕剧团的实力，老艺术家沈涛与团长刘梅村商议决定，由林建华演出《搬窑》。这出戏只给了林建华三天时间。林建华对刘梅村团长说："你就是打死我，也排不出来啊！"刘梅村团长说："你肯定行，对你我心里有底。"接到这个任务，林建华感觉压力很大，主要是她对这出戏不熟悉，仅在团里看过一场汇报演出。

"我这个人有个习惯，不管大戏小戏，有我的戏我认真演，没有我的戏，我就在旁边看别人演。"

凭着一点印象，林建华分析剧本，钻研唱腔，三天后顺利登台，圆满完成了任务。

从此，《搬窑》就成了林建华的代表曲目。

林建华说，这出戏比较吃功夫，对唱功和表演要求很高，但唱腔是为剧情服务的，一定要符合人物的心境。

当家院高呼"三姑娘，开门来"时，这个声音对于王宝钏来说，很耳熟。

她在寒窑十八年，没听到过还有人喊她三姑娘，但一时又想不起来是谁在喊。

王宝钏一出场的几句唱，就是带着这样的心境上场的。如果没有这样的心情，演员一出场就是干巴巴地唱，怎么能抓住观众？

林建华对角色情绪的把握十分到位。

林建华的嗓音明亮清脆，尤其是高音纯净甜美。

在演唱上，她唱腔优美、声情并茂，且在声乐技巧上造诣颇深，被很多专业吕剧演员争相学习，形成独具风格的林派艺术。

"光嗓子条件好也不行，还得会唱，懂得用声音来塑造人物，反映人物的内心世界与情感，而不是张嘴吆喝。"林建华说道。

"学京韵大鼓时，我听的是刘宝全的唱片《大西厢》。觉得他某一句唱得特别好时，我会倒回来多听几遍；听到哪个音符很妙，也会倒回去反复听。得弄明白人家到底唱得好在哪儿，然后把它运用到吕剧演唱中来。"这是林建华学习的经验之道。

岁月有情，铁杵成针。

林建华逐渐形成了"吐字尖团分明，行腔委婉流畅，韵味醇厚隽永"的独特风格。

林建华不仅戏唱得好，人品更好，可谓德艺双馨。"在我眼里，这些孩子哪个都是我的学生，只要他们愿意学，我就愿意教。吕剧不是几个人能唱响的，众人拾柴火焰高。"林建华多次说。

1989年10月，山东省人民政府发布嘉奖令，隆重褒奖林建华这位吕剧大师的非凡成就和卓越贡献。

第四章 烟雨微茫

1 "流产"的鲁剧研究院

1960年5月12日，山东省鲁剧研究院盛装挂牌。

鲁剧研究院的使命重大，要集山东戏曲艺术之大成，经过探索、实验，创造出一个行当齐全，能文能武，雅俗共赏，适今应古，具有山东独特艺术风格的新"鲁剧"来。也就是说，如日中天的吕剧，依然不能代表山东戏曲的最高品质，需要另起炉灶，造一个新剧出来。

从新中国成立，就一直有人推动"鲁剧"的诞生，吕剧的横空出世，打乱了"鲁剧"的诞生步伐。

山东省鲁剧研究院领导阵容强大，超出了以往山东所有文艺团体的规格。山东省文化局副局长陈静之兼任院长，赵剑秋、王敏、刘梅村、贾守吾任副院长。这样的架构安排，足以证明一个寻实，这是中共山东省委、省政府的重大部署。

山东省鲁剧研究院下辖省吕剧团、省柳子剧团、省梆子剧团、省京剧一团、京剧二团等附属剧团。鲁剧研究院还设立了行政办（王敏兼主任）和艺术室（栾少山为主任、尚之四为副主任）。

鲁剧实验剧团，抽调了部分有经验的吕剧、梆子、柳子戏演员，以上述三个剧种做基础，吸收山东其他地方剧种所长，采取"先混后化"的方法，逐步推出"鲁剧"。

大家一致决定，将《王定保借当》和现代戏《抢伞》作为实验田。

很多人不明白，为什么在吕剧如日中天的时候，突然要推出鲁剧？从历史的缝隙中也许能看出端倪。

1953年，吕剧定名的时候，陶钝请示王统照，可否将吕剧定为"鲁剧"，遭到了王统照的否决。原因是吕剧太小，无法体现整个山东的戏曲特色。那时，吕剧还没在国内大红大紫，王统照的否决也在情理之中。

1957年，山东省第一届人大代表、省政协副主席徐文园提议将山东吕剧改名为鲁剧。

徐文园给山东省第一届人民代表大会的建议书：

山东省人民委员会：

根据报载吕剧代表作《李二嫂改嫁》即将搬上银幕，郎咸芬同志已去长春拍摄，我想到"吕剧"这个名字有必要改一下。因此，我建议改名为"鲁剧"。

理由如下：

一、吕剧这个名字表示不出什么意义。在第一次介绍这个剧种的时候，总要说明它的名字的由来。我记得山东省吕剧团是去年到北京演出的，《人民日报》上也有过这样的解释。其实，这是多余的，解释了半天，在人们的记忆里仍然留不下什么印象，既然没有多大意义，就不必保留它。

二、吕剧是新中国成立后，在省党政领导的发掘、培养下，才发展起来的。在剧目、唱腔、音乐等方面又吸收了其他地区地方戏的优点充实了自己。因此，完全可以当作一个新兴剧种看待。

三、地方戏应当有浓厚的地方色彩，从名字上就应当看出这是哪一带的地方戏。改名鲁剧，就可以达到这种要求。

四、吕剧当初虽然只流行在济南附近，新中国成立后吕剧团到省内各地演出，博得我省广大人民的喜爱。到今天，还没有其他的

190

地方剧种，能够和吕剧相提并论。吕剧既然在省内有代表性，冠以省名应无不可。

五、"鲁""吕"字音浪近，也便于更改，基于以上几点理由，我建议改名为"鲁剧"，如果可行，请在《李二嫂改嫁》电影片上演就要改过来，这样在全国各地上映时，就可以"鲁剧"的名字出现。希望山东省吕剧团继续努力，不断提高自己的艺术水平，在祖国的艺术花圃里，绽放出更美丽的花朵。

山东省人民代表徐文园

1957年5月22日

山东省人民委员会办公厅对此事高度重视，将信函转发教育厅、文化局，并向徐文园个人做了批文答复：

徐文园代表：

您的来信提出关于山东"吕剧"改名为"鲁剧"的问题，现将研究的意见转告如下：经省文化局研究，认为山东三十个不同的剧种，其中有许多有深厚的传统和基础（如山东梆子、柳子戏等）。吕剧近年来虽发展较快，但在剧目、表演和音乐上基础尚很薄弱，并不能代表山东的剧种的特点。根据"百家争鸣"的方针，我们的意见还是用其原来的名称为宜，徐代表是否还有不同意见，可再函告我们。

特此函复

山东省人民委员会办公厅

从山东省人民委员会办公厅的批文答复中，我们不难发现，无论是在山东领导高层还是知识界，对吕剧依然不认可。但是，经过近十年的努力，吕剧在国内已经成为山东的艺术符号。

在这样的情况下，重提"鲁剧"，意义非同凡响。

仔细探究，恐怕这与领袖对吕剧的态度有关。

1959年，山东省柳子剧团成立。那年，毛主席在济南看了柳子戏《玩会跳船》和《张飞闯辕门》后，对山东省委书记舒同说："人们都把吕剧说成是代表山东的地方戏，依我看应是柳子戏，它比吕剧早，名气也大。"

此后，山东省柳子剧团曾三次进京汇报演出，刘少奇、周恩来、朱德、邓小平、徐特立、彭真、陈毅、彭德怀、陆定一、万里、杨尚昆、史良、罗瑞卿、郭沫若、周扬等党和国家领导人及文艺界知名人士先后观看了演出，并给予高度评价。

这也许是"鲁剧"浮出水面的重要原因。

1960年，"鲁剧"正式进入实验阶段，舒同提出了"先混后化"的思路，也就是想把山东柳子戏、山东梆子、吕剧、五音戏等地方剧种都揉在一起，经过混合融合，形成新的"鲁剧"。

山东省文化局曾召开过"鲁剧"研讨会，两种意见分化比较明显。

一种是同意意见，认为可以试一试，吸取山东各剧种长处，合成新剧种，符合戏曲发展规律。同意意见中也有分歧，主要有三种设想：一是先以柳子、梆子、吕剧分为三个系统分别予以改革化合。梆子剧种古老，曲牌丰富，可以改造它使之通俗起来。吕剧、五音戏、柳腔、茂腔可作为一个系统综合，然后再将三个系统混合。

二是主张以吕剧为主吸收柳子、梆子。因吕剧通俗易懂，有广泛的群众基础。

三是以柳子为主，吸收吕剧、梆子，因为柳子兼有粗犷与细腻两方面。

反对意见认为，当务之急是挖掘山东已有的三十多个剧种，而不是另起炉灶搞综合。将各剧种"混化"成"鲁剧"，是"一花独放"，是典型的简单粗暴。

《井台会》让吕剧与秦腔、梆子相混，旦角唱吕剧，小生唱梆子。给人的感觉，音乐上相差悬殊，音乐关系不好调整。

《借当》中，秋兰性格泼辣，敢于斗争，用梆子唱腔。春兰用柳子唱腔，小生王定保用吕剧唱腔。

《抢伞》吸收了梆子、吕剧、柳子戏等音乐，有人认为还可以，有人认为《抢伞》表现力比吕剧、柳子戏强，但是不好听。很显然，这次企图打造的"鲁剧"已非是"吕剧"换名，而是力图打造一个崭新的新剧种。

用今天的观点看，想法是大胆的，但实际上行不通，成了大杂烩，此路不通。这期间，柳子剧团的《墙头记》算是鲁剧研究院的一大亮点。

淄博市五音戏剧团在一次偶然的下乡采风中，找到了蒲松龄俚曲《墙头记》剧本，如获至宝。经过邓洪山改编，推出了五音戏《二子争父》，引起轰动。

山东省鲁剧研究院立即决定，把《二子争父》改编为柳子戏。由艺术室集体讨论，孙秋潮执笔，赵剑秋、尚之四导演。

刘翠仲扮演张木匠，卢胜奎扮演王银匠，刘玉朋扮演大乖，刘桂荣扮演李氏，刘玉珍扮演二乖，杨梅兰扮演赵氏。

这是鲁剧研究院的重大成果。

在公演时，恢复了蒲松龄俚曲的原名《墙头记》。

1960年5月，张斌调山东省鲁剧研究院开始鲁剧音乐的实验工作。

山东省第一届青年戏曲演员会演，由山东省文化局主办，于1960年7月22日至8月1日在济南举行。省直及济南、青岛、淄博、临沂、聊城、烟台、菏泽、济宁、昌潍代表团的十六个剧种、三十五个剧目参加会演。其中现代戏有《奇袭白虎团》《未见面的女婿》《世上桃园》《天福山的火焰》等十二个；整理改编的传统剧目有《百花亭》《金麒麟》《马龙记》《父子结拜》等二十三个。

省鲁剧实验剧团演出了鲁剧《抢伞》。这是第一个被冠以"鲁剧"的戏剧，也是最后一个"鲁剧"作品。

这是根据越剧《抢伞》改编的现代剧。

越剧《抢伞》由胡小孩编剧，写某年夏天，毛泽东主席冒暑视察江南农村，田公公、田嬷嬷与孙女小香儿闻讯，抢着为毛主席送伞遮阳，因彼此未明用意，在误会中争抢雨伞，充分表露了人民对领袖的热爱。最后明白是为同一目的，三人撑伞，激情迎向从田间走来的毛主席。

事实证明，当年的"鲁剧"实验效果一般，不过是搞了一锅地方小戏的"乱炖"。

吕剧的发展，就是驴戏、吕戏、吕剧三个阶段。

这是历史。不能因为祖上"穷"过，就不认家世；更不需要牵强附会地"攀高结贵"。但是，事实上有很多人，甚至包括领导和专家，都羞于承认吕剧是由驴戏发展而来的。

山东省文化厅原厅长于占德说："1989年，我们的《画龙点睛》到北京演出的时候，有个专家座谈会，谈起了吕剧的名字，问为什么叫吕剧？我说，现在我们有很多学者也搞不清为什么叫吕剧。说法很多。但是，我有个讲法，就是吕剧应该唱得响、唱得红，应该是山东的黄钟大吕。"

这个说法，得到了马少波同志的首肯。

他说："应该是这样的！应该是唱响山东的黄钟大吕，名副其实，是我们山东的乡音，是山东代表性的剧种。"

这里所说的黄钟大吕，不仅超出它的本意，也超出了它的引申义，而成为山东剧种代表的含义。

说到《画龙点睛》，需要补充一下，这是山东最具实力的女编剧孙悦遐的代表作。

1981至1983年，已经在山东省梆子剧团工作的孙悦遐，进入中国戏曲学院戏文系进修，《画龙点睛》是她的毕业作业。该剧发表在《剧本》刊物上，曾获得全国优秀剧本奖。

1986年，由李肖江、董家岭、王媛媛等演员主演的《画龙点睛》在山东省戏剧演出月中一炮打响，获得优秀演出奖。

王世元、钱玉玲获优秀导演奖，栾胜利获优秀作曲奖，董家岭、李肖江获优秀表演奖，于庆昌、王媛媛获表演奖，裴永宽获最佳配角奖，于少飞、高振远获舞美设计奖。

1986年，山东省梆子剧团解散，孙悦遐调入山东省吕剧团，后又调入山东省艺术研究所。

这个戏很好地将传统与创新相结合，剧本好，音乐好，演员演得好，培养了一批优秀的青年演员，奠定了李肖江、重家岭、王媛媛在吕剧舞台上的地位。

1987年5月，该剧到中国艺术节（上海）演出，好评如潮，又一次扩大了吕剧的影响力。

1987年10月，该剧又到惠民地区吕剧艺术节演出。时任省吕剧团团长的郎咸芬在艺术节开幕式上自豪地说："我们的《画龙点睛》在上海，群众反映很好，大受欢迎。"

《戏剧报》署名鸿雁的《吕剧的盛会，可喜的探索》一文中称："山东省吕剧团演出了优秀大型历史剧《画龙点睛》，创造了精美、高雅的新样式，又保持了吕剧的亲切性，因此受到观众高度赞扬。"

1989年4月，该剧到北京演出，轰动一时。

《中国文化报》在报道该剧首演实况时说："两个小时的演出中，观众情绪起伏，时而开怀大笑，时而义愤填膺。当贪官赵元楷唱道'王法管人，我管王法'时，观众用掌声肯定了该剧对土皇帝的讽刺与斥责。演出尾声，大唐皇帝长跪不起，向屈死的冤魂致歉，掌声几乎盖过了演员高亢的吟唱。"

著名戏剧家马少波称赞李肖江的表演："驾轻就熟，从容自然，很有光彩。"

1989年，《画龙点睛》火了，吕剧在北京又火了一把。

《画龙点睛》应该是中国吕剧史上，继《李二嫂改嫁》《逼婚记》《沂河两岸》之后的又一高峰剧目。

著名京剧表演艺术家张君秋发现了该剧，他觉得剧本很好，吕剧能演好，京剧肯定也行。于是，他马上联系省吕剧团，联系编剧，把剧本推荐给儿子、著名马派老生张学津演出。

1990年，京剧《画龙点睛》被北京京剧院搬上舞台，获得文华奖。

2002年7月5日，著名作曲家、山东省吕剧院院长栾胜利带领八名吕剧演员、演奏员赴中国台湾参加在台北市和宜兰县举行的"海峡两岸戏曲会演交流"。

这是山东吕剧首次应邀访台演出，演出剧目包括《姐妹易嫁》《三拉房》《王小赶脚》《玩会跳船》《王汉喜借年》等多个传统剧。同时应邀访台演出的还有陕西秦腔、湖南湘剧、江苏苏剧与浙江绍剧等。

山东省艺术研究所所长王晓家、山东省演出公司经理孙清华等大陆戏曲学者也将随剧团访台，参加台湾方面为配合两岸戏曲交流盛会举办的学术研讨会及观摩活动。

临行前，老院长郎咸芬还嘱咐院长栾胜利，人家要问起吕剧历史，千万不要说起源"驴戏"，要说"黄钟大吕"。

现在看来，依然有很多人不愿意承认"驴戏"是"吕剧"的祖宗。

作为戏曲的"鲁剧"，没有大行其道。而迅猛发展的山东影视，却被打上了"鲁剧"的标签。

1992年拍摄的十六集电视剧《孔子》，成功塑造了一个有血有肉的孔子。

2010年，动画片《孔子》登陆央视，制作团队可谓无人能及：国学大师季羡林生前曾担任总顾问并题写片名，叶兆言、张炜等著名作家参与剧本创作。可以说，对孔子的演绎，是山东影视剧制作人绕不开的一个事业。

鲁文化的延伸，还催生了《孔繁森》《焦裕禄》等一系列电视剧。可以说，整个"鲁剧"的发展史，其在内核和灵魂的架构上，更多的是传承鲁文化家国情怀的一面。

1994年，毕四海的小说《东方商人》就被改编为电视剧，第一次展现了儒商孟洛川的一生。孟洛川身上具备了典型的山东特性，他身为孟子第六十八代孙，深受儒家文化熏陶，经营"瑞蚨祥"，童叟无欺，重义重情。

2003年，《大染坊》火爆荧屏。血性智慧的陈寿亭横空出世，齐鲁文化终于找到了商业表达的最佳思路。教育家张天麟认为，两个人支配着山东人的心灵，一个是孔子，一个是梁山泊的英雄。

电视剧《高山下的花环》，则是影视作品与山东作家的一次完美结合。"草莽英雄"的重要代表——余占鳌，来源于莫言的小说《红高粱》，这部享誉世界的文学巨著，一开始就在电影中找到了重要位置，也开启了"张艺谋版"电影的辉煌之路。

2014年，作为"鲁剧"重头戏的电视剧《红高粱》，在小说之外进行了大的延伸，这是鲁文化家国路线的再次演进。

卢少华、房伟所著《山东当代影视艺术的地域化特色研究》中指出，"鲁剧"很好地将民间性与主旋律相结合，运用多种视角作为叙述的基点，民间草莽英雄剧也是其中一种。

二十世纪，山东人的两次"外出"，在鲁剧中得到精彩演绎。一个是《闯关东》，一个是《南下》。

生存和革命，缠绕二十世纪一代又一代的山东人。

这是一次齐鲁文化的"大移民"，朱开山一家闯关东，以和为贵的处事方式，隐忍而勇敢的个性特征，无一不显示出齐鲁文化的厚重与守成。

今天，蜚声中国影视界的"鲁剧"，已经成为山东文化的"地标"。

我们的吕剧为什么不能借助影视"鲁剧"的东风，杀出一条惊鸿之路来？我们拭目以待。

② 一个人的吕剧团

那些日子，是吕剧最孤独无助的时候。

东营市河口区吕剧演员吕新江，经常一个人躲在没人的旮旯里，发呆、掉泪、喝闷酒。

二十多人的剧团说散就散了，有唱歌跳舞的，有下海做生意的……就剩下他一个人守着吕剧熬日头。

2002年，吕新江和吕剧的冷遇，被中央电视台《东方时空》拍成了纪实专题片《戏》。观众的冷漠、妻子的埋怨，吕剧与流行音乐的冰火两重天，让吕新江的吕剧之路举步维艰。

曾经的黄河口吕剧名角，为了坚守，为了生存，不得不走街串巷，在红白喜事、节日庆典上，露露脸，亮亮嗓。

今日回放，吕新江和吕剧当年的窘况，依然令人唏嘘不已。

吕新江的故事，就是基层吕剧人的缩影。

如果吕剧艺术没有融入他的血脉，他不会一个人坚守这么些年。

1963年10月，吕新江出生在河口区义和镇薄家村，是当地土生土长的吕剧演员。吕新江多才多艺，是中国戏剧家协会会员、中国曲艺家协会会员、东营市戏剧曲艺家协会副主席。吕新江还是河口区文化馆的馆长，是国家二级演员，是著名吕剧表演艺术家李岱江的关门弟子。

吕新江十三岁登台，在吕剧《园丁之歌》中饰演小淘气，在惠民地区群众文艺会演中获优秀表演奖。

1991年东营市首届吕剧会演，他获表演一等奖，同年调入河口区艺术团，先后任演员、副团长、团长。

2004年10月22日，吕新江举行拜师仪式成为著名吕剧表演艺术家李岱江先生的关门弟子，当晚在金河会场举行了大型现代吕剧《潮涌黄河口》的汇报演出，吕新江在该剧中担任男一号肖广州。

2010年7月，他进入中国剧协高级导演班进修学习。

2014年8月，他举办吕剧个人演唱会。

吕新江编、导、演的主要剧目有吕剧《潮涌黄河口》《情注黄河口》《皮笊篱外传》《爱我家园》《红A》《一家人》《袁大龙探亲》等作品，均获国家级、省级大奖。

曾几何时，过春节，吃饺子，走亲戚，看吕剧，是几代人留在心里的印象。

三十年河东，三十年河西。

步入新世纪，基层剧团频频告急，陷入生存危机。

据统计，自新中国成立至今，山东省先后成立的专业吕剧院团总计四十九个，现在只剩下十八个，完全消失的吕剧团则高达二十三个。

东营作为吕剧的发源地，要听吕剧腔，请到时、谭、武、杜、张。

"时、谭、武、杜、张"，就是今天东营区牛庄镇的时家村、谭家村、东武村、大杜村和东张村。

"一家人亮开嗓子唱，一台戏不用外人帮。"

"大嫂在家蒸干粮，锣鼓一响着了忙。灶膛忘了添柴火，饼子贴在门框上。"

这是那个年代群众热爱吕剧、痴迷吕剧的情景。然而，随着时代的变迁，吕剧与人们的文化生活也渐行渐远，传承发展陷入危机，令人担忧。

东营建市之初，全市有广饶、垦利、利津三家吕剧团，到了2012年，由于难以适应市场，其中两家剧团相继撤销，只剩下广饶县吕剧团，主要靠财政补贴和为数不多的市场化演出勉强维持生存。

东营市是吕剧之乡，全市民间吕剧表演团体有一百五十多个，但好多剧团不能独立上台演戏，有的甚至只有"独杆"团长一人。为节省开支，演出时经常东拼西凑，临时拉个草台班子。

在这种窘况下，无论专业剧团还是民间团体，都很难专注于演出，常年也演不了几场完整的剧目。

久而久之，一些经典吕剧慢慢消失在舞台上，创演新剧更是有心无力，难有突破。

吕新江提起吕剧表演，一脸的兴奋，他是属于吕剧的，无怨无悔。但是，当问及吕剧的前景时，吕新江一脸无奈，苦笑着道出："惨啊！"眼神里充满迷茫。

2020年6月10日晚，滨州电视台《问政滨州》栏目中，不少市民非常关注滨州吕剧人才流失问题。

2012年，滨州市吕剧团挂牌滨州市吕剧演艺有限公司，目前公司里经常参加演出的演职人员平均年龄在四十岁左右。

前几年，通过多方协调，剧团进了大约七八个年轻人，在团里待了将近两年的时间。

经过悉心指导，这些好苗子进步非常快，很快都具备了在自己岗位上独当一面的能力。可如今，这些优秀的年轻艺人却纷纷选择了离开。

问政现场，滨州电视台记者与曾在滨州市吕剧演艺有限公司工作的温振林手机连线。

温振林现在是东营区吕剧传承保护发展中心的员工。他说："两地工作没有差异，有区别的是待遇，滨州市吕剧团自从改成企业以后，待遇很难保障，没办法专心去搞吕剧了。"

滨州市吕剧演艺有限公司副经理张凯介绍说："滨州周边地市的市级以上院团，大部分是公益一类或公益二类，留在了体制内。而滨州市吕剧团改成了企业，好的人才进不来，培养好的人才往外流。"

滨州市文化旅游局局长刘庆敩在问政现场承诺："今后将在三个方面解决吕剧人才流失问题：一是争取政策扶持。二是帮助剧团拓宽市场。三是加大政府购买服务力度。"其实，大家都知道，仅仅靠这三条，根本无法挽回吕剧日渐下滑的颓势。

莫言的老家高密，流行着古老的"茂腔"，距今已经有二百多年的历史，主要活跃在山东省东部的青岛、烟台、日照、潍坊等地区的几十个县市，被誉为"胶东之花"，曾有"肘鼓子""周姑子""轴棍子""正歌子"等名称。

茂腔的唱词完全口语化，唱腔单纯易学，伴奏乐器简单，易被农民所接受。可是现在，别说看，会唱茂腔的人都很少了。

有调查显示，1983年全国共有374个戏曲剧种。到2012年已经减少到286个。其中，绝大部分气息微弱，仅有60个至80个还能保持经常性演出，拥有较稳定的观众群。

有人说，今天的地方戏时常像个没落贵族，留住了剧种，却留不住观众。靠保护活着，却难以再"火"起来。

戏如人生，人生如戏。

在以往的岁月里，人们在戏里总能找到自己的影子。

地方戏要逆袭，更应从自身找原因，与时代接轨，以创新求突围。

2020年5月，3D版京剧电影《霸王别姬》在洛杉矶好莱坞杜比剧院上映，让人"脑洞大开"。

借助3D技术，演员表演的战斗场面更加炫目，兵器抛出屏幕的视觉效果，更是激发了观众肾上腺素的分泌，让人看到京剧酷炫的一面。

地方戏常常被诟病"老土""粗糙"，何不借助最现代化的方式，让人眼前一亮，重新走近观众、走向世界？

回望人类发展的历史，物竞天择的道理也适合于文化领域，"你方唱罢，我方登场"。

地方戏作为传统文化的精华，要重返历史的荣光，不能徒有情怀。要积极为观众改变自己，否则，就会成为博物馆里凭吊的对象。

茨威格说："到伟大事业中寻求庇护。"

地方戏觅知音，政策倾斜是必要的，地方扶持也不可少，但最关键的是反求诸己。

只有紧跟时代的脉搏，创新求变，才能找准现代观众的频道，才能让地方戏不老，让艺术常青。

③ 青黄不接

四十年前，一位梁山女侠，携《太宗释囚》剧本，杀向省城，震撼中国戏坛。

她就是齐鲁才女孙月霞，后改名为孙悦遐，山东汶上人士，1952年呱呱坠地，属相大龙。

有人说，神州大地戏曲苑中，当年走在前面的三驾马车当属魏明伦、郭启宏、郑怀兴三位须眉大汉，但是，还有两位才华横溢、佳作迭出的女将与他们不分伯仲。一位是巴蜀女杰徐棻，另一位是齐鲁女侠孙月霞。

巴蜀怪才魏明伦惊叹道："我是一个爱写女人的男人！她是一个擅写男人的女人！"

孙月霞本是小家碧玉，弱不禁风。

谁料她笔走龙蛇，一扫脂粉气，满纸须眉情，黄钟大吕、铜板铁琶，一个个雄健阳刚的男主角扑面奔来……

孙月霞出身不好，身为长女，受尽委屈，初中没毕业就在郓城县棉厂干临时工，沉重的棉包压得她口吐鲜血。招工去了县拖拉机修配厂，她干的是最脏最累的清砂工。后来，她又被调到了县标准件厂，没有人敢亲近她。

岁月如梭，孤独无涯。

她像沙漠中的迷途者，无亲、无望、无助。

饥渴，情感的饥渴，文化的饥渴，知识的饥渴。

孙月霞从父亲的书堆里找出了几本破书，想解个闷。这是一套《莎士比亚戏剧集》和关汉卿的《窦娥冤》。本来是为了消遣，不料一看便走火入魔。莎士比亚那机智的语言、巧妙的构思，让孙月霞爱不释手。莎翁名剧中大段的台词，她背诵如流。元杂剧的隽永婉约，华美典雅，让她欣喜若狂。

孙月霞爱上了戏剧，爱上了这嬉笑怒骂的舞台表达方式。

冬去春来，时来运转。

1978年，孙月霞看了几年的唱本，又读了《资治通鉴》《贞观纪要》，历史的通达，让她茅塞顿开。

她要把李世民平反冤狱的一段历史写成戏。这下可把爸爸吓坏了。也难怪，几年前，孙月霞的第一部剧本《白色城》被厂里发现后，被斗了好几天。孙月霞具备剧作家的天赋，敏锐犀利，判断准确，几天时间，她拿出了《太宗释囚》，并将剧本寄到了山东省梆子剧团。

不看不知道，一看吓一跳。看完剧本，团长被这位姑娘的才智所惊呆。隽永的唱词、悠扬的念白、场面的冷热交替，完全符合戏曲规律，老团长已经很久没有见到这么好的本子了。

伯乐相马，伯乐识马。

孙月霞时来运转，来到山东省梆子剧团。从临时工开始，经过九九八十一难，最后成了省梆子剧团的专业编剧。

1982年，孙月霞粗衣布鞋，走进了中国戏剧学院戏文系。不施粉黛，不苟言笑。有同学说，同窗两载，未曾与孙月霞说过一句话。毕业了，老师安排每位同学上交一部作品。

孙月霞奋笔疾书，把两年所学精华，倾注笔端，一部惊天动地之作《画龙点睛》激情袭来。

剧本送到《剧本》月刊，几位老编辑一读，刮目相看；再读，拍案叫绝；三读，重磅推出。

《画龙点睛》在中国剧协举办的1982—1983年度全国优秀剧本评选中，全票通过。

巨龙点睛，神州驰骋。

《画龙点睛》被全国二十多个剧种，二百多个剧团搬上舞台，创造了中国戏剧舞台的奇迹。北京京剧院二团在纪念徽班进京二百周年会演上，排演了京剧《画龙点睛》，产生轰动效应。

国际著名戏剧理论学家马克林教授说："我在1989年10月，访问了中国，并且看了几场戏，我看的主要是孙月霞等创作的新编历史剧《画龙点睛》的首演，这是我近年来所看到的最好的新编历史剧之一。"

孙月霞的现代戏《田家父子》又横空出世，河南豫剧团和山东省吕剧团倾力排演。

著名导演尚之四就是倒在了《田家父子》的排演场。

几年时间，孙月霞的《画龙点睛》《大唐黜官记》《天可汗》《吴瑛》《东方朔》《司文郎》《田家父子》《乱世鲁商》《奴才、秀才》等喷涌而出，成为惊艳全国的戏曲编剧。

新编历史剧《画龙点睛》《大唐黜官记》，由山东省吕剧院演出，先后参加第八届、第九届中国艺术节，获文华奖。

天妒英才，国失栋梁。

2020年7月10日，孙月霞不幸驾鹤西去。

这不仅仅是齐鲁戏曲舞台的损失，也是中国梨园的重大损失。

一位优秀的演员难找，一位优秀的戏剧编剧更难找。

山东吕剧的发展离不开一代又一代优秀编剧的支撑。

在吕剧的发展史上，刘梅村、赵剑秋、张斌、于廷臣、袁来新、孙秋潮、高洁、方肇瑞、毕苇村、纪根垠等老一代编剧，为吕剧的辉煌，做出了不可替代的贡献。

新时期以来，山东剧作家异军突起，出手不凡。《沉浮》《哥仁的媳妇们》《程咬金招亲》《海边有个男儿国》《画龙点睛》《石龙湾》《苦菜花》《补天》等优秀剧目，都在全国产生了较大影响。翟剑萍、张鹏、代路、刘桂成、赵福朋、徐世起等焚膏继晷，呕心沥血，谱写了一曲又一曲齐鲁时代壮歌。

可惜的是翟剑萍、纪根垠、王厚强等梁柱式人物已匆匆过世，留下了诸多遗憾。现在山东戏曲，尤其是山东吕剧的编剧队伍、导演队伍、演员队伍青黄不接，断档现象十分严重。

2018年，七十二岁高龄的著名编剧刘桂成再次出山，开设"山东戏曲名家工作室"，三十四岁的省吕剧院演员兼编剧彭莉媛和三十五岁的省戏剧创作室编剧高志娟，成为刘桂成名家工作室的首批学员。

彭莉媛曾创作新编吕剧《双生花》等多个剧本，其中《双生花》入选2017年全省舞台艺术青年人才创作项目；高志娟曾独立或参与创作《蒲松龄》《兵道》等多部剧本，并荣获田汉戏剧奖、泰山文艺奖等。两位青年编剧说："能在刘老师这位名家亲自指导下进行剧本创作，真是太幸运了！"

做编剧，技巧是次要的，最重要的是要有浪漫的情怀、丰富的想象力和丰富的阅历。阅历包括两种，一是直接阅历，二是间接阅历，而间接阅历最重要的是读书。

这是刘桂成的创作经验。

不把唐诗宋词烂熟于心，怎么能写好戏曲对白和唱词？刘桂成要求把唐诗、宋词、元曲列为她们的必读书。刘桂成说："两位青年编剧都是好苗子，写剧本是个炼狱，是行思坐想的活儿，希望她们咬定青山不放松，真正痴心于这个需要耐得住寂寞和清贫的行当。"

现在比较活跃的山东戏剧编剧有张积强、王新生、常勇、胡福祥，刘永明、张胜云等。除了张积强，其他大都是基层剧团的负责人。还有李玉婷、韩光丽、郑娇娇、郑飞等大学生编剧。

吕剧名编剧家屈指可数，优秀人才捉襟见肘。

一些原本有潜力、实力的吕剧人才外流和退休，而青年人才由于受到体制的制约，又不能及时补充，出现了可怕的"断层"。出于无奈，吕剧专业团体特别是市县剧团为了获取好本子，只能在全国范围内招揽人才编写剧本。

2016年7月，浙江省文化厅委托浙江艺术职业学院向社会力量购买戏曲剧本。发布的通告说，将以每部最高三十万元的价格，向社会力量购买五至十部原创戏曲剧本，供省内符合条件的戏曲艺术表演团体使用。通告发布一周之后，收到了四个大戏剧本，其中两个越剧，一个昆剧，一个婺剧。三十万元购买一部万字剧本，差不多合三十元一个字，看着蛮轻松。其实，这钱不是那么容易拿的。

戏剧剧本和电视剧剧本不一样，它必须在短时间内展现出更多的戏剧冲突，还要懂剧种的唱腔，懂押韵。此外，戏曲的唱词必须优美、从容、怡然自得。所以，每一个字都很重要，是少而精。

自2015年起，文化部开展了"中华优秀传统艺术传承发展计划"

戏曲专项扶持工作，采取"征集新创一批、整理改编一批、买断移植一批"（以下简称"三个一批"）的办法，出资扶持优秀戏曲剧本创作，建立优秀戏曲剧本共享资源库。资源库中的戏曲剧本，将无偿提供给戏曲表演团体申报使用。通过实施"三个一批"计划，起到培养戏曲编剧人才，凝聚戏曲编剧队伍，积累优秀戏曲剧本的目的，缓解因剧本缺乏制约各戏曲院团艺术创作生产的瓶颈问题。但是，这些举措似乎并没有缓解戏剧编剧空缺的问题。

基层剧团排演新戏，首先要想方设法找社会上能写的编剧。

2018年11月25日，东营市演艺有限公司、市吕剧院有限公司、利津文广新局、北京兵圣文化传媒公司等联合制作的吕剧《铁门关》在黄河影剧院首演。

该剧以史为鉴、反腐倡廉，具有一定历史和现实意义。

导演凌金玉、李永志，作曲刘春光、董为杰，主演荆延国、周德卿、吕新江等。

编剧是东营市资深文化名人、书法家许好成，演员汇集三区两县所有吕剧演员优质力量，仍显薄弱，又聘请滨州市著名吕剧演员荆延国扮演主角王会英。

《铁门关》是从北京请来的大导演凌金玉。排演过程中，出现了很多令人啼笑皆非的故事，分管领导竟把许好成排斥在剧组之外，不让他参加剧本讨论。

这部戏前前后后花了二百多万元，最后只演出了两场，不能不让人感到遗憾。

2019年5月21日，东营市吕剧团的大型新编历史吕剧《梅骨丹心》在东营雪莲大剧院首演，也是在东营本地的唯一一次演出。

之后，还在济南、北京演出过两场。

2020年5月11日，央视《九州大舞台》播出了《梅骨丹心》。

2020年9月8日，由博兴县文化和旅游局出品，博兴县吕剧团创作排练的大型"抗疫"题材吕剧大戏《连心锁》，在滨州保利大剧院上演。

本剧由博兴县委书记李守江任总策划，博兴县副县长田春丽，县委常委、宣传部部长张传礼任策划，李延伦、李晓平任编剧，胡福祥改编，刘军章为总导演，高鼎等、黄高翔作曲，荆延国和史萍主演。

从节目单上我们不难发现，除了总策划、策划是博兴县领导之外，其他主创人员都是外聘。

编剧之一的李延伦是东营市广播电台的退休职工，从事戏曲编剧多年。胡福祥则是原邹平吕剧团的老团长。

现在看，能够独立排演一台戏的市县吕剧团已经很少了。东营和博兴是吕剧的发源地，他们的实力尚且如此，其他地方就更惨淡了。

垦利吕剧团原团长刘永明说："现在什么都缺，编剧、导演、男演员更缺。"有次，刘永明去东营区拍了出小戏，定好的男演员突然有事来不了，实在没有办法，作为导演的他上了台。

日照吕剧团有十几名在编演员，年龄都在四十岁以上。为了解决吕剧优秀人才和后备力量匮乏的局面，2011年春，日照艺术学校计划招生27位吕剧学员，却仅有7人报考。

年轻人不愿意学戏，觉得没有前途。家长也不愿意孩子们学戏，认为学戏不如学文化课。

戏剧团体举步维艰，加剧了戏校招生的难度。现在山东只有山东艺术学院和烟台戏校招生，这两年还没有安排吕剧班招生。

潍坊市吕剧团曾是山东省内影响比较大的一家市级剧团，现在每年的演出也就十几场，平常剧院只留值班人员，其他自谋出路。只有逢年过节或者戏剧调演时，才会排剧目，以应付上级考核。

为振兴戏剧，从国家级的"文华奖""五个一工程奖""国家舞台艺术精品奖"，到各个省市自设的艺术大奖，从上到下设置了一系列的奖项来引导文艺创作方向。

在获奖的诱惑和刺激下，剧团不惜重金精心打造新戏，其目的不是为了演出，而是为了获奖。

戏曲是"两步走"的艺术，首先要完成文学剧本的创作，但这只是第一步，它的最终目的应该出现在舞台上，而舞台上实现戏剧文学的创作，必须紧紧依靠剧团。

因为，剧团要把二度呈现的各个要素组织起来，推向舞台，奉献给观众。

当前的吕剧创作，大多是新瓶装旧酒：虽以现代题材为噱头，却深陷故事和内容单调重复的樊笼，与观众审美趣味相悖。

如《福寿大街》（2016）、《兰桂飘香》（2016）、《热土》（2017）、《邵本道》（2017）、《烟台山》（2017）、《山东汉子》（2017）、《嫂子》（2017）、《芙蓉飘香》（2017）、《板桥县令》（2018）、《初心》（2018）、《大河开凌》（2018）以及《突围》《梅骨丹心》等剧目，能演出十场次的就是"天花板"。甚至，有些剧目公演之时，就是死亡之时。老百姓根本无缘得见。

这些新编吕剧，过分突出宣传功能，艺术价值不足，距离群众太远，不能不说是遗憾。

编剧、导演、作曲、演员，这是剧团的核心。编剧不存，戏将焉附？

④ 歌者苦，知音稀

现在看来，于鹤咏与戏剧是分不开了，无论是吕剧还是京剧。

1971年，年仅十三岁的于鹤咏被济南市京剧团录取。但他没有想到，他兴冲冲拿着录取通知书跑回家时，却被父亲严词制止："干什么都行，就是不能唱戏！"

于鹤咏的父亲于廷臣、母亲张翠霞，是新中国成立前"义和班"的老艺人。父亲带领"义和班"走进了新社会，是"鲁声吕剧团"的第一任团长，也是后来的济南市吕剧团的业务团长。

此时，父亲刚刚从"牛棚"里解放出来，人一下子老了许多，愈发沉默寡言。于鹤咏虽然年纪小，却能理解父亲的心情和苦衷，从此再不说唱戏，与演员擦肩而过，走上另一条戏曲之路。

后来，他成了济南市吕剧院的第一任院长。再后来，于鹤咏又成了济南京剧院的院长。这大概就是人们常说的缘分吧。于鹤咏虽然没有唱戏，但始终没有离开舞台，他的专业是舞台美术设计。

于鹤咏的从艺之路，还得从吕剧说起。

于鹤咏出身吕剧世家。如果没有他的父亲于廷臣，吕剧能否有今日的辉煌还是个问号。

于廷臣是济南市吕剧团的创建元老，是首任团长。吃尽千般苦，唱过万台戏。《逼婚记》《闹房》《三拉房》皆出自其手笔。

采访原济南市吕剧团编剧方肇瑞时，方先生对于廷臣老团长感激在心，一直念叨："于团长是个大好人。"

于鹤咏的母亲张翠霞也是著名吕剧演员，是旧社会的第一代女演员，具有强烈的反叛精神。"吕戏"的第一张黑胶唱片《梁祝下山》，是张翠霞和时克远于1950年在上海录制的，后发行全国，名声大噪。

我们无法理解于廷臣这位饱经沧桑的老艺人的心境，但是我们知道，这绝对是埋藏在他内心的真实感受。

"每一个有激情的演员都难免是一个人质，每一个懂得欣赏的观众都巧妙地粉碎了一场阴谋，每一个乏味的演员都是因为他老以为这戏剧和自己无关，每一个倒霉的观众都是因为他总是坐得离舞台太近了。"

这是史铁生在《我与地坛》中的一段话。

这也许能帮我们理解于廷臣当年不让儿子演戏的心情。于廷臣已经是吕剧的"人质"了，何必再把儿子的青春搭上。也许，于廷臣已经为把三儿子送到新疆吕剧团而懊悔呢。

无事可做，于鹤咏开始临摹连环画，还挺痴迷。

有一天，还在"牛棚"的父亲写了一封信，让于鹤咏去找山水大家陈维信。

陈维信，字金岭，号诚斋。1914年生于山东阳信县，少年时即喜爱诗文书画。1939年考入北平故宫国画研究所，从事临摹古代名画工作，同年进入北平国立艺专学习，于1942年毕业，后专事国画创作。陈维信曾得周怀民、萧谦中、于非、黄宾虹诸名家指授，对石涛的艺术研究尤深。

新中国成立后，陈维信在济南任教，声誉颇佳。

1976年，沿红军长征之路跋山涉水，体验生活，半年多时间，行程三万里，画成近千幅速写资料，创作了一批黄河画稿，与他人共同创作的大型《长征组画》受到国内外的好评。

陈老师让于鹤咏每天晚上来研墨，没说教于鹤咏画画。这一研，就是一年。一年后的一天，陈维信递给于鹤咏一张画片，让他回去临摹。

第二天，于鹤咏拿着临完的画交给陈维信。陈维信点了点头说："还有点意思。"这才开始教于鹤咏画画。

二十一岁那年，于鹤咏从山东艺术学校毕业了。

于鹤咏征求父亲的意见，父亲想了想，说："单位缺美工，你来画布景吧。"

就这样，于鹤咏来到了济南市吕剧团，开始了他的舞台美术设计生涯。没想到，这一干就是四十年。岁月有痕，甘苦自知。

于鹤咏在艺校学的是油画，这跟舞台布景还是有很大的不同。

一个圆场，十万八千里，这种时空是写意的。如果舞台设计太实，演员表演就会受到局限。这就是戏曲舞台美术与其他美术的不同。

为此，于鹤咏又上了函授大学，系统学习绘画理论，之后又自学设计。

1982年，他的舞台设计就拿到了全省的一等奖。

1998年，济南市吕剧团"改团建院"，于鹤咏成为第一任院长。

2014年，于鹤咏调任济南市京剧院院长。

"有戏，有戏；没戏，没戏。"这是父亲于廷臣常说的话，于鹤咏至今都觉得十分深刻。

从吕剧到京剧，于鹤咏极力跨过戏曲的生涩外壳，把它推广给更广阔的群体，尤其是年轻一代。这是于鹤咏心心念念的事情。

从《辛弃疾》《重瞳项羽》《项羽》到《大舜》，共新编八部大戏、两部小戏。从中国京剧节到中国艺术节，从梅花奖到文华奖，于鹤咏和济南市京剧院的演员们一路狂飙，一直没有停下来。李青凭《李清照》拿到梅花奖，改写济南市没有梅花奖的历史；凭借京剧《辛弃疾》，李保良拿到第五届中国京剧艺术节金奖；《邓恩铭》拿到泰山文艺奖。凭借京剧《重瞳项羽》，陈长庆、刘珊珊拿到第六届中国京剧艺术节银奖。同时，于鹤咏带领济南市剧团恢复传统戏，培养京剧新人。

青年演员马良几次去流派班学习，后在文化部中青年演员比赛中拿到银奖。老旦在京剧中演大戏的很少，小戏《账本》成就两个老旦，郭杰获得国家艺术基金，王辉拿到滚动基金。

于鹤咏说："剧院要靠剧目支撑，靠人才支撑，抓好剧目，就培养了演员，就是有了人才支撑。

"为什么现在很多人不愿意看京剧？因为他不懂。为什么咿咿呀呀这么唱？每个流派都有他美的东西，懂的就津津乐道，这是老生，这是哪个流派的老生，这是青衣，哪个流派的青衣，它的出处是什么。京剧进校园的目的是让学生对京剧知识点进行传承，如服饰的美是什么？音乐的美是什么？行当的美是什么？这就等于培养了观众，培育了市场。

"随着年龄的增长、阅历的增加，以后他们就会是忠实的京剧观众，我相信这一点。"

说起吕剧，于鹤咏有一肚子的话要说："吕剧是啥？吕剧从根子上就是'小戏'，吕剧的观众在农村，这都是老辈人留下来的。可现在动不动就是大制作，大投入，一个舞美就几万、几十万的花，弄得吕剧不像吕剧，京剧不像京剧，观众怎么会喜欢？

"有些'旧'是必须要坚守的。四平二板，依字行腔，老戏你会了多少，就要创新？创新要建立在传统基础上，皮之不存，毛将焉附？对老戏要心怀敬畏，规规矩矩。"

于鹤咏不认为现在戏曲的境况是低迷，他相信戏曲一定会重振雄风。

"尤其去年，建党一百周年，各地都在做戏曲节。作为戏剧人，自己不能气馁，别断档，别青黄不接。不能时代进步了，戏剧却老了，要对文本、剧目有新的诠释。"

言谈间，满是对舞台和戏剧的热爱。

时光飞逝，转眼已到退休年龄。

从青春到暮年，于鹤咏没有成为戏剧的"人质"，却成就了他的初心。

时代在进步，社会转型还在继续，吕剧发展的道路还在探索，戏剧的终极价值还在拷问。在意识形态和文化产品的二维区间，地方戏一直在漂移，在振荡，在寻找最后的归宿。

今日演员的尴尬，让人想到了亨利《麦琪的礼物》：当女主人终于拥有了一套精美的梳子时，一头秀发已不再属于自己；当男主人终于握有一条漂亮表链时，他的金表已无处可寻……

这种诡异与错失，或许正是戏剧的常态。

想当年，演员们壮怀激烈，才情奔涌，却叹曲高和寡，如美丽的穷苦姑娘，顶着一头秀发对镜自怜。

看今日，大制作、大排场屡见不鲜，唯独不见原创大戏款款而来，笑傲江湖。

从宋元明清，就有了"看戏"的说法。

戏一折，水袖起落，唱不尽人间的喜怒哀乐、悲欢离合。

看戏得听戏，听戏先听调。一个剧种要长期适应民众的欣赏口味，必须不断更新和完善腔调，否则就会失去活力。

昆腔"流丽悠远"，听起来足以荡人心魄，在民间很受欢迎，不过昆腔的命运也为民众不断变化的看戏情趣所主宰。

"不惜歌者苦，但伤知音稀。愿为双鸿鹄，奋翅起高飞。"吕剧何日才能重现昨日的辉煌？

这是新时代新征程中国戏曲面临的重大课题。

第五章　吕剧的突围

有人说，戏曲是悬崖边上的没落贵族，一不小心就会跌入深渊。

那么，中国戏曲果真只有舞台遗梦吗？

不！中国戏曲在突围！

1 青春版《牡丹亭》的启示

华美的舞台，梦幻的灯光。

杜丽娘一袭水袖丹衣，一曲醉人惊梦。

2018年4月10日晚上，校园版《牡丹亭》正在北京大学一百周年纪念讲堂如约绽放。

久违的水磨音，让两千多名观众穿越时空，来到江南杜府，入园寻梦。琴笛笙箫，声声入耳；春色满园，花枝乱颤。就像诱人入局的造梦师，悄然改变着一切，让你进入那神话世界，逐梦而来，随梦而去。

校园版《牡丹亭》，演员阵容来自北京大学等16所在京高校的大学生。全剧由游园、惊梦、言怀、道觋、离魂、冥判、忆女、幽媾、回生九折组成，演出时长约2小时30分钟。昆剧《牡丹亭》完完全全由大学生完整搬演，这在国内戏剧舞台是第一次。

大学生们的演出，神韵超然，翩若惊鸿，效果超出想象。到场观看的北大等高校的师生、著名作家白先勇以及昆曲名家蔡少华、汪世瑜都给予了高度好评。

北京大学作为全国高校的文化龙头，自新文化运动以来一直是文艺思潮的先锋，更拥有良好的"赏昆"传统。

2005年，北京大学是青春版《牡丹亭》的起航点。

为更好地推广昆曲艺术，"北京大学昆曲传承计划"于2009年正式启动。

2013年，成立了北京大学昆曲传承与研究中心。北京大学开设了昆曲通选课，举办包括演出、展览、讲座等活动在内的各类昆曲文化活动，力求保护昆曲文化、培育昆曲传承新生血液、用全社会的力量推动昆曲文化的复兴。数以万计的同学由此得以领略昆腔之柔、昆曲之美，从此被昆曲"圈粉"。

为培养更多昆曲表演人才，促进昆曲的校园传承与传播，北京大学昆曲传承与研究中心正式启动了"校园传承版《牡丹亭》"大型昆曲活动项目。作为"北京大学昆曲传承计划"的重要活动之一，该项目以经典昆曲剧目——《牡丹亭》的排演与传习为中心，是一次将中国传统的昆曲艺术与校园戏曲教育及戏曲学术研究有机结合的创新性实践。通过校园传承版《牡丹亭》的编排、传习与巡回演出，将带动大量有志于此的青年学生参与其中，有助于培养大批热爱昆曲、具有专业表演才能的精英人才，同时能够引发青年学子对于传统文化的广泛关注，在各大高校掀起新一轮的"昆曲热"。

校园传承版《牡丹亭》舞台艺术教育实践项目是北京大学昆曲传承与研究中心2017年至2018年推出的重点项目，并获得了北京文化艺术基金的大力支持，是2017年北京文化艺术基金资助项目。项目以江苏省苏州昆剧院青春版《牡丹亭》为蓝本，聘请青春版《牡丹亭》的主要创作团队和表演团队进行艺术指导。

海选北京高校中对昆曲感兴趣且有一定表演天赋的学生为演员培养

对象，以有一定民乐基础的大学生为演奏员培养对象，排演校园传承版《牡丹亭》。

在排演过程中，根据自身演出特点，对青春版《牡丹亭》的剧本、舞台设计、服装、道具、化妆设计等方面进行继承和小范围的创新。

团队成员38人，其中演员24人，演奏员14人，来自北京16所大学和1所中学，分别是北京大学、北京师范大学、中国戏曲学院、中国科学院大学、第二外国语大学、中央民族大学、清华大学、北京科技大学、中央音乐学院、北京理工大学、北京化工大学、中央戏剧学院、中国政法大学、中国石油大学、首都师范大学、外交学院，以及北京师范大学附属中学。

校园传承版《牡丹亭》由著名作家白先勇担任总制作人、总策划，著名昆曲表演艺术家汪世瑜担任导演。

2018年4月21日晚，校园版《牡丹亭》在抚州市汤显祖大剧院进行全球巡演首站演出。之所以选择在抚州演出，用白先勇的话说，是为了纪念汤显祖，是昆曲艺术的"还魂"。

这个故事有太多的闪光点。它是一部既经典又通俗，既激情又温和，既浪漫又现实的青春神话爱情故事，让人惊奇、痴迷、陶醉。

中国的昆曲艺术被联合国教科文组织评定为"人类口头和非物质遗产代表"，文化部也为昆曲制定了"保护、继承、创新、发展"的八字方针。众所周知，昆曲是我国现存最古老的戏剧形态，它发源于元朝末年的苏州府昆山地区，至今已有六百多年的历史。昆曲的唱腔轻柔婉转，优美动听，融合唱、念、做、打等形式于一体，通过手、眼、身、法、步等表演技能，来塑造人物形象，涌现了明清传奇的创作流派和大批出色的名家名剧，成为戏曲舞台上的经典作品。

2001年5月，联合国教科文组织评定昆曲艺术是人类精神文化的宝贵遗产，这是对昆曲艺术价值的充分肯定；但也同时指出了现今的昆曲观众越来越少、濒临衰亡急需抢救保护的现状。

时代在变化，观众的审美也在变化，如何使昆曲这门古老的戏曲艺术焕发时代的青春？有人建议全面复古，倒退到四百前的样子；还有人建议彻底"西化"，运用声光电等现代科技手段，去吸引观众。

从汤显祖"至情版"到白先勇的"青春版"，《牡丹亭》经历了怎样的裂变？它的重构与解读，对昆曲和其他剧种的经典传承又有哪些启示？

青春版《牡丹亭》除了演员的天生丽质，还牢牢抓住舞台表演的核心，突出戏曲的传统之美。

唱腔、服饰、动作、念白、舞美、音乐有机配合，使古雅的昆曲艺术与现代气息相辅相成，准确地找到了"传统"与"时代"之间的契合点。

"青春版"《牡丹亭》上演几百场，赢得了观众尤其是青年观众的认可，可以说是新时代的一个艺术创举。

汤显祖的《牡丹亭》是以传奇《杜丽娘慕色还魂记》为蓝本，描写了杜丽娘"慕色而亡，死而复生"的还魂故事。

通过"移情"，使《牡丹亭》体现了汤显祖的"至情"理想。

杜丽娘有句经典唱词"可知我一生爱好是天然"，就是汤显祖对"情"的最贴切解释。

在保留传统的同时，抓住原著主题，对结构进行有机剪裁、串联、重组，还做到情节铺设顺畅，人物性格鲜明。既新颖又合理的舞台形式，使汤显祖这部伟大作品所蕴含的人性、文化、生命境界得到高度发挥。

济南市京剧团于鹤咏团长说："传统都没有了，你传承啥？"

青春版《牡丹亭》之所以能取得成功，就是先继承后创新，找到了继承和创新的平衡点。

在继承的基础上，只删不改，将主题定为"梦中情""人鬼情""人间情"，以"情"字作为主线，贯穿始终。

在唱腔方面，青春版《牡丹亭》也继承了汤显祖的原谱，而不是重新作曲。这一点至关重要，我们现在的戏剧改革，很多是违背了戏剧规律，画虎不成反类犬，成了一袭华丽旗袍上的虱子。

在舞台造型和舞美设计上，青春版《牡丹亭》没有按照"一桌二椅"的传统程式来处理。而是在"古典为体，现代为用"的原则下，在舞台装置、服饰道具、舞蹈技法、书画布景、灯光设计等方面有所革新。既保持写意、抒情、象征的传统意境，又放手打造古典与现代相互交融的舞台场面，使得青春版《牡丹亭》气象一新，获得了满堂喝彩。

这是高手。

戏曲的主要特征是虚拟性。现在有些剧团，把大量的实景搬上了舞台，完全丧失了戏剧的大写意精神。

青春版《牡丹亭》的成功，与青年演员特有的神韵和创新精神是分不开的。

在"游园"的梦境中，杜丽娘与柳梦梅相遇时，柳梦梅用水袖对杜丽娘托袖，构建了一种朦胧的梦中意境，更容易让年轻人接受。

杜丽娘的头饰简约，点缀稀疏，花色清雅，体现了审美的高格调，很好地找到了传统与当代审美的结合点。

这些细微之处的处理，都体现了昆曲变革的决心。

青春版《牡丹亭》之所以成功，是遵从了戏曲舞台艺术最基本的审美原则，追求用至美的表演艺术塑造人物形象。

白先勇承认青春版《牡丹亭》源于自己对中华传统文化衰微的焦虑和对文化复兴、创新的使命感。

演员绚丽多彩的服装，摇曳生姿的舞蹈，灯光和布景变换的奇效，都给人以赏心悦目之感。

可以说，青春版《牡丹亭》把中国式的古典美披露无疑。这种美，经昆曲的形式表现出来，利用现代技术但不滥用现代技术产生的剧场震撼力，让许多观众从失落的民族美学中重拾自信。

白先勇文化创新的理想，是通过展示"青春、美"的理念，并利用现代文化包装与传播手段来实现的。

青春版《牡丹亭》告诉每一个关心传统文化的中国人：作为非物质

文化遗产的昆曲，在"保护为主，抢救第一"的同时，必须推陈出新、传承发展。

昆曲不应沦为博物馆艺术，而应该是与时俱进、生生不息的舞台艺术。

那么吕剧呢？山东吕剧近几年似乎走进了一个又一个的"误区"，以大制作、大题材、大阵容为荣，忘记了吕剧是靠"小戏"起家的。《小姑贤》《井台会》《借年》《三拉房》《喝面叶》，正是这些小旦、小生为主的小戏，撑起了吕剧的半边天。

另外，主题创作一窝蜂，县、市、省各级吕剧院团剧目的同质化、雷同化现象严重，甚至连唱词、音乐都相似。

为什么会出现这样的现象？因为编剧、作曲甚至主要演员都是一帮人，围着山东各地转悠，严重地近亲繁殖。

还有，攀登艺术高峰的劲头不足，自我陶醉，缺少进取的动力和目标。

2021年10月9日至10月28日，中国戏剧节在武汉市举办。

中国戏剧节创办于1988年，是戏剧界展示优秀戏剧创作成果的重要平台，至今已成功举办16届。

武汉戏剧节由中国文学艺术界联合会、中国戏剧家协会、中共湖北省委宣传部、武汉市人民政府共同主办，中共武汉市委宣传部、武汉市文化和旅游局承办。

在武汉戏剧节上，来自全国23个省、直辖市和自治区的31台优秀剧目共聚江城（根据疫情防控相关要求，话剧《香山之夜》和《金色的胡杨》改为线上展演），涵盖京剧、昆剧、评剧、豫剧、越剧、黄梅戏、川剧、晋剧、婺剧、高甲戏、花鼓戏、山东梆子、楚剧、壮剧等14个戏曲剧种以及话剧、歌剧、儿童剧等艺术形式，向建党百年献上了一份厚礼。

武汉戏剧节围绕"戏剧英雄城·礼赞新时代"的主题，坚持现实题材、革命题材、传统题材并重，兼有现代戏、新编历史剧和整理改编传统戏；参演团体既有国家级、省级重点院团，也有常年扎根于群众中的基层剧团和民营戏剧机构。

这么重大的、难得的中国戏剧界盛会，不知道为什么，唯独没有吕剧！没有任何山东的吕剧院团参加！

山东吕剧要翻身，呼唤刘梅村、尚之四、郎咸芬这样内行的当家人，他们懂吕剧、懂规矩，更重要的是他们懂得观众和人民的需要。

[2] 外面的世界很精彩

讲中国故事，传中国声音，吕剧不能缺席。

2018年6月1日下午五点半，保加利亚第115届玫瑰节在卡赞勒格市玫瑰广场盛大举行，山东省济南市吕剧院《逼婚记》和《桃李梅》选段以及唢呐独奏大放异彩，惊艳异国他乡。

受卡赞勒格市政府邀请和济南市政府委派，济南市吕剧院张玲院长亲自带队，派出了井远秀、李霄雯、赵窈窈、曾凡亮等15名骨干演员，以"济南市文化艺术交流团"的名义，远涉千山万水，奔赴保加利亚，参加卡赞勒格市第115届玫瑰节及两市缔结友好城市系列庆祝活动。

这次玫瑰节，保加利亚方面邀请了中国、意大利、土耳其等12个国家的表演团队助兴演出。

济南市吕剧院的演员们经过三十多个小时的劳顿，一下飞机就直奔演出现场，演员是在大巴车上化妆的，也没顾上吃饭，只为在玫瑰节开幕式上的第一次精彩亮相。

开幕式演出中，他们向观众奉献了优秀传统吕剧《桃李梅》选段，民乐小合奏《茉莉花》，唢呐独奏《百鸟朝凤》，吸引了在场所有观众的眼球，中国传统戏曲服装头饰和演员的表演赢得在场观众阵阵掌声与喝彩。

6月2日，济南市吕剧院还在卡赞勒格市中心参加了"多彩嘉年华"国际民俗节巡游表演活动。

当济南市吕剧院张玲院长手擎鲜艳的五星红旗走在前面，年轻的演员们紧随其后，身着华丽精美的古典服装，配以浓墨重彩的脸谱头饰，带着极具特色的民族乐器……

这支带有浓厚古典元素中国风的演员队伍，让在场的嘉宾和观众惊叹不已。一位老华侨激动地问张玲院长："我能吻一吻五星红旗吗？"老人得到允许后，把脸贴在五星红旗上，老泪纵横。

"能把'县官'带出国门真是不敢想，一直到回国后都感觉这段经历跟做梦似的。"青年演员曾凡亮回忆起在保加利亚的演出，依然心情激动。一名地方戏演员，能够站在世界的舞台上，他感觉充满自豪。

每场演出前，当地主办方会对济南、对节目做一个简短的介绍，会场上空也会升起五星红旗，这让场上的演奏员们也格外激动。

在熟悉的《梁祝》音乐伴奏下，赵窈窈和搭档吴扬登台了。

两条长水袖在赵窈窈手里一挥一撒、一收一放、一旋一跳，让观众眼花缭乱，目不暇接。

赵窈窈是济南市吕剧院优秀青年演员，主工青衣、闺门旦，第三届"泉荷奖"济南市优秀青年演员艺术比赛一等奖、第七届"泉荷奖"济南市新剧目评比展演演员单项一等奖。

每到一处，赵窈窈的"水袖舞"都受到外国朋友的热捧。除了水袖舞，赵窈窈还演出了《三拉房》《桃李梅》等吕剧传统剧目的片段。

"会跟观众们介绍，这是中国的爱情故事。"虽然存在着语言障碍，但观众们依然看得津津有味。

"我们会减少大段的唱段，而代之以肢体动作。"赵窈窈很兴奋地说。

在济南市吕剧院，我看到了出访时盛放乐器的箱子，最大的长近1.5米，为了乐器的安全，做得很厚重。最重的是盛放扬琴的，大概有36公斤，在转运时都是靠人力拉，演奏员比箱子也高不了多少。

"我们现在的速度能达到一个小时装台，四十分钟卸台。"

军人出身的张玲把部队敢打硬仗的作风带到了吕剧院。"每次出访，我们会分为宣传组、前联组、后勤组、舞台道具组等，各司其职，小到一条线都有专人负责。"

2019年8月16日至18日，济南市吕剧院受济南市人民政府派遣，一行16人以"中国济南市文化艺术交流团"名义，参加了俄罗斯下诺夫哥罗德市的市庆演出活动。

1994年，俄罗斯下诺夫哥罗德市就与山东省济南市成为互为友好城市。

下诺夫哥罗德全市有14个剧院，5个音乐厅，97个图书馆，17个电影院，25个儿童俱乐部，8个博物馆，1个音乐学院和1个数字天文馆。

8月19日至21日参加俄罗斯莫斯科（山东）文化促进会文化交流演出，8月22日至24日参加乌克兰哈尔科夫市市庆演出。

此次访问演出包括俄罗斯下诺夫哥德市市庆、乌克兰哈尔科夫市市庆的巡游表演、舞台表演等活动。

在此期间，代表团还将参加俄罗斯莫斯科"山东同乡会"，为远在异国他乡的中国人带来精彩表演。

为此，济南市吕剧院精心准备《逼婚记》《桃李梅》等经典吕剧选段、水袖表演、戏曲服饰、头饰秀、民乐小合奏和独奏。

近些年来，济南市吕剧院屡屡走出国门，在世界范围内搭起了一座座友谊的桥梁，也让海外友人们进一步见识到了中国的传统文化魅力，这对于一个地方戏院团来说，如同一个奇迹。

为更好地推动中国、葡语国家及澳门文化活动的发展，济南市文化和旅游局受邀，派遣济南市吕剧院参加第十二届中国—葡语国家文化周系列线上活动。

该活动于2020年10月23日拉开帷幕。

中国—葡语国家文化周自2008年开始，由中葡经贸论坛常设秘书处与澳门文化局、市政署、旅游局、澳门贸易投资促进局以及澳门旅游学院等合作举办。

中国—葡语国家经贸合作论坛，是由中国中央政府发起的国际经贸论坛，其宗旨除加强中国与葡语国家间的经贸交流与合作外，更发挥了澳门在联系中国与葡语国家的平台角式，深化彼此间的全面合作。八个葡语国家分别是安哥拉、巴西、佛得角、几内亚比绍、莫桑比克、葡萄牙、圣多美、普林西比、东帝汶。

因疫情原因，相关文化周活动改为线上形式举办。

此次文化周活动，剧院精心准备了《戏曲荟萃》《繁花似锦》《俏花旦》等展现山东济南文化特色的节目，同时还选送了"非遗"代表——济南皮影和鲁绣作为山东济南有特色的手工艺，向葡语国家和地区展示济南文化、济南风格、济南面貌。

戏曲荟萃以吕剧《逼婚记》《白水滩》经典唱段为核心，穿插戏曲变脸等绝活，展示中国戏曲的博大精深。富有中国民族文化特色的吹打乐《繁花似锦》，源于山东民间鼓乐和秧歌，体现了山东人民乐观向上的豁达胸怀和幸福生活。舞蹈《俏花旦》巧妙地将传统戏曲中花旦的手、眼、身、法、步等功夫与现代舞蹈语汇融合在一起，妙趣横生，柔媚蹁跹。

近几年来，济南市吕剧院将济南最有特色的地方戏和民族乐曲带出国门。

先后受文化和旅游部、山东省人民政府、济南市人民政府派遣，前往约旦、德国、芬兰、韩国、保加利亚、土耳其、俄罗斯、乌克兰、法国以及美国等十几个国家访问演出。将具备济南名片价值的文化产品带向世界，向世界展示济南文化、济南风格、济南面貌。富有中国特色、戏曲特色和济南地域特色的精彩演出，受到各国人民的喜爱和赞誉，为山东济南对外文化交流做出了积极的贡献。

2006年，张玲从济南市杂技团来到了济南市吕剧院，担任剧院党支部书记、院长。

回想起当时吕剧院的境况，张玲仍然揪心。

吕剧正值低谷期，剧院没有演员，演出市场不景气，传统艺术面临流行文化的吞噬之势，大有兵败如山倒的意味。

那个时候，吕剧演员没什么尊严可尊。

时过境迁，济南市吕剧院青春焕发，他们有个梦，就是打造百年吕剧院。

张玲说："老一辈人那么不易，我们有责任将吕剧发扬光大。"

在2017—2018年度的国家艺术基金评选中，济南市吕剧院四个项目入围。

2017年秋，作为国家艺术基金传播交流推广项目，《逼婚记》开启了东北三省的巡演。距离山东千里之遥的黑土地上，有很多当年"闯关东"的山东人，他们渴望看到家乡的戏，听到乡音，这次巡演就是为了慰藉那些游子的思乡之愁。

在巡演前，张玲院长组织召开了多次会议，部署《逼婚记》巡演的方案和各项工作，落实到每一个细节里。

张玲为每一位参与巡演的演职人员都购买了保险，让演员住舒服的酒店，确保巡演万无一失。更重要的是，张玲想让济南市吕剧院的演员找回属于演员的尊严，"腰杆挺直了去演出"。最终，《逼婚记》在东北三省的巡演顺利完成，让东北的观众大呼过瘾。

值得一提的是，济南市吕剧院的整体专业素质也给东北朋友留下了深刻印象。

"巡演的时候，一个小时能完成舞台搭建，四十分钟就能完成舞台拆卸，这让观众感觉到不可思议。"张玲说。

济南市吕剧院近些年来格外注重队伍的建设，剧院的乐手们都来自各高等院校，均具备很高的艺术水准。"我们就是要培养自己的人，让主创队伍齐全起来，一大批年轻的演员也已经成长起来。"

吕剧有着很强的草根属性。

进入新时代，吕剧也开始转变视角，聚焦于现实题材，传播正能量。

2008年，济南市吕剧院推出了《龙泉梦》《我的兄弟姐妹》，这是济南市近几十年来首次把残疾人作为主角的戏曲作品。

2009年，济南市吕剧院又创作了以"阳光大姐"卓长立事迹为原型题材的《阳光大姐》，展示了基层家政服务产业的崭新气象。

在观看这一剧目时，卓长立潸然泪下。

2017年11月11日，全国优秀党务工作者、济南甸柳一区社区党委书记陈叶翠因病不幸去世。

济南市吕剧院之后创作的剧目《生命日记》就以此为原型，将陈叶翠的故事搬上舞台，好评如潮。

格局决定着事业的高度。

张玲认为，走入新时代的吕剧就应该有一种社会信念，回应民众呼声，创作社会所需要的正能量题材剧目，这就是济南市吕剧院的格局。

回望一次次出访巡演，张玲由衷感到自豪。

因为济南市吕剧院将中国的传统文化带到了国际视野内。张玲说："演出结束的时候，许多外国观众都把手放在胸口，看得出来，很多外国人对吕剧真是发自内心地喜爱。"

3 心里要有观众

2021年，贾玲的《你好，李焕英》意外燃爆电影圈，票房直逼五十亿，缔造了电影界的一个神话。

《你好，李焕英》能够燃爆，其中很重要的原因是它心里想着观众，讲述的是观众身边的事，引起了观众的共鸣。

小成本电影的意外火爆，如《失恋三十三天》《重返二十岁》《疯狂的石头》启示着我们，在大制作之外，肯定还有其他的途径能够俘获观众的心。

有媒体报道，某个剧院为打造一台历史剧花费近500万，光舞台道具，就需要五六辆卡车来运输。

这些剧目根本不能在乡村演出，往往向领导服务、向评委服务后，就会"马放南山、刀枪归库"。有人评价现在的长篇小说创作，出版之日就是死亡之时。虽然有些言重，不过也道出了文学创作的真实现象。

老百姓买账，才是长远之策。

2021年10月20日，"四德工程"吕剧电影研讨会暨《乡医老牛》首映式在山东省东营市垦利区举行。

《乡医老牛》是"四德工程"吕剧电影的收官之作，讲述了一名乡村医生保持共产党员本色，经受市场经济浪潮冲击，坚守几十年为群众服务的故事。

中国电影家协会、山东省文化和旅游厅、山东省戏剧家协会、山东省电影家协会、山东电影发行放映集团、山东大学影视文化艺术传播研究中心、中共东营市委宣传部、东营市文联、东营市电影家协会，以及中共东营市垦利区委宣传部、区人大、区政协、区文化和旅游局相关人员出席活动。

垦利区也是吕剧的重镇，为了振兴吕剧，从2014年开始，垦利区与山东电影发行放映集团联手，围绕"孝、诚、爱、仁"四德主题，拍摄了《幸福公寓的笑声》《考文人》《对门亲家》《乡医老牛》四部吕剧电影，通过数字电影、网络、学习强国等推广发行。

八年间，四部吕剧电影已在全国22个省放映超34万场，观众累计达5000余万人次，影片还两次受邀参加中国戏曲电影展，并荣获了省文艺精品工程、省泰山文艺奖、黄河口文艺奖等多个大奖。

这样的坚持，是需要毅力的。

"一个区文化旅游局，八年间三任局长，连续多年坚持不懈拍摄四部吕剧电影，可谓是文化建设久久为功，堪称是一种独特的文化现象。"在"四德工程"吕剧电影研讨会上，中国电影家协会原秘书长、中国电影评论学会会长饶曙光评价说。

八年来，垦利区秉持"以人民为中心"的创作导向和"小、大、正"的创作原则，开启了"吕韵悠扬德润垦利"电影创作工程，以孝、诚、爱、仁"四德"为主题创作的吕剧电影，成为垦利区打造文化品牌、推进文化惠民的鲜明注脚之一。

与垦利区一样，山东不少地方在吕剧小戏方面有所突破。

2018年9月11日至10月20日，山东省第十一届文化艺术节在济南、滨州等地举行，开幕式选用民族歌剧《马向阳下乡记》作为开幕演出。

本届展演共有参评剧目二十四部，涉及歌剧、舞剧、话剧、儿童剧以及京剧、吕剧、山东梆子、柳琴戏等十个戏曲剧种，反映了城乡人民群众火热生活和真实心声，弘扬了中华优秀传统文化。

在二十四部新创作优秀剧目中，吕剧只有《板桥县令》和《大河开凌》。

但在新创作小型剧（节）目评比展演中，入选展演的十六台小戏中，有五台小吕剧。

这些小戏，全部由基层院团创作并演出，其中县级文艺单位九个，占到总数的一半以上。

入选作品均为现实题材，涉及城乡发展、新农村建设、精准扶贫、邻里关系、孝亲敬老、移风易俗等基层群众最为关注的热门话题。

让人高兴的是，这些小戏情节紧凑，言简意赅，过渡自然，小中见大，一滴水见太阳。毫不夸张地说，小戏不小，展现的是社会大舞台，让人不得不敬佩编剧的才华和敏锐。

吕剧大师郎咸芬曾说过："不是观众先抛弃了吕剧，而是吕剧先脱离了观众，这个教训我个人感觉是很沉痛的，应该赶紧进行反思。把观众放在首要的地位。"

吕剧的百年发展史已经证明，吕剧从创作到演出，都要心中有观众。如果忘掉了观众，自我陶醉，自我欣赏，关起门来搞什么试验、搞什么探索，早晚会脱离观众。

4 弯路与弯道

在戏曲的传承上，我们是交了学费的。

很多历史悠久的地方戏剧团，在文化体制改革的洪流之中，被冲得无影无踪。

当然，毋庸讳言，国有文艺院团一定要改革，不改难以为继，这是历史发展的必然选项。

长期的大包大揽，让剧团人浮于事，干多干少一个样，人员进得来出不去，包袱越滚越大，事业越来越难发展。因此，改革是绝对正确的。

1985年4月23日，中共中央办公厅和国务院办公厅转发原文化部《关于艺术表演团体的改革意见》，其中明确提出："艺术表演团体应实行经济核算制度，坚持按劳分配的原则。要根据实际情况，经过试验，逐步推行各种形式的经营承包责任制。"

1988年9月6日，国务院批转原文化部《关于加快和深化艺术表演团体体制改革的意见》。文件在"改革的总体设想"中强调："在艺术表演团体的组织运行机制上，经过改革，逐步实行'双轨制'"，"需要国家扶持的少数代表国家和民族艺术水平的、或带有实验性的、或具有特殊的历史保留价值的、或少数民族地区的艺术表演团体，可以实行全民所有制形式，由政府文化主管部门主办。"

1993年9月23日，原文化部印发《关于进一步加快和深化艺术表演团体体制改革的通知》，其中明确指出："艺术表演团体内部运营机制上的一些深层次问题还未解决，相当一部分艺术表演团体处于不能正常运转的状态。"并根据建立社会主义市场经济体制的新形势对艺术表演团体改革提出了新的改革意见。

一是调整布局结构。国家重点扶持少量的在国内外、省内外有重大影响，或具有实验性、示范性和民族代表性，或具有历史保留价值的艺术表演团体；办好地、县级艺术表演团体；提倡和鼓励社会办团。

　　二是搞活内部经营机制。建立健全艺术表演团体独立法人地位；人事制度主要采用聘任制度，实现优化组合；分配制度实行艺术结构工资制；广开财源，增加收入；改善经营演出管理，培育发展演出市场等。

　　1994年3月24日，原文化部印发《关于进一步加快和深化文化部直属艺术表演团体体制改革的意见》，文件明确中直院团体制改革现阶段操作的三个重点：（一）建立以政府扶持，剧场调控为中心的演出机制，（二）建立以聘用合同制为中心的人事制度，（三）建立以有利于艺术上扩大再生产为中心的经营机制。自此，中直院团的内部机制改革进入一个新的历史阶段。

　　1997年4月3日，原文化部发布《关于继续深化艺术表演团体体制改革的意见》。文件除了继续强调国有文艺院团要推进内部运行机制改革以及提高自我生存、自我发展的能力之外，主要是推行国有文艺院团评估制度。并强调，将改变投入方式，努力提高经费使用效益。可采取"演出补贴""以奖代拨"等多种方式，不断增加财政拨款中的激励因素，在投入方向、投入方式、投入结构、投入环节上大幅度地提高财政扶持的投资效益。

　　2003年6月27日，全国文化体制改革试点工作会议在京召开。中央和相关试点地区都分别确定了试点院团参与文化体制改革试点工作，国有文艺院团改革十年风云由此拉开序幕。

　　可是，完全将文艺院团推向市场，特别是省级以下的文艺院团，到底有多大能力在市场中存活，实在存疑。

　　为了生存，不得不从俗、媚俗、庸俗、低俗。到了那时，就谈不上什么艺术了。

　　2005年6月21日，新华社《每日电讯》登过一个让人心痛的消息，四川某县高举文化体制改革的大旗，把剧团解散了。

这个剧团是20世纪50年代就成立的剧团,每年为农民演出三百多场。剧团解散,剧场卖了,乐队的演奏员去农村做红白喜事,当吹鼓手;演员上街摆摊,修鞋补锅。演职员们无奈地说:"不是市场不需要我们,是体制抛弃了我们!"话虽然说得重了点,却是现实存在的情况。

垦利县吕剧团的老团长刘芳华说起那段经历,仍心有戚戚焉。刘芳华是1986年调到县吕剧团的,剧团改制那会儿,他是团长,整天围着钱转悠,求爷爷告奶奶,弄点钱给职工发工资、交保险,整天筋疲力尽,根本无暇创作。

对于在文化体制改革中出现的问题,党和政府高度重视。

2009年12月底,中宣部、原文化部联合下发《关于规范国有文艺演出院团转企改制工作的通知》。文件明确提出,"国有院团在转企改制过程中要成为真正的企业法人,做到'可核查、不可逆',坚决不搞翻牌公司。"

2013年6月,原文化部、中组部、中宣部等联合发布《关于支持转企改制国有文艺院团改革发展的指导意见》。从"落实和强化对转制院团的政策扶持""促进转制院团自我发展能力建设""加强转制院团改革发展支撑体系建设"等三个方面回答如何支持和扶持转制院团的问题,并鲜明提出了"促进转制院团自我发展能力建设"的命题。

2013年8月,中宣部、财政部、原文化部、审计署、新闻出版广电总局等五部门联合发布《关于制止豪华铺张、提倡节俭办晚会的通知》,明确提出:"不得使用财政资金举办营业性文艺晚会。不得使用财政资金高价请演艺人员,不得使用国有企业资金高价捧'明星''大腕',坚决刹住滥办节会演出、滥请高价'明星''大腕'的歪风。"

2014年4月,原文化部《2014年文化系统体制改革工作要点》中强调,要把"深入推进国有文艺院团体制改革工作"放在文化系统改革工作的首要位置。

文件提出,要建立督察机制,督促各地出台实施细则,深入贯彻落实九部门《关于支持转企改制国有文艺院团改革发展的指导意见》。研究制定并适时出台培育骨干演艺企业的政策文件。支持中小转制院团走专、精、特发展道路，促进形成一批有特色、有实力的演艺企业。在具体实施方案中，制定并组织实施《全国演艺企业经营管理人才培训规划》，推动成立中国演艺发展学会，开展演艺业战略性问题研究，促进演艺业创新成果转化。

2015年7月11日，国务院办公厅印发《关于支持戏曲传承发展的若干政策》，提出："重点资助基层和民营戏曲艺术表演团体，文化产业发展专项资金对符合条件的县级以下（含县级）转企改制国有戏曲艺术表演团体和民营戏曲艺术表演团体，在购置和更新服装、乐器、灯光、音响等方面给予资金支持。对地方国有戏曲艺术表演团体捐赠收入实行财政配比政策。"

2015年7月29日，中宣部、原文化部在京召开全国戏曲工作座谈会，全面部署戏曲传承发展工作。

2015年9月，中共中央办公厅和国务院办公厅下发《关于推动国有文化企业把社会效益放在首位，实现社会效益和经济效益相统一的指导意见》。明确提出："建立健全严格的市场退出机制，对内容导向存在严重问题或经营不善、已不具备基本生产经营条件的国有文化企业，坚决依法吊销、撤销有关行政许可，予以关停。""明确把社会效益第一、社会价值优先的经营理念体现到企业章程和各项规章制度中，推动党委领导与法人治理结构相结合、内部激励和约束相结合，形成体现文化企业特点、符合现代企业制度要求的资产组织形式和经营管理模式。"

2019年1月29日，中央宣传部、文化和旅游部、财政部、人力资源社会保障部联合印发《关于国有文艺院团社会效益评价考核试行办法》的通知。

根据《试行办法》，文化和旅游部等四部门决定把事业性院团和企业性院团都纳入考核，并选择天津市、江苏省、湖南省、江西省、四川省、云南省作为2019年试点地区，在全省（市）范围内开展国有文艺院团社会效益评价考核工作，其他省（区、市）可根据实际情况安排开展本省（市）2019年试点工作，2020年在全国范围内全面推开。

《试行办法》强化了国有文艺院团社会效益评价考核结果运用的政策保障，建立了一系列相应的约束和激励机制：一是明确社会效益评价考核结果作为国有文艺院团申报专项资金、基金等资助的重要依据。二是强调社会效益评价考核结果应作为国有文艺院团负责人工作绩效考评和干部选拔任用的重要依据。三是提出企业法人国有文艺院团负责人薪酬与包括社会效益评价考核在内的综合绩效考核结果。

问渠那得清如许，为有源头活水来。

《人民日报》曾发表评论员文章指出，文化是一个民族的灵魂，是一个国家的软实力，是支撑民族进步的脊梁。文化不是经济的附庸，随着社会的发展，文化日益成为占主导地位的资源，成为具有决定意义的生产要素。

习近平总书记明确指出："文化是要'以文化人''以文化心''以文立人'，在思想建设上起作用。"

2021年1月16日，中共中央办公厅、国务院办公厅印发了《关于实施中华优秀传统文化传承发展工程的意见》。

《意见》提出：到2025年，中华优秀传统文化传承发展体系基本形成，研究阐发、教育普及、保护传承、创新发展、传播交流等方面协同推进并取得重要成果，具有中国特色、中国风格、中国气派的文化产品更加丰富，文化自觉和文化自信显著增强，国家文化软实力的根基更为坚实，中华文化的国际影响力明显提升。

《意见》特别提出：丰富拓展校园文化，推进戏曲、书法、高雅艺术、传统体育等进校园，实施中华经典诵读工程，开设中华文化公开课，抓好传统文化教育成果展示活动。

2021年12月14日，习近平总书记在中国文联第十一届、中国作协第十届全国代表大会上发表了重要讲话，再三强调，文艺是民族的命脉，是时代的号角，指明了新时代新征程我国文学艺术发展的方向。勉励广大文艺工作者，要从历史之变、中国之进、人民之呼中寻找主题，书写历史之美、山河之美、文化之美、人民之美的时代史诗。

艺术的升华既是一场艰苦的跋涉，也是一场成功与失败的交战。不管路怎么走，条条路是经历，是考验。

弯路走多了，就发现直路了。

弯路走多了，就发现弯道有大把超车的机会。

把弯路走直的是聪明人，把直路走弯的是豁达人，把活路走死的是愚蠢人。

无论走哪条路，靠脚走，更靠心走。

新时代新征程，文学艺术责无旁贷，吕剧责无旁贷。

我们期待吕剧的又一个春天如约而至。

5 杨瑞卿与王玲玲的"忘年交"

杨瑞卿何许人也？

看过吕剧《李二嫂改嫁》的都知道，杨瑞卿是张小六的扮演者，是山东著名的吕剧表演艺术家。

杨瑞卿也是吕剧表演艺术家郎咸芬的丈夫，这一角色让杨瑞卿躲到了幕后，一辈子不跟人争，不跟人抢。

1949年春天，杨瑞卿从莱州农村来到潍坊市特别市文工团，成为一名党的文艺工作者。1952年，文工团撤销，杨瑞卿被调到了济南，成为省吕剧团的一员。

从此，杨瑞卿与吕剧结下了不解之缘。

也许就是命运的安排。杨瑞卿和郎咸芬是从扮演《李二嫂改嫁》中的张小六和李二嫂，为全国观众所熟知的。

以后，杨瑞卿和郎咸芬又合作了《丰收之后》《沂河两岸》，在这两出戏里，他们也是扮演一对夫妻。熟悉杨瑞卿的人都知道，他的性格就像那个张小六，有点憨，有点拙，有点实。给人的感觉就是老家邻居的一位大哥哥，朴实而不愚钝，热情而不外露。

1962年，杨瑞卿和郎咸芬结婚了。郎咸芬还没有忘记周总理的嘱咐："晚生孩子，多唱戏。"闺女一出生，就被送到潍坊姥姥家。

杨瑞卿绝对是个模范丈夫，为了支持郎咸芬的工作，杨瑞卿做出了很多牺牲。杨瑞卿和李岱江同年去的省吕剧团，都是主要演员。

慢慢地，杨瑞卿就退往幕后了。

"文化大革命"初期，郎咸芬成了"三名三高"分子，被剥夺了上台的权利。

郎咸芬的精神受到很大打击，天天到院子里看大字报，一张一张地看，一条一条地记。杨瑞卿总是默默地跟在郎咸芬的身后，一步也不曾离开。

从和郎咸芬定了婚事，杨瑞卿就不再照相，现在依然如此。

杨瑞卿说："我比郎咸芬早两年工作，从她考进文工团到调入山东省吕剧团，俺两个人先是在一起工作，后来成了一家人。她是怎样在党的培养下成长起来的，一步一步，我看得清清楚楚。党和人民给了她荣誉，反过头来，她为党、为群众、为吕剧事业做点工作也是应该的。作为家庭成员，她顾不到的、忙不过来的，我多操点心，多干点家务活，是应当应分的，这没啥值得咋呼的。所以，来采访的、访问的，我倒完水，就赶紧躲到一边去。我是个平头百姓，我不想露这个脸，更不想沾这个光。"

1983年，郎咸芬被上级任命为省吕剧团的团长，便更忙了。

建大楼、盖宿舍、修剧院，郎咸芬忙得不可开交。

杨瑞卿决定提前退休，尽管省文化厅和剧团领导再三挽留，杨瑞卿还是执意提前退休了。他说："我们亏欠孩子太多了，孩子一天天长大，上学、考学、工作，事情一件件都来了，需要我下来照顾一下孩子。更主要的是，郎咸芬现在是团长，我在岗位，她不好处理，干脆退休，也好让她不分心，为吕剧团做点实事。"

郎咸芬说得实在："台下好夫妻，台上好搭档。几十年来，我演主角，老杨给我演配角，总是那么严丝合缝，融洽完美。"

中山装，军装裤，一看就是个村干部。

这就是大伙眼中的杨瑞卿，一辈子没有改乡下人的脾气。不讲究吃，不讲究穿，没有什么嗜好。

他常说："我是吃共产党的饭长大的，是共产党教会我唱戏的，在艺术上虽然没有什么大成绩，工作态度绝对说得过去。"

1985年，杨瑞卿离休。

仅《李二嫂改嫁》就演出千余场，到过朝鲜，下过江南，一年四季不停歇，从来没有怨言，人品艺品，德艺双馨。

杨瑞卿人退休了，但是他依然关心着吕剧的发展。

王玲玲是东营区的吕剧传承人，是吕剧的小字辈，对杨瑞卿老师只能是仰望。

让王玲玲万万没有想到的是，她和她的娃娃们得到了杨瑞卿老师的认可。

东营市作为吕剧发源地，吕剧艺术拥有较好的群众基础和深远的影响力。特别是近年来东营市提出的"吕剧振兴"工程和东营区的"吕剧进课堂"活动，引起了中央电视台《快乐戏园》栏目的高度关注和认可。

2017年，为了让吕剧艺术得到更为广泛的传播与推广，东营市与中央电视台共同策划、酝酿推敲，推出了《快乐戏园》走进东营系列节目。

2017年6月4日、6月11日，CCTV戏曲频道分两期播出了这次节目。除了来自东营的小戏迷，著名吕剧表演艺术家李岱江、梅花奖得主高静、国家一级演员王清梅、李霄雯、言宝刚也演唱了经典吕剧唱段，空政歌舞团歌唱家毕玉凝、星光大道年度总冠军陈涛反串吕剧，著名相声艺术家、主持人赵宝乐现场主持。

在这次吕剧展演中，王玲玲和她的娃娃们贡献了九个节目，娃娃们的精彩表演，让在家里看电视的杨瑞卿心花怒放，他最关心的就是吕剧的传承，看到王玲玲这么个小丫头能够在基层坚持"吕剧进课堂"辅导娃娃们学吕剧唱吕剧，心里十分高兴。如果全省多几个王玲玲，吕剧就会大变样。

杨瑞卿按捺不住兴奋的心情，开始给东营打电话，他要找到王玲玲。几经转折，电话终于打通了。

"小玲玲好，我是杨瑞卿，在中央台看了你和娃娃们唱的吕剧，我很高兴，谢谢你啊！"

电话这头，王玲玲听着听着，鼻子一酸，眼泪一下子涌了出来。

1976年4月，王玲玲出生在东营区牛庄镇大杜村，自小生活在"戏窝子"里，耳濡目染，五岁就咿呀学戏，和吕剧结下了不解之缘。

1990年7月，十四岁的王玲玲考入山东省烟台艺术学校吕剧表演班。

说起这个吕剧委培班，不得不说当时的东营市领导具有前瞻的眼光。在东营市选拔了十六位具有培养前途的初中学生到烟台艺校学习吕剧，毫不客气地说，如果不是这个班为东营培养了点儿吕剧的家底，现在东营的吕剧传承都是问题。

现在东营市吕剧的"扛把子"大都是这个班的学生，比如东营市吕剧团的团长赵静。

四年的求学生活，让王玲玲练就了一身硬功夫。

1994年7月毕业，王玲玲被分配至东营市吕剧团。

1996年作为专业人才借调到东营区局至今。

1996年开始担任东营区专业吕剧辅导老师和群众文化辅导员，在吕剧传承的工作中，她找到了自己的人生定位和目标，为吕剧而生，为吕剧而活。"学了四年的吕剧，回到故乡终于有了用武之地。"日常工作中，她积极向身边的业务骨干、老艺人请教学习，并不断利用各种学习机会，向吕剧艺术名家求取真经。凭着对吕剧艺术的执着追求之情和刻苦钻研之劲，她的业务水平也百尺竿头更进一步。

1999年，在庆祝新中国成立五十周年全市职工文艺调演比赛中，她获得优秀演员奖。

2001年、2004年分别在东营市首届、第二届吕剧比赛中荣获二等奖、银奖。

东营市文化艺术先进工作个人、东营市黄河口文化之星、全省基层文化辅导优秀辅导员、第二批市级吕剧非物质文化遗产传承人、齐鲁文化之星、东营市优秀志愿者……面对这些褒奖，王玲玲不骄不躁，在一方天地内，演绎着自己的吕剧人生。

1999年7月，王玲玲主动向领导请缨，在牛庄镇时家村办起了第一个暑期吕剧培训班。首期学员70人，培训50天。在这些学员中，一名学生考入中国戏曲学院，两名学生考入烟台艺术学校。这让王玲玲看到了吕剧传承的新起点。

2000年，她在牛庄镇中心小学开展了吕剧进课堂志愿培训教学，吕剧正式走进中小学课堂。在多次深入调研后，王玲玲提出了在中小学生中开展吕剧进课堂和假期培训的大胆设想。她精心制定培训教案，通过制作图文并茂的教学PPT课件，让学生深入了解吕剧艺术的特色和表演形式。

她还将吕剧动漫视频引入课堂，并成立了吕剧兴趣表演班；积极参与编写地方传统文化校本课程教材……王玲玲总说，哪里需要她，她就会去哪里。

2008年6月，牛庄镇中心小学被山东省文化厅命名为山东省非物质文化遗产传承教育基地。

2021年12月21日，天气出奇地冷。

王玲玲又一次来到了牛庄镇中心幼儿园，马上放假了，她放不下二十多个学吕剧的娃娃。

这条路，王玲玲已经记不清来来回回走了多少趟。

在幼儿园排演厅，孩子一见到王玲玲，就亲热地围了起来，齐声高喊："王老师好！"

王玲玲说，这个时候是最幸福的。

王玲玲对吕剧传承的热心，也引起了吕剧大家们的关注和爱护。

在杨瑞卿的推荐下，吕剧表演艺术家郎咸芬也特别喜欢王玲玲，经常在电话里对王玲玲进行唱腔指导，有时电话一打就是一个小时。郎咸芬老师住院后，指导王玲玲的任务又落到郎老师的爱人、著名吕剧表演艺术家杨瑞卿身上。

今年大年初一，王玲玲接到了杨老师的拜年电话，电话里杨老师对王玲玲说："无论在什么剧情中，字在演唱中是第一位的，字正才能腔圆。演唱的目的是为了表达剧情，要想达到目的，首先是吐字，以字带声，字声统一。入戏才有情，才有效果。"

吕淑娥对王玲玲来说，既是同学，又是老师，更是一位知心的大姐姐。几乎每天都会通话，聊家常，聊吕剧。这让王玲玲的唱腔，有了很大的提高。

2017年7月14日，在越剧的发源地——浙江嵊州，第21届全国少儿戏曲小梅花荟萃评选紧张精彩。

京剧、越剧、昆曲、豫剧、黄梅戏……精彩呈现，内容丰富、亮点纷呈，小演员们扮相俊美，唱念做打有板有眼。

来自吕剧故乡的张钥茹，以吕剧小段《卖水》感染了评委，摘得地方戏业余组中国少儿戏曲"小梅花"金花奖。

看着舞台上完美亮相的张钥茹，辅导老师王玲玲流下了激动的泪水。

中国少儿戏曲小梅花荟萃创办于1997年，是由中国剧协举办的一项全国性、高规格、面向少年儿童的重要戏曲艺术活动，代表了中国少儿戏曲的最高水平，被誉为戏曲艺术的"希望工程"。

这就是吕剧的传承！一代接一代，孜孜不息。

6 纵是传承，横是传播

2021年1月22日5时18分，吕剧大师丁博民在烟台逝世，山东吕剧界痛失一位泰斗。

丁博民先生的一生，是为吕剧音乐的奠基与发展耗尽心血的一生，是为胶东琴书和吕剧传承呕心沥血的一生。

1935年，丁博民出生于青岛，自幼聪颖好学，音乐资质过人。儿时常到住处附近的公园里看艺人们表演曲目，且一学就会。1942年就读于四方路三江会馆，曾担任学校军乐队队长；1949年考入青岛文联文工团，当演员又当乐手。

在青岛文联文工团期间，丁博民遇到了曲艺队的盲人坠琴大师吕振忠，吕振忠是胶东琴书的集大成者，尤其是一把坠琴拉得行云流水，如泣如诉。

当吕振忠得知丁博民上台有些紧张，就劝他学乐器。就这样，十五岁的丁博民就成了吕振忠的关门弟子，转学坠琴。

那时，青岛文联文工团正在排演《小二黑结婚》，用的就是琴书的曲调，因此也叫扬琴戏。

让人没有想到的是，《小二黑结婚》上演后，在青岛引起了轰动。青岛的剧院、礼堂差不多演了个遍。每次谢幕，都被里三层外三层的观众围着，久久不肯散去，就连从上海来的华东文艺工作调查团成员也赞不绝口。华东文艺工作调查团郑君里团长说："这是可庆贺的开拓性工作，它有很大的发展前途，经过介绍和推广，可能成为山东的中心地方戏。"

1952年全省文工团整编解散，丁博民和沈涛、钱玉玲、李功焯等被分配到山东省歌剧团即后来的山东省吕剧团，丁博民担任坠琴演奏员，成了吕剧音乐奠基人张斌、李渔的同事。让丁博民没有想到的是，吕振忠老师也被调到了省吕剧团。丁博民如鱼得水，每天跟师父学琴书、拉坠琴，水平突飞猛进，不久，丁博民就成了乐队的主弦。

1954年，由丁博民操琴的吕剧唱片《王定保借当》在上海唱片厂问世；1955年冬天，丁博民随山东省吕剧团参加赴朝慰问演出，担任主弦。在鞍山进行赴朝鲜集训期间，丁博民与武韬合作完成了《龙凤面》的音乐设计，这是丁博民的第一个吕剧音乐作品，得到了张斌的好评；1956

年丁博民与李渔老师合作为现代戏《迎春曲》作曲，该剧曾荣获"音乐改革奖"；1957年丁博民编写的《梆子曲牌音乐》由省戏曲研究室印发全省。

欣逢盛世，丁博民的音乐潜质得到空前释放，曾被选为山东省文代会代表，又被评为山东省青年文艺积极分子，丁博民和张斌、李渔、苏智、韩英民、苏德成为山东省吕剧团的六大作曲。

然而，天有不测风云，人有旦夕祸福。

1958年7月，二十二岁的丁博民成了全省文化系统最年轻的右派。

1959年夏，丁博民被送往山东省文化局的劳改基地——广北农场劳动改造。同去的还有袁来新、苗晶、朱德久、王杰、魏占河、赵连喜等山东文艺界大腕。

丁博民冬天闲着没事，张罗着成立了一个业余剧团，排了节目《梁祝》，受到广北农场干部职工的热捧。在广北期间，丁博民还写了《三女抢板》《断桥》等音乐作品。

1961年春天，丁博民返回济南，但是他已经不想留在省吕剧团，想回胶东，他是条金鲤，喜欢无拘无束，更不想被人呼来喝去。经过考察，丁博民最后选择了黄县吕剧团作为自己的归宿。

1962年7月，丁博民正式被调往黄县吕剧团。从此，丁博民踏上了他人生中一个关键的转折点，新的攀登开始了。

当时的黄县吕剧团就是一个草台班子，演员不识谱、不会唱，不知什么叫"五音四呼"、发声用气，更不知吕剧音乐的曲牌、板式是怎么回事。导演不懂得分析剧本、研究角色，只知道教演员如何迈步、走过来、迈过去，上场门出、下场门入。

在这样的情况下，丁博民没有犹豫，选择了留下。剧团的同志们对丁博民也很友好，没有把他当成右派看，很亲切地叫他丁老师，让丁博民心里热乎乎的。

他决定从认字开始，逐步提高大家的业务素质，要求剧团人手一本《新华字典》，先从读报刊、看小说做起。为了普及戏剧知识，丁博民编写了《吕剧唱念初探》印发给大家，并利用演出间隙亲自为大家授课。剧团在城里演出时，剧场舞台就是教室；下乡演出时，河畔、林间就是课堂。几个月下来，大家的文化知识、业务水平得到显著提高。丁博民趁热打铁，以《双玉蝉》一剧为载体，带领大家去实践、去体验一个剧目生产的全过程。他除了作曲、配器、教唱、排戏外，还对"灯、服、导、效、化"各部门提出具体要求。从学词学唱到坐排——鼓弦排——全乐排——彩排，使大家明白了一出戏的生产流程。除作曲外，丁博民还亲自参与剧本选定、剧本改编乃至导演工作。如六十年代演出的《丰收之后》《南海长城》《槐树庄》都是丁博民与他人合作，由话剧改编的，《双玉蝉》《社长的女儿》则是丁博民导演的作品。

丁博民曾花大量心血培养黄县自己的作曲人才。六十年代的赵光、宋立志，七十年代的张治国、刘吉庆、王智全等都是丁博民的学生。那个时候，作曲写完曲子要先给演员和导演唱出来，这是必须要过的一关。当时省吕剧团的张斌、李渔都是这样作曲的。

丁博民在黄县吕剧团的十七年，是他佳作迭出、成就辉煌的十七年。坎坷的遭际及对生活、对艺术的深刻感悟，成就了他来黄县后的第一部戏，也是他一生的艺术巅峰，这就是吕剧《双玉蝉》。

这部戏是丁博民在《剧本》上看到的，原本是闽剧。丁博民发现后，感觉相当好，甚至有人说故事情节超过了《奥赛罗》。其实，丁博民是从中找到了境遇的高度认同感，尤其是"逃难"一场的唱词："漫天乌云盖顶，怅惘这一生苦重重，风啊雪啊你慢行，且把我这苦命的人儿等一等……"丁博民前半生的遭遇在《双玉蝉》里找到了共鸣。

《双玉蝉》的音乐是这个戏最大的亮点，丁博民在创作时，板式、曲牌特别丰富，反调的［快四平］、正调的［二六］、反调的［二六］［小上坟］［娃娃调］……在这个戏里，丁博民首次使用了贯穿音调，并借鉴了西方歌剧的人生伴唱。

丁博民在创作的过程中，常常泪流满面，他感觉戏里的情节像在用针扎他一样。

吕剧《双玉蝉》创排半个多世纪以来，一直就演不衰，其实，就是丁博民把人性写透了。

该剧音乐上宏大的整体构思、浓郁的悲剧氛围、荡气回肠的唱段，无不令观众震撼。继《双玉蝉》之后，先生一发而不可收，《江姐》《社长的女儿》《不准出生的人》《红色娘子军》《蝶恋花》等一批音乐上有影响的剧目相继问世，这些剧目大都被制成唱片、盒带、光碟行世。

在黄县的十七年间，丁博民共为三十余出剧目作曲。此外他还写了许多独唱、小合唱、琴书小段、独奏等多种形式的曲目，其中，女声独唱《人民公社四季歌》被收入新中国成立三十周年歌曲集并由上海唱片社制成唱片广为发行。品味丁博民的曲作，大气自然、个性鲜明、雅中有俗、俗中见雅，叙事娓娓动听、抒情酣畅淋漓，浓郁的传统美中跃动着时代的脉搏，一腔一调莫不为百姓所喜爱，在吕剧的"歌山曲海"中卓然独立，自成一家。

在吕剧音乐改革创新方面，丁博民厚积薄发、得心应手，成就斐然。

丁博民对胶东琴书研究颇深，得到了琴书艺人吕振海的真传，因为，他坚持认为，吕剧无论怎么革新，都不能丢了老味道。

丁博民说："一个时代有一个时代的观点，吕剧不改革就没有发展，没有继承就不可能发展，继承是根，发展是干、叶和花，没有继承就是无源之水，但总抱着树根不放也不行。"

针对当今吕剧的发展，尤其是吕剧音乐存在的问题，丁博民说："我们继承什么？四平、二板，还有其他曲牌，这是吕剧的四梁八柱，是根基，是不能动摇的。"

丁博民写的颇具创造性的唱段，像五十年代《龙凤面》中运用念中唱手法的"东七里"、与李渔合作的《迎春曲》中男女声二重唱、六十年代《江姐》中的"摇篮曲"、用琴书曲牌连缀写成的喜剧《金银花》等，都做到了"移步不换形"，革新的步子迈得再大，它们却始终姓"吕"。且说《双玉蝉》剧中那段反调流水板"在绣房穿新装"吧，它新颖别致、非老腔老调却又吕剧韵味十足，那旋律安在那些唱词上贴切自然，"虽为人作，宛自天开"。

丁博民说："情为曲魂，作曲以情真意切为上乘，创腔不能仅靠技巧、套路。"他一再强调"要动情、动真情"。1985年，丁博民入党宣誓时，那誓词便是哭着吟出来的："母亲啊，您终于认下您的这个儿子了！"

1979年，丁博民调到烟台艺校，又开始为选拔吕剧新人到处奔波。

1990年，丁博民带队来到东营，选拔了十六名小娃娃，前往烟台艺校学习吕剧。

现在活跃在东营吕剧舞台上的赵静、王玲玲就是丁博民招的学生。

前些年，烟台艺校给丁博民建了个工作室，名字叫"丁博民大师工作室"。丁博民不同意，他说："我不是什么大师，叫大师傅还可以。"在丁博民的眼里，吕剧音乐大师只有张斌和李渔可以算。

丁博民把自己的一生都献给了吕剧。

在东营区庆祝建党一百周年的吕剧晚会上，笔者见到了省吕剧院的吕淑娥，吕淑娥现在是省吕剧院的核心演员，为人低调，唱腔优美，是一位不可多得的优秀吕剧演员。

1984年秋天，青岛市莱西艺术学校到吕淑娥的家乡牛溪埠镇招收会唱戏的学生。

十五岁的吕淑娥心里一热，就对父亲说自己想去报考，父亲犹豫了一下便点了点头。

吕淑娥的父亲是教师，他希望女儿能够考上大学，学点真本领。

吕淑娥急匆匆地来到镇上，文化站站长对她说："姑娘，你来晚了，考试已经结束了！"吕淑娥一听，犹如一盆冷水浇头，心里凉了半截。善良的文化站站长看着吕淑娥失望的眼神，便说："他们正在孙受镇复试，我带你去看看吧！"

这就是命运！说不定什么时候，一个机缘就会改变一个人的命运。如果当时文化站站长不带吕淑娥去考试，吕淑娥也许就与吕剧无缘了。

在考试中，吕淑娥演唱了电影《知音》中的一段插曲，甜美婉转的嗓音，得到了老师们的肯定。

不久，吕淑娥就收到了莱西戏校的录取通知书。吕淑娥总说自己是幸运的，她爱上吕剧，还是从收音机里听到了林建华老师的《小姑贤》，一下子就被林建华老师那婉转的唱腔拴住了。

吕淑娥鼓起勇气按照收音机里报幕的演员信息给林建华老师写了一封信。"信里就表达了对林老师的喜爱和对吕剧的喜欢。"令吕淑娥没想到的是，三个月后竟收到了林建华老师的回信。

"一定要努力，只要你喜欢吕剧，坚持下去就一定有机会上台演出……"林建华老师的回信内容，吕淑娥至今还记得。也正是因为这封信，让刚刚考入莱西戏校的吕淑娥更加明确方向。

1984年，吕淑娥进入莱西戏校学戏，1986年下半年，她便顺利进入莱西吕剧团。而这一阶段，奠定了她的吕剧基础。

"在莱西吕剧团，天天练功、时时登台，能演二十多出戏。这段时间不仅让我积累了丰富的舞台经验，还锻炼了吃苦耐劳的意志。"吕淑娥说。

吕淑娥非常感谢莱西戏校的李仁修校长。

吕淑娥特殊的戏曲天赋，引起了李仁修校长的关注，多年的教学经验，让他知道吕淑娥是棵好苗子。

"在莱西戏校时，李校长有意培养我，送了我一个半导体。那时候，我和同学在练功之余天天听戏，跟着唱。等到剧团之后，听得更多了，琢磨演员是怎么唱的，如何发声等。"吕淑娥说，从戏校到剧团再到艺校，半导体随着她"南征北战"……

1986年，吕淑娥从莱西戏校毕业，分配到莱西吕剧团，成为一名专业吕剧演员。

那个时候，吕剧团的演出任务很重，一天两三场，几乎天天演出。幸运的是，为了排戏，莱西吕剧团从省吕剧团邀请到钱玉玲和刘艳芳两位老师到剧团指导，吕淑娥在两位艺术家的指导下完成了《三看御妹》

《团圆恨》两出戏的排练，在形体、唱腔等方面受益颇深。

吕淑娥告诉记者，也正是那时，钱玉玲、刘艳芳和丁博民三位吕剧大腕建议她继续深造，去更系统、更完整、更规范地学习吕剧表演。

1990年5月，吕淑娥经历了人生的一次重大选择。

在丁博民等老师的协调下，烟台艺校向吕淑娥敞开了特招的大门，破例参加高考后再转学吕剧专业。

但是这还不够，还需要莱西县委、县政府的支持，毕竟是脱产学习四年，吕淑娥也成了莱西吕剧团的台柱子。

精诚所至，金石为开。

经过多方努力，吕淑娥终于走进了烟台艺术学校，这年她已经二十一岁了，是全班最大的学生。

吕淑娥是幸运的。一踏进烟台艺校，就见到了朝思暮想的林建华老师，林建华正在烟台艺校为学生们上课。期间，林建华老师帮助吕淑娥完成了《三拉房》的排练。林老师十分耐心，一句一句地教，吕淑娥印象十分深刻。

说不清是"偶像"的力量还是艺术的引领，从烟台艺校毕业以后的她，毅然决然考到山东省吕剧院。

功夫不负有心人。

1994年，吕淑娥考入山东省吕剧院，成为最年轻的吕剧演员。

从莱西戏校、莱西吕剧团、烟台艺校，再到山东省吕剧院，吕淑娥一步步走出了家乡，登上了更大的舞台。

"演戏要把人物演活了，要演到人物心灵深处去。"每次登台表演与台下观众面对面接触时，吕淑娥总是这样告诫自己。

经典剧目《李二嫂改嫁》的唱腔、台词和艺术风格已经成熟，在观众心中有着难以取代的地位。所以，在重新编排《李二嫂改嫁》时，吕淑娥感到难度和压力非常大。

"在唱腔方面，要寻找一种美感；在人物把握上，这个角色能干、懂事，但婆婆还总是刁难她。当时考虑到要把人物演得可爱，让观众心疼角色，从唱腔和表演上就要有双重把握，这两点非常重要，让观众喜欢就完美了。"吕淑娥说。

吕淑娥还表示："演活人物还需要用形体、眼睛说话。不同的戏、不同的角色都要有激情，同时激情爆发的点在哪里，都需要演员一点点地找。"

吕淑娥不负众望，从新时代审美的角度切入，全新演绎了一个具有时代感的"李二嫂"。终于，吕淑娥凭借崭新的李二嫂形象，摘得梅花奖。

凭借对吕剧的热爱和刻苦钻研，吕淑娥成功地出演诸多吕剧经典剧目，比如《李二嫂改嫁》《苦菜花》《画龙点睛》《姊妹易嫁》《钗头凤》《三拉房》《逼婚记》《梨花情》《英雄之铭》等。

表演没有捷径，台上一分钟，台下十年功。

吕淑娥说："舞台上的从容不迫，是台下无数的千锤百炼。"如今的吕淑娥已是山东省吕剧院挑大梁的演员，肩上担负着传播、传承吕剧的重任。据了解，吕淑娥近年来应邀参加欧洲、东南亚的文化交流，将吕剧这一地方剧种带到法国、英国、瑞士、荷兰、比利时、马来西亚、新加坡等诸多国家。

"郎咸芬老师经常教育我们，要老老实实做人，踏踏实实演戏。既然从事了这个行业，就应该把吕剧一心一意地融入生命当中，把它当作自己一生的事业。"吕淑娥说。希望吕剧这一山东戏曲瑰宝能够被更多人知晓、喜爱，从而永久地传承下去。

吕剧大师郎咸芬十分看好自己的得意门生吕淑娥，她说："吕淑娥是一个很有天赋的演员，她是第五代李二嫂了，吕淑娥饰演的李二嫂感情细腻、有血有肉，在继承的基础上有创新。她对人物的理解和刻画很不错，是个有艺术内涵和发展前途的演员。"

2021年12月12日晚上，东营区第三届少儿吕剧网络春晚在吕剧的故乡牛庄镇牛庄中学礼堂敲响了开场锣鼓。

这次演出是东营区"吕剧进课堂"的成果展示。共有六所学校的七十多名小学生参加演出。

这些年，东营区不敢丢掉老祖宗留下来的这块牌子，专门成立了吕剧保护传承发展中心，对吕剧进行挖掘保护。尤其是"吕剧进课堂"活动，效果十分显著。

一批吕剧新苗从幼儿园、学校脱颖而出，给吕剧的故乡增添了勃勃生机。

2008年，吕剧被原文化部列入国家级非物质文化遗产。

郎咸芬、李岱江、林建华、李渔、王永昌、杜瑞杰被认定为国家级非物质文化遗产吕剧传承人。

山东省文化厅的姜慧表示，山东目前能够经常性演出剧种二十三个，除吕剧外，都属于濒危剧种。

山东省积极组织"吕剧华夏行""吕剧艺术节""省非物质文化遗产月"等活动，实施吕剧艺术振兴工程。

2013年，山东省确定郎咸芬、李岱江、林建华、李渔、王永昌、杜瑞杰、李萍、高静、胡静华、李肖江、董家岭、焦黎、栾胜利、苏智为省级非物质文化遗产吕剧传承人。

2020年5月，济南市"老艺术家工作室"与"文化艺术新秀"签约仪式在龙奥大厦举行，首批七个"老艺术家工作室"正式挂牌。

2019年度济南市"老艺术家工作室"签约七名老艺术家，均来自济南市属文艺院团，分别是国家一级演员、吕剧表演艺术家董砚萍，济南市曲艺团国家一级演员、山东琴书表演艺术家姚忠贤，济南市杂技团团长、国家一级演员、杂技表演艺术家邓宝金，济南市莱芜梆子剧团国家一级演员、莱芜梆子表演艺术家李桂英，国家一级演员、话剧表演艺术家丁小秋，济南市京剧院院长、国家一级舞美设计师于鹤咏，济南市歌舞剧院一级作曲、音乐制作人朱小榕。

十名"文化艺术新秀"分别是济南市歌舞剧院演员李超，济南市杂技团演员汤志成、张胜，济南艺术创作研究院馆员王笃祥，济南市曲艺团演员宋攀攀，济南市豫剧团演员耿双双，济南市吕剧院演员曾凡亮、孟越，济南市歌舞剧院演员鞑放，济南市莱芜梆子艺术传承保护中心演员李丛。

这些青年艺术人才，都是近年来济南文艺界的"后起之秀"，屡屡在全国、省、市各类文化艺术赛事中摘金夺银。按照约定，他们个人及所在单位将连续三年享受资金资助，并被优先推荐参加省级艺术展演、赛事、培训等活动。

而每位演员和各自院团也都拟订了三年计划和三年培养计划，比如"文化艺术新秀"需在三年内有一台主演的大型剧目或两台主演的小型剧目，或三个主演的优秀节目搬上舞台。

文艺人才，尤其戏曲人才短缺，无论在济南还是全国，都不算新闻。

每一家院团的院长们都曾为留住人才磨破嘴、跑断腿。

济南市吕剧院院长张玲曾为留下一位"女小生"费尽心思。

济南市京剧院院长于鹤咏曾多次提到人才断档问题，担心"台柱子"后继无人。

2021年1月15日，中国戏剧梅花奖得主、山东省戏剧家协会副主席、山东省吕剧院副院长、国家一级演员焦黎在济南喜收七名弟子。

焦黎，国家一级演员，第二十三届中国戏剧梅花奖获得者，享受国务院特殊津贴专家，省级非遗项目吕剧代表性传承人，山东省首届戏曲名家工作室专家、齐鲁文化名家、山东省文化系统优秀专业人才，山东省第十三届人大代表，全国第十二次妇代会代表，中国戏剧家协会会员，山东戏剧家协会副主席，现任山东省吕剧院副院长。焦黎在仪式上感言，作为吕剧艺术的非遗传承人，下一步将毫无保留地将技艺和所思所感传授给学生。同时，她也要求学生们始终坚持为民初心，不论在何种岗位，都要提高政治站位，做好团结工作，虚心向周围人求教，用学习成果回报社会。

"那时候觉得唱京剧特神气，特过瘾。"生于1964年的焦黎，成长于京剧样板戏风靡全国的年代，喜欢京剧顺理成章。

1975 年，作为学校里的文艺骨干，焦黎考入济南市红小兵文艺工作团，学唱京剧，开始了追逐自己京剧梦想的旅程。此时的焦黎从来没有想过自己的未来会和吕剧有多少关联，直到1980年她被分配到济南市吕剧团，由一名京剧演员变为吕剧演员，与吕剧的缘分从此开始。

虽说艺术都是相通的，但毕竟"隔行如隔山"，焦黎需要从头学唱吕剧，感觉很不适应。

"吕剧的唱腔和京剧相差很大，开始觉得挺别扭。过了很长一段时间，还有很多人说我的唱腔带着京剧味。"

如何翻越剧种差异这座横亘在面前的大山？焦黎说，自己是个认真的人，对待任何事情不论喜欢与否都会尽最大努力做好。"改了行，我不能懈怠，完成不好不行，也确实吃了一些苦。"靠着这股韧劲，焦黎完成了华丽变身。

1980年，十六岁的焦黎主演吕剧《李慧娘》，大获成功，一颗吕剧新星冉冉升起。

为了将吕剧唱得更好，焦黎又学唱了民歌并涉足影视剧表演。"通过学习民歌，对音乐的理解更深了，唱起吕剧来也自如多了，而影视剧表演对我塑造吕剧舞台人物的帮助也非常大。"通过不懈努力，焦黎能文能武、唱做俱佳，形成了表演朴实无华、生动感人，唱腔委婉悦耳、回味悠长的表演风格。

唱了三十多年吕剧，焦黎对这项事业满怀深情，这其中既有爱也有感激。

2007年，她凭借在《补天》中饰演"小沂蒙"而获得中国戏剧梅花奖。

"我只是要求自己认真演戏，没有做出多少成绩，能够得梅花奖也是全体'补天人'共同努力的结果，感谢领导和同事们的关心和支持，我是吕剧的受益者，我深深地爱着吕剧。"

这是焦黎的心声。

7 迎接下一个百年

旭日东升，乡韵弥漫。

从驴戏、吕戏到吕剧，吕剧经历了一个世纪的锤炼，成为独树一帜的艺术剧种，世纪惊鸿，款款深情，深入人心。

看客来来去去，故事分分合合。

经历过黎明前的黑暗，吕剧迎来了百花齐放的春天。

"20世纪50年代，吕剧就像今天的流行歌曲一样到处传唱。"山东省艺术研究院研究员于学剑是山东吕剧发展的见证人，是标准的"吕粉"。

回顾吕剧的辉煌，他深有感触地说："20世纪50年代，文化市场可以说是戏曲一统天下，那时，吕剧就像今天的流行歌曲一样到处传唱。"

新中国成立之初，以《李二嫂改嫁》为代表的新剧目应运而生，在山东众多的地方戏曲中，吕剧成了最亲切最动听的"乡音"。吕剧成了齐鲁文化的戏曲表现形式。

此话不假，《李二嫂改嫁》不仅标志着吕剧作为一个新剧种的诞生，也是新中国戏剧繁荣的巅峰之作。

从党和国家领导人到平头百姓赞许有加，这不能不说是吕剧开山之作的成功。

于学剑说："如果谈吕剧与齐鲁文化的关系，那可以用一句话来概括：吕剧是齐鲁文化的戏曲表现形式。"他说："齐鲁文化流淌在山东人的血液里、骨子里，以鲁文化为核心的文化心理在戏曲里有浓重的表现。以《李二嫂改嫁》为例，它的题材就是齐鲁文化在新旧时代变迁中激荡出的火花，我们看李二嫂在思想观念冲撞中的心理变化，是这出戏最出彩的地方，也是最能体现地域文化特色的地方。"

对于吕剧而言，目前确实存在一定困难。

于学剑说：这几年吕剧出过几台好戏，也出过不少新秀演员。《画龙点睛》《石龙湾》等在社会上尚有一定影响，但继《李二嫂改嫁》《姊妹易嫁》《逼婚记》之后，在全国剧坛上还没有形成超越前面的第二个吕剧高潮，如果说危机，那么危机感同样在袭击吕剧界。市场经济的发展，实际已经把吕剧推向了文化竞争的漩涡。当前，川剧、豫剧都以"黑马"的面目出现，越剧、黄梅戏等也在注重传统的基础上创出很多新意。吕剧改革的成效很大，但步子还应更大。过去的经典不等于现在的经典。要大刀阔斧地改造，但前提是保住精华、保住传统。

于学剑认为，吕剧也应当学会"借力"，或许吕剧能够通过"触电"寻求更大的突破。

一生烟雨，百年落花。

清朝末年，吉林省柳河县凉水河子镇来了一位山东广饶的琴书艺人——李万良，他利用农闲时节常带着家人走村串屯演唱琴书和山东小曲小调。

二十世纪三十年代，李万良将演唱技艺传给女婿李秀山，他们搭成小戏班"打地摊"演唱一些故事简单、角色又少的剧目，如《王小赶脚》《光棍哭妻》等。山东扬琴简单易学，在当时流传很快，可谓"村村都听山东调，妇孺皆会山东腔"。由此，关东吕剧这个游走于白山黑水的东北民间小戏，经由六代人的薪火相传，演变成为东北大地独树一帜的戏曲表演艺术。

吕剧是黄河水浇着黄土地长出的花儿。

像经典剧目《借年》《借亲》《王小赶脚》都是庄户人家婆婆妈妈的农家故事，虽然它生长环境很简陋，却因为紧挨着炕头子、柴火垛，所以始终贴近老百姓的心窝子。著名吕剧表演艺术家李岱江的第一个弟子、滨州市吕剧团的荆延国一说起吕剧就激动不已。

"那时候没有扩音器，老艺人们能用肉嗓子喊出三里地。"荆延国十四岁进入桓台县吕剧团，是团里的后起之秀，颇受器重。为了寻求更大的舞台，1985年荆延国毫不犹豫地从桓台县吕剧团调到惠民地区吕剧团。当时在桓台流传着"宁可往南挪一千，不想往北挪一砖"的说法。

谈起当年下乡演出，荆延国记忆深刻："农闲的时候正是戏忙的时候，剧团从农历十月直到开春都得住在村里。剧团一旦定了演出时间就会雷打不动，像冬天遇到寒风飘雪，演员们身着单衣也得坚持演完。有的年轻妈妈下了台就赶紧给孩子喂奶，再开场赶紧把孩子交给别人，踩着鼓点就得往前走。每到一个村子，房东大娘就腾出最好的房子给我们，把家里舍不得用的新被褥拿给我们。我们走了几百个村庄，就和几百个房东成了一家人。"

提起济南市吕剧团的老团长董砚萍，济南的吕剧爱好者都不陌生，她饰演的《莫愁女》中的莫愁、《桃李梅》中的玉梅、《红楼梦》中的林黛玉、《逼婚记》中的春梅等角色都深受欢迎。

董砚萍和老伴刘凤良先生退休后并没有放弃对吕剧艺术的热爱。一个偶然的机会，让退休后的董砚萍和老伴刘凤良走进了济南老年大学校门。

从2002年起，董砚萍与老伴在这里开设了该校第一个吕剧专业。

从表演到教学，两位老人互相帮助，日子充实幸福……

教学对两位老人来说，是一个新的挑战。

以前董砚萍只知道自己怎样去唱好，并没有系统地总结为何要这样唱。如今要教学生了，她开始静下心来梳理自己多年来积累的经验。

董砚萍对待教学十分认真严谨，念唱做打，她都一一亲自示范，手把手地传授，甚至一个细微的眼神，她都要亲自纠正。

为了方便教学，两人根据自己多年的表演经验，编写了吕剧教学大纲，还印制了吕剧教材讲义。

为了提高教学效率，刘老先生自制了教学伴奏带，解决了学员在练习时无乐队伴奏的问题。此外，他还自制教学光盘，打印曲谱，并创办了一个吕剧网站。在两位老人的努力下，学生领悟到吕剧的博大精深，并深深喜爱上了这门艺术。董砚萍家经常有学生上门请教。

看着学生们对吕剧如此热爱，老两口由衷地感到高兴。

吕剧的根深深地扎进了老百姓的心中。

今天，虽然我们进入了一个文化的碎片化时代，吕剧正经历着时代的阵痛，曲高和寡，碎屑一地。但是，我们不能否认，吕剧和京剧等戏曲一样，已经深深嵌入了国人的灵魂之中。

回望历史，吕剧走过了一个世纪的风雨历程。

在吕剧诞辰百年之日，我们不能忘记了吕剧的前世今生，更不能忘记了那些曾经为吕剧艺术献出一生的老艺术家们。

回首百年，吕剧传奇，传奇吕剧。齐鲁大地孕育了吕剧，吕剧也唱响了齐鲁。许多熟悉的身影、许多人物依然在齐鲁大地闪耀。

郎门群钗：高静、胡静华、刘玉凤、杨春梅、秦霞、赵秀敏、史萍、赵静、吕淑娥、吕学芹。

林派传人：郭爱琴、李君、王淑芝、韩美、郭清清。

李派小生：李肖江、荆延国、张小忠、王增旭、张美娟、王鸽。

梅花奖演员：高静、焦黎、刘玉凤、吕淑娥。

文华表演奖演员：郎咸芬、董家岭、高静、龚鲁阳。

中国戏剧节表演奖：李萍、高静、孙英杰。

中国艺术节表演奖：柏绪民、史萍。

文华作曲奖：栾胜利、丁博民。

今日之中国，正值百年未有之大变局。

新时代新征程，山河壮丽，人民豪迈，有太多感人的故事和太多丰富的光点，有待我们去发掘、去表现。

戏曲长于抒情、长于展现人物丰富的内心世界，不受时空局限，能在方寸之间表现千军万马、古今穿梭的假定性审美特质，以及诗化的内在气韵，这些都是戏曲表现时代史诗的独特优势。

文艺是民族的精神命脉，是时代前进的号角。

习近平总书记站在坚持和发展中国特色社会主义、实现中华民族伟大复兴中国梦的全局和战略高度，情牵新时代文艺工作。

2020年10月23日，习近平总书记在百忙中给中国戏曲学院师生回信，蕴含着对文艺工作的殷殷重托和亲切关怀。

郭汉城、杜近芳、尚长荣、马金凤、蔡正仁、刘秀荣等同志：

你们好！你们老中青少四代师生的来信，反映中国戏曲学院办学取得的可喜成果，戏曲艺术薪火相传，我感到很欣慰，向你们以及全校师生员工致以诚挚的问候！

戏曲是中华文化的瑰宝，繁荣发展戏曲事业关键在人。希望中国戏曲学院以建校70周年为新起点，全面贯彻党的教育方针，落实立德树人根本任务，引导广大师生坚定文化自信，弘扬优良传统，坚持守正创新，在教学相长中探寻艺术真谛，在服务人民中砥砺从艺初心，为传承中华优秀传统文化、建设社会主义文化强国做出新的更大的贡献。

习近平

2020年10月23日

总书记的回信，震撼了中国"梨园"。

京剧表演艺术家尚长荣说："这封信不仅是给中国戏曲学院师生的，更是给新时代每一位戏曲人和戏曲艺术工作者的。它是信任、是鼓舞、是勉励，更是斗志激昂的前进号角。"

豫剧表演艺术家马金凤说："习近平总书记的回信强调'弘扬优良传统，坚持守正创新'。我相信新一代戏曲人一定会沿着前辈的路，为中国戏曲创造新的辉煌！"

昆剧表演艺术家蔡正仁回忆，当初为了汇报中国戏曲学院七十年来的发展情况以及戏曲教育的现状，国戏一些师生代表给习近平总书记写了信，没想到很快收到总书记的回信。"总书记的回信鼓励、鼓舞着我们，给了我们前行的力量。我们一定要加倍努力，把培养接班人的工作做好。"

中国戏曲学院首届毕业生、表演艺术家刘秀荣感言："看到习近平总书记的回信特别激动，心里别提多热乎了。我们要遵照总书记的指示精神，弘扬振兴发展国粹艺术，培养德艺双馨的优秀戏曲人才。"

时代之变，中国之进，观众之呼，这是吕剧艺术再生的前提和旷野。就像一次次攀登高耸云际的山峰，向上是生，向下是死；头上是生，脚下是死。

每一次举手投足，每一次吞吐呼吸，无不经历生死循环。

战鼓铿锵，路在脚下。

杨柳岸，断桥边，春花秋月，芳草斜阳……

在齐鲁大地，在黄河两岸，在万千戏迷情感的世界里，跨越了一个世纪的吕剧并没有垂垂老矣！老去的，是岁月的沧桑和光阴的起承转合。

抬望眼，月光下，窈窕百年的吕剧一直在和时代把盏对饮。

这是吕剧百年的朱华，这是吕剧一个世纪的咏叹。

"马大宝喝醉了酒……"

乡韵天成，醇香心脾，不醉不归！

这是吕剧百年的回响！